Aavid von Herket
Welche Farbe hat eigentlich Sex

AF211571

Aavid von Herket

Welche Farbe hat eigentlich Sex

Impressum

Bibliografische Information der Deutschen Nationalbibliothek:
Die Deutsche Nationalbibliothek verzeichnet diese
Publikation in der Deutschen Nationalbibliografie;
detaillierte bibliografische Daten sind im Internet
über http://dnb.dnb.de abrufbar.

Lektorat: im Auftrag v. Monika Straetman EPU
Korrektorat: Monika Straetman
Cover: Ken Straetman
Herausgeber: Monika Straetman

Verlag: BoD · Books on Demand GmbH, In de Tarpen 42,
22848 Norderstedt
Druck: Libri Plureos GmbH, Friedensallee 273, 22763 Hamburg

ISBN: 978-3-7693-0051-2

Inhaltsverzeichnis

EINLEITUNG

Was ist, wenn sexuelle Erfüllung in der Partnerschaft ausbleibt? Als junger Mensch sage ich vielleicht: „Schluss machen und den richtigen Partner suchen." Als Ehefrau und Mutter meiner Kinder sage ich vielleicht: „Sex wird überbewertet. Das findet sich schon. Wahre Liebe übersteht das."

Vielleicht. Vielleicht aber auch nicht. Was ist mit den Werten, die Liebe ausmachen, wie Vertrauen, Respekt und sich aufeinander verlassen zu können? Gerade in schwierigen Momenten? Wo ist da eigentlich der Sex untergebracht? Gehört er bedingungslos zur Liebe? Kann die Partnerschaft ohne sexuelle Erfüllung bestehen? Reichen dann Vertrauen, Respekt und Wertschätzung füreinander aus, um es auszuhalten, zu überbrücken oder irgendwie zu überstehen?

Wird Sex doch überbewertet? Wie ist das eigentlich für Männer?

In dieser Geschichte habe ich die Perspektive der Frau und weitestgehend (m)eine persönliche Sichtweise beschrieben. Genügt das? Wahrscheinlich oder mit großer Wahrscheinlichkeit sogar nicht. Ich habe eine ungefähre Ahnung davon, wie viele Milliarden Menschen es auf unserer Erde gibt. Mindestens so viele Meinungen wird es auch über Sex und die dazugehörigen Emotionen und Gedanken geben.

Ava sieht sich nicht nur im Verhältnis zu ihrer Familie in der Verantwortung. Es geht um Werte wie Vertrauen, Respekt und Ehrlichkeit. Sie setzt sich, zu einem großen Teil im Zwiegespräch, mit allen möglichen Eventualitäten auseinander. Dabei ahnt sie jedoch schon selbst, dass diese Gedanken ja immer nur Gedanken bleiben. Was ist mit dem Herz, den Gefühlen und den Emotionen? Ist das wirklich alles miteinander vereinbar? Auch dieser Frage geht sie nach.

Ava erkennt, dass es nicht unbedingt immer um Liebe geht. Das an sich ist schon für sie selbst eine Überraschung.

Sex, mit wem auch immer, zu haben ist das Intimste, das man teilen kann, wenn man es denn kann. Ihr Körper ist nicht perfekt. Sie ist nicht perfekt. Ihr Mann weiß das. Der Körper ihres Mannes ist nicht perfekt. Auch ihr Mann ist es nicht. Sie weiß das. Ihr beider Vertrauen ist unendlich. Gefahr lauert überall. Lohnen sich Gedanken darüber? Wie weit geht Ehrlichkeit? Ehrlichkeit zu sich selbst und zum anderen. Ganz sicher ist das auch ein großes Wagnis. Welche Erwartungen hat sie an sich selbst und denjenigen?

Ihre Empfindungen, vor allem die körperlichen, versetzen sie in enorme Unruhe. Die Gedanken an eine mögliche Untreue bringen sie in große emotionale Konflikte. Es tobt ein ständiger Kampf zwischen Verantwortung und Fürsorge sowie der

Frage nach dem Sinn des Lebens an sich. Was macht Leben aus? Was macht Liebe aus? Wie hoch ist der Preis, auf eine erfüllte Sexualität zu verzichten? Zahlen wir, vor allem auch moralisch, für die Liebe? Was bringt es überhaupt, seinen Bedürfnissen nachzugeben? Nicht immer empfindet Ava ihre Antworten als hilfreich.

Eine Erkenntnis und Ernüchterung zugleich ist: Das Leben ist mit all seinen schönen und hässlichen Momenten, bei aller gefühlten Unendlichkeit, ein kurzer Augenblick. Der am Ende für alle ja doch *nur* auf dem gemütlichen Sofa vor dem Fernseher endet. Wie lange der anfänglich wunderbare, nicht von dieser Welt scheinende Augenblick auch andauern mag. Am Ende, wenn dann die Sofaabende urplötzlich und gleichwohl schleichend da sind, ist es dennoch ein Glück, überhaupt noch miteinander reden und sich begeistern zu können. Manchmal ist es die Rettung, einen gleichen oder ähnlichen Rhythmus zu haben. Lohnt es sich überhaupt, eine Kurskorrektur vorzunehmen?

Die Farbe Rot steht für die Liebe, und Grün für die Hoffnung. Gelb steht oft für Neid, die Farbe Blau für die Kommunikation. Endlos könnte die Liste der Farbenzuordnung sein. In meinen Recherchen gab es nicht wirklich große Unterschiede in der Zuordnung.

Anfänglich überlegte ich, welche Farbe wohl für dieses Buch stehen könnte. Scheinbar reagiere ich, egal in welcher Form, auf Farben. Ja, ich liebe Farben. Ich liebe aber auch Weiß und ganz besonders Schwarz.

Irgendwann fragte ich mich: Welche Farbe steht eigentlich für Sex? Natürlich hatte *ich* eine ziemlich genaue Vorstellung davon. Aber wie wird sie von anderen wahrgenommen? Und jetzt wurde es interessant. Denn tatsächlich könnten die Unterschiede nicht größer sein. Darüber dachte ich nach und fand für mich einen, wenn vielleicht auch eher philosophischen, Zusammenhang zu meiner Geschichte. Bemerkenswerterweise gibt es nicht *die* eine Farbe. Denn jeder hat ein anderes Empfinden für Sex. Wenn wir Liebe für uns interpretieren und möglicherweise völlig verschiedene Empfindungen haben, verbinden viele Menschen im westlichen Kulturraum sie dennoch mit der Farbe Rot. Auch wenn sie sich in Nuancen unterscheidet, steht die Farbe Rot für die meisten Menschen für die Liebe.

Mit einem zunächst undefinierbaren Gefühl beginnt diese Geschichte.

Ava wurde von einer inneren Unruhe begleitet und begab sich in ein Gespräch mit sich selbst:

„Irgendwann bist du einfach da. Seit wann? Das weiß ich gar nicht mehr so genau. Aber was ich weiß, ist, dass du mich ganz schön durcheinanderbringst. Am Anfang nehme ich dich nur als ein irritierendes Etwas wahr und schenke dir keine Aufmerksamkeit. Doch das Ignorieren gelingt nur bedingt. Umso mehr drückst du dich in meinen Träumen aus. Nun bist du da und ich kann nicht anders, als an dich zu denken. Das tue ich nun ständig. Das Schwierige daran ist, dass ich mich nicht mehr unter Kontrolle habe und verwirrt bin.

Manchmal ist es anstrengend, mich von dir wegzudenken. Das muss ich hin und wieder tun, um nicht vollends abzudriften. Der Alltag braucht mich und ich brauche ihn. Die vielen Tausend Kleinigkeiten, die mich fordern und beschäftigen, vielleicht auch ablenken.

Zuerst ist es mir egal. Weil ich dich nicht haben will. Als zu störend und verstörend empfand und empfinde ich dich noch immer. Warum? Weil es nicht sein kann und darf! Anfänglich für mich noch völlig absurd, verbanne ich dich in den untersten Abgrund, den ich mir in meiner Gedankenwelt zurechtlegen kann. Da ruhst du noch immer. Dachte ich. Wie du es geschafft hast, aus deinem Verlies herauszukommen, bleibt mir noch immer ein Rätsel. Tag für Tag klopfst du und rüttelst nun an meiner Tür. Noch hat es niemand bemerkt. Zunehmend empfinde ich dich als aufdringlich. Du könntest mein schönes Leben durcheinanderbringen. Doch ahne ich schon, dass du viel mehr bist. Das macht mir Angst. Vor einiger Zeit glaubte ich, dich in meinen Tagträumen wieder gesehen zu haben und erschrak. Mich hast du aber nicht wahrgenommen. Ein kurzer Augenblick und ich fuhr an dir vorbei. Einen Moment überlegte ich, umzudrehen, aber dann fehlte mir der Mut. Was sollte ich auch sagen?"

FINTAN
VERFÜHRERISCHE HIMMELSER-SCHEINUNGEN

Plötzlich regnete es wie aus Kübeln. Eilig war ich um die Häuserecke gebogen und suchte nach dem Regenschirm. Endlich hatte ich den, gerade noch rechtzeitig, aufbekommen, erfasste den Schirm eine heftige kurze Windböe und zerfetzte ihn.

„Mist! Das hat sich erledigt." Mit der nächsten Böe glitt er mir komplett aus der Hand. „Super, nun ist er auch gleich entsorgt." Ich gab lachend auf.

Der Regen nahm zu und der Wind ließ nicht ab. Mein langer Rock wehte wild umher. Die Haare versuchte ich einzufangen und festzuhalten. Meine Mappe steckte zwischen dem Oberarm und dem Brustkorb. Mit beiden Händen hatte ich voll zu tun.

„Laufe ich wieder zurück, zur schützenden Häuserwand, oder rette ich mich über die Straße und stelle mich am Taxistand unter?" Auch diese Entscheidung wurde mir abgenommen.

Neben dem Gehsteig stand ein dunkelblauer Wagen und gab Lichthupe. Im Hintergrund konnte ich ein nobles Anwesen erkennen, schenkte dem jedoch keine weitere Beachtung. Mein Blick schweifte wieder zum Wagen. Die Scheibenwischer arbeiteten im Akkord und kämpften mit den Wassermassen.

Das tun wir wohl gerade alle.

Da ich mir nicht sicher war, ob *ich* gemeint war, drehte ich mich kurz um und schaute fragend. Doch dann ging die Beifahrertür auf und noch einmal bekam ich das Lichtsignal.

„Okay, dann bin ich wohl gemeint."

Nun schnappte ich meine Beine, lief so flott ich konnte und rettete mich in den schützenden Wagen. Im Radio liefen die Eagles, *Hotel California*.

„Sie sind ein Engel. Puh... mich hat es ja voll erwischt."

Die Musik etwas leiser machend sagte er:

„Ich dachte schon, dass Sie mein Angebot nie annehmen wollen. Leider konnte ich selbst mit einem Schirm nicht dienen. Sonst wäre ich zu Ihnen gekommen."

„Sie sind ja einer von den ganz Netten. Zuerst hatte ich Sie überhaupt nicht wahrgenommen."

„Das habe ich bemerkt. Ein bisschen amüsierte es mich schon. Sie zu beobachten war wirklich köstlich! Offensichtlich hatten Sie Ihren Spaß."

„Meinen Sie die angeregte Konversation, die ich mit meinem Regenschirm führte?"

„Könnte sein, da war weit und breit niemand", lachte er.

„Was sollte ich tun? Mich künstlich aufregen?" Nun musste auch ich lachen.

„Am Taxistand dort drüben werden sie nicht begeistert sein", bemerkte ich.

„Warum?"

„Stehen Sie hier öfter und nehmen denen die Kundschaft weg?", grinste ich.

„Sie haben mich durchschaut. Genau das ist meine Masche!"

Darüber mussten wir herrlich lachen. Auf einmal krachte es draußen dermaßen, dass wir für einen Moment stillhielten. Es donnerte und grollte direkt über uns.

„Das ging ja gerade noch einmal gut. Uuuhhh." Ich schaute mich etwas um.

„Das ist ein tolles Auto! Ist das ein Amerikanisches?"

„Ja, das ist ein Mustang."

„Wow! Eine herrliche Ausstattung und es ist superbequem, das muss ich schon sagen. Hier lässt es sich wirklich aushalten. Von mir aus kann es ruhig weiterregnen."

Wir wandten uns einander zu, so dass wir uns betrachten konnten.

„Ach herrje, halte ich Sie jetzt von irgendetwas ab?"

„So wie es aussieht war ich für heute erfolgreich." Dabei warf er mir einen Blick zu, der mich ziemlich berührte.

„Aber außer, dass ich noch die Welt retten wollte und tausend E-Mails zu schreiben habe… Nein, Sie halten mich weder auf noch von etwas ab."

„Sie stehen einfach so hier und warten?"

„Ja! Da draußen ist es mir gerade zu nass. Sie brauchen sich wirklich keine Gedanken zu machen. Von mir aus kann es ruhig so weiterregnen", sagte er und ich wurde rot.

„Darf ich Ihnen ein Kompliment machen?"

„Sicher, ich bin eine Frau. Wir mögen das!", gab ich keck zurück.

„Ich mag Frauen wie Sie!" *Ups … der geht ja ran,* dachte ich kurz.

11

„Frauen, die Kleider tragen und ihre Weiblichkeit nicht in Anzügen verstecken."

„Oha, damit habe ich jetzt nicht gerechnet." Wieder wurde ich, aber diesmal richtig, rot. Verlegen schaute ich nach unten. „Danke, das ist sehr nett! Fühlen Sie sich nicht so sicher. Hosenanzüge trage ich auch sehr gerne."

Irgendwie war mir die Situation peinlich und ich versuchte, etwas Distanz zu bekommen.

„Bis jetzt habe ich mich bei Ihnen noch gar nicht bedankt."

„Doch, haben Sie!"

Etwas ungläubig schaute ich ihn an.

„Sie sagten, dass ich ein Engel bin."

„Stimmt! Trotzdem sollte ich mich auch bei einem Engel bedanken. Danke!"

„Gern geschehen."

Weiter in Gedanken schaute ich auf meine Uhr. *Das war heute kein gutes Timing. Egal, Aktionismus hilft mir jetzt auch nicht weiter. Bis zum Bahnhof würde ich es, selbst mit einem Taxi, nicht mehr schaffen. Der Zug ist weg.*

„Im Übrigen, ich bin Ava. Ich glaube, dass wir uns duzen können, und keine Angst, du musst mich nirgends hinfahren."

Dabei reichte ich ihm meine Hand. Er nahm sie und sagte:

„Sehr angenehm, ich bin Fintan."

Sein Händedruck war überraschend fest. „Apropos Angst, ich habe keine."

„Fintan", wiederholte ich überrascht. „Das ist ein sehr schöner Name. Wo kommt der her?" Noch immer hielt er meine Hand. Doch tat er das jetzt sanfter.

„Der Name ist irischer Herkunft. Wahrscheinlich bedeutet er ‚weißer Stier' oder ‚weißes Feuer'."

„Das hört sich ja richtig mystisch an."

Plötzlich klingelte mein Handy. Für einen kurzen Moment war ich mir nicht sicher, ob ich danach suchen wollte. Fintan ließ ab.

„Geh ruhig an dein Handy. Ich schalte auf stumm."

„Das kann ich nachher auch noch tun", wiegelte ich ab.

In diesem Moment erfasste uns ein Sonnenstrahl. Er hatte sich durch die dunklen Wolken gekämpft und erleuchtete unsere Gesichter. Nun konnte ich seine hellbraunen Augen sehen. In diesem Licht wirkten sie wie reinster Bernstein.

Ein merkwürdiges Empfinden machte sich in mir breit. *Schade! Eigentlich ist das ganz nett hier. Und ... der Mann gefällt mir richtig gut.*

„Tja, so wie es aussieht ...", sagte ich.

„Wie sieht es denn aus?", fragte er nach und hielt dem Blick stand. Doch ich wich ihm aus.

„Ich glaube, ich sollte jetzt gehen."

Die Musik lief im Hintergrund mit *Desperado* weiter.

Fintan hatte mittelbraunes kurzes Haar und trug eine moderne Brille. Es war eines von diesen leichten Titangestellen. Sie stand ihm. Er war mit einem weißen Hemd, Bluejeans und Sneakers bekleidet. Die Ärmel hatte er lässig nach oben gekrempelt. Wir könnten gleichaltrig sein.

Allmählich schien sich das Wetter zu beruhigen. Es war so schwül, dass sich die Feuchtigkeit auf die Scheiben legte. Fintan ließ sie etwas nach unten. Ein Hauch von Frischluft zog sich durch, um dann doch nur zu verpuffen. Mein feuchtes Haar klebte mir am Hals. Das Make-up hatte sich so gut wie aufgelöst. Die Tropfen liefen mir über das Dekolletee.

„Puh, ist mir warm ... ist das eine CD? Diese Musik mag ich sehr."

Ohne darauf einzugehen fragte er nun: „Lust auf ein kaltes Wasser?"

„Ja! Das ist eine gute Idee", reagierte ich spontan. *Gerade wollte ich doch noch gehen ... mh.* Verfolgte den Gedanken jedoch nicht weiter.

„Dann können wir jetzt aussteigen." Er deutete auf das Haus zu seiner Seite. „Hier wohne ich."

„Ach, du wohnst hier?" Es ist jenes Anwesen, welches anfangs kurz meine Aufmerksamkeit erweckte.

„Ja, das tue ich." Für einen Augenblick trafen sich unsere Blicke.

Oh Ava, überlege dir genau, was du jetzt machst. Natürlich entging mir nicht ein gewisses Knistern. Die Chemie zwischen uns passte!

„Und? ... Wollen wir?", blieb Fintan dran.

„Okay, ich bin jetzt ganz mutig und gehe mit dir dort in das Haus." Ich lachte etwas unsicher.

„Gerne!" Cool stieg er aus und lief zu mir herum. Fintan öffnete die Tür und reichte mir seine Hand.

Und wieder war da diese Verbindung, die nicht nur durch unsere Hände spürbar war. Es irritierte mich ein wenig. Wir gingen einen schmalen Weg, der direkt zum Hauseingang führte. Fintan lief neben mir. Er war etwas größer als ich und wirkte mit seiner Figur recht sportlich.

Fintan betrachtete mich. *Was wohl in ihm vorgeht?* Irgendwie wirkte er in Gedanken versunken.

Die mächtige Tür war mit Motiven aus Metall verziert. Das mondäne Haus mit seinem kräftigen Farbanstrich schien aus der Epoche der Gründerzeit zu sein. Es war von der Straße aus so nicht gleich zu vermuten.

Im Hauseingang hielten wir kurz. Die Tür fiel mit einem klackenden Geräusch ins Schloss.

Fintan drehte sich zu mir, kam mir ganz nah und sagte: „Du solltest wissen, dass es nicht meine Art ist. Normalerweise mache ich das so nicht. Ich bin gerade von mir selbst etwas überrascht." Und da war wieder dieser entrückte Blick.

Oha, ist das jetzt ein Rückzieher? Was mache ich nun? Das ist ja echt peinlich, schoss es mir durch den Kopf.

„Du, ähm … mir geht das genauso, Fintan. Es ist okay. Wir können das auch lassen", gab ich mich abgeklärt.

„Möchtest du denn?"

„Gehen?"

„Nein, ein Wasser trinken."

„Mh … ja doch … aber eigentlich möchte ich auch …"

Wam!

Während Fintan und ich so dastanden und keinen Ton mehr herausbrachten, war klar, was hier passierte. Mir jedenfalls. In diesem Augenblick packte ich mich selbst und drehte mich auf dem Absatz um. Für einen Bruchteil einer Sekunde verharrte ich noch und stand mit dem Rücken zu ihm. Doch dann öffnete ich die Tür und lief davon. Dabei rief ich noch ein: „Danke für das Asyl!"

Weg war ich. Ohne mich noch einmal umzudrehen, winkte ich nach dem ersten Taxi, welches ich erblickte, und stieg ein. Etwas außer Atem rang ich nach Luft.

„Bitte bringen Sie mich so schnell Sie können zum Bahnhof." Der Fahrer schaute mich etwas ungläubig an.

„Flüchte ich jetzt hier etwa? Ich frage mich nur, vor was?", murmelte ich vor mich hin.

Während ich mich noch im Taxi sortierte, konnte ich es nicht lassen und wagte einen vorsichtigen Blick zur Seite. Zu meiner Überraschung stand Fintan angelehnt am Tor und schaute mir nach. Wie in Zeitlupe fuhr ich an ihm vorbei. Unsere Blicke trafen sich und verharrten, solange es eben ging. Ich konnte es nicht verhindern und drehte meinen Kopf noch im Vorbeifahren mit. War das Traurigkeit, die ich da sah?

Wieder klingelte mein Handy. Diesmal nahm ich das Gespräch an.

„Bitte entschuldige, Christoph. Ich habe den ursprünglich angedachten Zug verpasst. Holst du mich ab?"

Nach zwei Minuten Fahrt waren wir am Bahnhof. Nun konnte ich den Blick vom Taxifahrer deuten. „Ich wollte nicht noch einen Zug verpassen", entschuldigte ich mich und zeigte auf meine Absatzschuhe.

Er grinste dann doch.

Mein Zug kam mit Verspätung an und so hatte ich genügend Zeit, mich in meine Gedanken zu vertiefen. *Was für eine verrückte Situation! Wie zum*

Henker konnte ich mit ihm gehen? Na ja, das ging ja noch einmal gut. Aber warum habe ich das überhaupt zugelassen? Ach Ava, es ist doch nichts passiert. So versuchte, ich mein Gewissen reinzuwaschen. Allmählich waren meine Haare wieder trocken. Mein Gesicht frischte ich mit etwas Rouge auf.

CHRISTOPH

Christoph wartete bereits am Bahnsteig.

„Entschuldige bitte wegen der Verspätung …
ich … bin in ein Unwetter geraten. Irgendwie lief
es nicht gut …"

Oh, was erzähle ich hier eigentlich für einen Müll,
ermahnte ich mich selbst.

„Ava, schön, dass du da bist. Schon gut. Du
siehst ziemlich geschlaucht aus."

„Genauso fühle ich mich auch."

„Hast du nur eine Handtasche?"

„Ach du meine Güte." Der Schreck fuhr mir sofort in die Glieder. Total entsetzt fiel es mir ein.

*Mist, meine Mappe liegt noch in Fintans Wagen. Die
habe ich vollkommen vergessen. Wie erkläre ich mich
jetzt?*

„Herrje … die Unterlagen habe ich bei Hanna im
Büro liegengelassen. Egal, ich komme schon noch
rechtzeitig daran. Jetzt lass uns erst einmal ankommen."

Zu Hause versuchte ich, mich mental auf uns
einzustellen. Irgendwie fehlte mir eine gewisse Bodenhaftung. In mir schwelte eine nicht definier-
bare Unruhe.

„Ava, hast du Hunger?"

„Ja, nein … eher Durst."

„Möchtest du einen gut gekühlten Weißwein?"

„Oh ja, bitte!"

„Wie ist es denn überhaupt gelaufen?"

„Ganz gut. Der Andrang war groß. Am spannendsten empfand ich das Interview. Keine Frage, anstrengend war es, und viel zu schwül. Irgendwie haben sämtliche Klimaanlagen versagt. Wie ist es dir ergangen?"

„Wie soll es mir ohne dich schon ergehen?"

„Ach Christoph! Bitte. Bei mir kommt das jedes Mal wie ein Vorwurf an. Wir können doch nicht ewig die gleichen Diskussionen führen. Waren wir uns nicht einig?"

„Es ist eben so. Was soll ich tun? Du hast mich gefragt."

Meine Laune flachte ab. Plötzlich empfand ich meine Ankunft irgendwie als verfrüht. Er bemühte sich ja, aber reichte das aus?

„Entschuldige, Ava! Ich bin ein Dummkopf! Du hast recht. Mit meinem Gejammer erreiche ich dich nicht. Anstatt mich einfach nur zu freuen, dass du bei mir bist, mache ich dir indirekt Vorwürfe."

Christoph kam auf mich zu und nahm mich in seine Arme. Doch seine ständigen halbseidenen Rettungsversuche empfand ich zunehmend als nervig. Er hatte recht. So erreichte er mich nicht. Er wusste es, trotzdem bediente er sich der alten Hebel.

Ohne mich darauf einzulassen, drohte ich schon mit dem nächsten Termin.

„Später treffe ich mich mit …"

„Du bist gerade erst angekommen", unterbrach er mich. „Und willst schon wieder weg", bemerkte er enttäuscht.

„Darüber solltest du dir Gedanken machen", gab ich leicht genervt zurück. Und dann sah ich ihn dastehen, mit seinem Kampf, und konnte nicht anders.

„Natürlich gehe ich heute nirgendwo mehr hin", ruderte ich zurück.

Schon klingelte das Telefon. Ellen wollte sich mit mir verabreden.

„Komm einfach vorbei. Christoph freut sich auch, dich zu sehen. Bring Kuchen mit und für den Rest ist gesorgt. Bis später."

„Ellen will hierherkommen?"

„Ja, ich dachte, es ist besser so. In einer Stunde ist sie da. Ist das okay?"

Natürlich war es das. Alles war ihm lieber, als dass ich schon wieder weg ginge.

Ellen war da und brachte augenblicklich die verloren gegangene Leichtigkeit ins Haus zurück. Sofort spürte sie die Stimmung.

Einst hatten wir uns auf einer Buchpräsentation vor 20 Jahren kennengelernt. Seitdem sind wir befreundet. Ellen war fast siebzig und für ihr Alter, nicht nur mit ihren Ansichten, ziemlich jung geblieben. Ihre Betrachtungsweise über das Leben gefiel mir und hin und wieder war sie mir auch eine gute Ratgeberin. Sie wusste um unsere Befindlichkeiten. Schon lange machte ich daraus kein Geheimnis mehr. Wenn ich mit ihr darüber nicht hätte reden können, wäre ich schier verrückt geworden.

Nachdem wir eine wirklich angenehme Kaffeerunde zu dritt genossen hatten, zog sich Christoph zum Nachmittagsschläfchen zurück.

„So! Dann leg mal los! Ich bin ja zur rechten Zeit am rechten Ort", meinte Ellen und umarmte mich dabei. Früher reagierte ich gleich mit Wut oder

Theatralik. Oft überflutete ich sie damit. Irgendwann waren diese unterschwelligen Andeutungen über mein Fernbleiben einfach nur noch anstrengend. Na ja, nicht immer, dennoch mühselig. Natürlich gab es auch schöne Momente mit Christoph, doch ploppten solche unliebsamen Diskussionen immer mal auf.

„Ellen! Es ist und bleibt ein Drama", sagte ich etwas erschöpft.

„Wie lange seid ihr jetzt eigentlich zusammen?"

„Wir haben nächstes Jahr Jubiläum! Dann sind es 30 Jahre."

„Wow! Respekt!"

„Ja schon, danke … und doch bleibt gefühlt gerade der auf der Strecke."

„Ach Ava, das kannst du so nicht sagen. Diesen Eindruck macht ihr nicht auf mich.

Ihr seid ein großartiges Paar und ihr liebt euch. Und nur das zählt! Selten erlebe ich Eheleute, die so wertschätzend miteinander umgehen. Beide seid ihr euch vom ersten Tag an auf Augenhöhe begegnet. Daran hat sich bis heute nichts geändert."

„Danke, dass du das sagst. Ich bin mir da in letzter Zeit nicht mehr so ganz sicher."

„Womit?"

„Das mit dem respektvollen Umgang ist nicht immer ganz einfach. Hin und wieder ertappe ich mich selbst dabei, dass ich ungerecht zu ihm werde."

„Wann ist das so?"

„Vorhin erst, als ich angekommen bin. Ich weiß, dass es ihm schwerfällt, mich allein gehen zu lassen. Er kann eben seine Bemerkungen nicht lassen."

„Was für Bemerkungen?"

„Ohne mich würde ihm nichts Spaß machen … solche Aussagen eben."

„Und? Was ist da so schlimm daran? Ich glaube ihm das sogar."

„Bei mir melden sich dann sofort Schuldgefühle und ich fange an, mich zu rechtfertigen."

„Das kann ich verstehen. Aber er sagt nur die Wahrheit. Oder möchtest du angelogen werden?"

„Nein, natürlich nicht. Oder vielleicht doch?"

„Damit *du* dich dann besser fühlst? Erwartest du da nicht ein bisschen viel?"

„Warum? Warum muss ich mich immer so schlecht fühlen?"

„Ja, warum eigentlich? Hast du dich das wirklich einmal gefragt? Indirekt wirfst du Christoph vor, dass er dich einengt. In Wirklichkeit, so sehe ich das, gewährt er dir große Freiheiten. Ava, du warst eben noch für drei Tage zum Seminar fort. Das ist doch super. Was machst *du*? Du regst dich darüber auf, dass er dich vermisst hat?"

„Das ist jetzt nicht fair!"

„Nicht fair? Ihr wohnt in einem schönen Haus und ihr könnt euch ein gutes Leben leisten. Die Kinder sind groß und selbstständig. Und du, meine Liebe, hast dich in allem verwirklichen können."

„Ja, in deinen Augen sieht das so einfach aus. Und auch bei deiner Aussage schwebt ein gewisser Undank mit."

„Das mag sein. Aber ich sehe das eben mit meinen Augen und Christoph mit seinen. Was sehen deine? Einengung und Frust? Ist das so?"

„Nein, so meinte ich das nicht. Ich weiß es doch auch nicht. Nur, warum reagiere ich so gereizt auf ihn und seine Aussagen?"

„Das klingt schon besser. Wahrscheinlich geht es auch darum nicht."

„Wie? Was meinst du damit?", fragte ich völlig überrascht.

„Ich meine gar nichts. Grab selbst nach. Erforsche dich! Mich brauchst du für deine Antworten nicht."

In diesem Moment meldete sich mein Bauch mit einem leichten Ziehen. Abrupt hatte ich die Antwort und doch war sie mir auch schon wieder entfallen. *Was war das?* Prompt fiel mir meine Begegnung ein. Langsam drückte sich ein Gefühl durch, welches ich nicht definieren konnte. Noch weigerte ich mich, weiter hinzuschauen. *Das kann doch gar nicht sein!*

„Wie viele Jahre älter ist Christoph genau?"

„18 Jahre."

„Und wie läuft es ansonsten?" Ellen schaute mich sehr direkt an. So, als wüsste sie schon, worum es hier eigentlich ging.

„Mh, wie soll es laufen? Es lief schon besser", wich ich ihr etwas aus.

„Du möchtest wissen, was los ist. Dann bleibe dran! Mir ist das doch egal."

Natürlich läuft nicht mehr viel. Seit Jahren nicht! Richtigen Sex so wie früher gibt es kaum noch. Es gibt ihn, jedoch selten, sinnierte ich.

„Na, was läuft jetzt in deinem Köpfchen ab?",
fragte sie bohrend nach.

„Okay, du hast mich wohl auf die Spur gebracht. Darüber muss ich echt nachdenken. Das
kommt für mich etwas überraschend. Damit habe
ich nicht gerechnet. Christoph hat vor Kraft und
Energie nur so gesprüht. Früher hätte sein Tag 48
Stunden haben können. Geliebt hatten wir uns täglich. Da bin ich nicht immer mitgekommen."

Schweigen

„Das war früher. Und jetzt kommt *er* möglicher-
weise mit dir nicht ganz mit. Dein Mann ist 70
Jahre, wir sind fast ein Jahrgang und du wirst 52
Jahre. Gibt es da noch Fragen?"

„Oh Mann, ich hätte mich das jetzt nicht getraut
… das so zu formulieren …"

„Das weiß ich. Deswegen tue ich das!"

„Ja, das passt jetzt auch mit …"

„Was?" Ellen grinste schon. „Wie heißt er?"

„Du bist eine Hexe! Wie kannst du das wissen?"

„Ich bin eine Hexe. Nein, natürlich nicht. Nur
kann ich Eins und Eins zusammenzählen."

„Was soll ich sagen. Eigentlich gibt es da nichts
zu erzählen. Und doch ist etwas passiert. Es gab
eine Begegnung, die mich ziemlich verwirrt hat."

Ich berichtete Ellen von meiner merkwürdigen
Geschichte. Sie grinste noch immer und bestätigte
durch Kopfschütteln unser Gespräch.

„Und nun?", fragte ich sie flehend.

„Na, nichts und nun! Gehe in dich und erforsche
dich. Punkt. Dann wirst du es wissen."

„Ist das alles?"

„Ja! Im Prinzip, ja! Zumindest weißt du schon
einmal, wo das schlechte Gewissen herkommt."

„Es ist doch nichts geschehen!"

„Findest du? Meiner Meinung nach ist schon jede Menge passiert! Denn warum sollte es dich verwirren? Wovor hast du Angst?"

„Hallo? Ich bin verheiratet."

„Na, dann brauchst du dir auch weiter keine Gedanken zu machen."

„Wie? Das verstehe ich jetzt nicht."

„Soll ich es ganz direkt sagen?"

„Ja! Nein! ... Ja!", stotterte ich.

„Du bist unzufrieden, sexuell frustriert und du willst dich bumsen lassen!" Sie lachte so laut, dass ich mich ängstlich nach Christoph umsah.

„Du spinnst doch total", zischte ich sie an.

„Ava, manchmal habe ich den Eindruck, dass ich dich besser kenne als du dich selbst. Ich sage dir jetzt mal etwas: Das ist vollkommen normal, was da mit dir passiert! Du bist eine Frau und im besten Alter! Du hast Bedürfnisse und die sind menschlich. Dass du sie unterdrückst, ist zwar typisch für uns Frauen, aber auch kein probates Mittel. Wenn du deinen Mann liebst, dann verändere etwas! Sonst wird deine Wut auf ihn ins Unermessliche gehen. Du wirst ihn für alles verantwortlich machen. Vor allen Dingen für das, was nicht läuft."

„Ich bin doch nicht wütend auf ihn! Nicht deswegen", echauffierte ich mich.

„Worauf dann? Und wenn nicht jetzt, wird das noch kommen."

„Ich kann doch das nicht so einfach darauf herunter brechen!"

„Nein? Am Ende wird es genau darauf hinauslaufen. Und das spürt dein Mann ganz sicher auch.

Er ist nicht blöd, nur weil er etwas älter ist und *seinen Mann* nicht mehr so steht!"

„Dann geschieht genau das, wovor er Angst hat."

„Wovor hat er denn Angst?"

„Das weiß ich nicht genau. Oder vielleicht doch? Gesagt hat er das so noch nicht. Aber ich kenne ihn! Natürlich hat er Angst davor, dass ich mich auf einen anderen Mann einlassen könnte."

„Dann nimm bis ans Ende eurer Tage Rücksicht darauf oder auf ihn! Dann ist alles gut. Und ich sage dir: Dann ist nichts gut! Genau das wirst du ihm indirekt vorwerfen. Seine Ängste wirst du ihm vorwerfen! Nicht offensichtlich. Zunächst nicht. Die Wut wird so groß auf ihn werden, dass du sie eines Tages gegen dich wendest. Und es wird von eurer Liebe und eurem Respekt nicht mehr viel übrigbleiben."

„Das hört sich ja wie Armageddon an."

„Ja, das kann es auch sein. Genauso habe ich es erlebt. Lass dir etwas von einer alten Dame sagen. Gut, es ist vielleicht nur meine Wahrheit und mein Leben. Aber ich kann dir versichern, dass es bei den meisten Paaren, ob nun mit Altersunterschied oder nicht, so oder ähnlich abläuft. Dass ihr einen nicht ganz unerheblichen Altersunterschied habt, macht es nicht einfacher. Die Verletzungen sind vorprogrammiert. Ganz ohne Schmerz wird es nicht gehen. Noch bist du in der Lage, den in eine bestimmte Richtung zu lenken. Möglicherweise wird es dir *danach* nicht unbedingt besser gehen. Die Schuldgefühle werden bleiben. Und trotzdem wird es dir besser gehen. Darum geht es nämlich! Christoph selbst wird nicht viel tun können dafür, dass es ihm sexuell besser geht. Was ist mit dir? Ava, ihr habt ein Leben miteinander, welches viel reicher ist. Und das gilt es zu schützen, zu halten, wenn du mit ihm zusammenbleiben willst. Genau das solltest du für dich klären."

Plötzlich erreichte mich eine unglaubliche Welle der Traurigkeit, mir liefen die Tränen. Für mich klang das alles nicht wirklich schön. Und es baute mich seelisch nicht auf.

„Hast du mit Christoph einmal über deine Bedürfnisse gesprochen?"

„Wir sprachen in unseren Anfangsjahren, wenn auch eher spielerisch, über Impotenz oder andere mögliche Erkrankungen. Also, was wäre, wenn … Doch in einer besten Zeit, einer Phase der sexuellen Sättigung, über einen möglichen Mangel zu sprechen ist einfach. Gut kann ich mich noch an meine Reaktion erinnern. Früher schon war *ich* die Großzügigere und hätte meinem Mann durchaus eine andere Frau erlaubt. Schließlich hätte auch mit mir etwas sein können. Mein Mann allerdings konnte sich das umgekehrt schon damals nicht vorstellen. Ellen, ich kenne Christoph. Würde ich mich ihm wirklich öffnen und ihm sagen, von welchen Leidenschaften ich verzehrt werde, würde ihn das in eine weitere Krise bringen. Außerdem weiß ich doch noch überhaupt nicht, was mit mir los ist.

Christoph würde sich in seinen Ängsten, die er damals schon zugab, bestätigt sehen. Er wüsste nun um mich, und? Eifersucht kann quälend sein. Und meine Fahrten und Kurzreisen würden bestimmten Kontrollmechanismen auch meinerseits unterworfen sein."

„Wieso das?"

„Nur, um ihm zu beweisen, dass er sich keine Gedanken zu machen braucht, würde ich bestimmte Termine nicht mehr wahrnehmen. Ich würde anfangen, mich einzugrenzen. Auch ich kenne mich. Ich würde es ihm nicht zumuten wollen. Da hast du mit deiner Einschätzung nicht so ganz unrecht. Du machst mir Angst. Puh ...

Nie hätte ich es für möglich gehalten, dass ich mit mir selbst noch einmal so zu kämpfen habe.

Ich liebe Christoph und ich werde ihn immer lieben! An unserer Ehe gibt es kein Rütteln. Nur weil wir uns sexuell etwas auseinandergelebt haben, würde ich unsere Ehe nicht in Frage stellen und sie schon gar nicht darauf reduzieren oder gar aufs Spiel setzen. Ohne ihn wäre ich nicht die Frau, die ich heute bin und ..." Ellen unterbrach mich.

„Dann ist es Dankbarkeit, an der du festhältst?"

„Nein, nicht nur. Du sagtest doch selbst, dass unsere Beziehung besonders und reich ist. So ist es! Das geht weit über das Genannte. Es sind die tausend Kleinigkeiten in ihrer Summe, aber auch in jeder Einzelheit für sich genommen. Ich kann mich blind auf Christoph verlassen. Auch wenn meine Rücksicht auf seine Befindlichkeiten manches Mal unbegründet scheint.

Christoph hat immer zu mir gestanden, mich in allem unterstützt. Er hat mich gefordert und in mir Dinge gesehen, von denen ich keine Ahnung hatte. Er selbst war es, der mich ermutigte, Seminare zu geben. Damals arbeiteten wir zwei ja noch im Marketing. Darunter fielen auch die PR und der Vertrieb. Christoph war da noch mein Chef. In seinen Verlag bin ich mehr oder weniger als

Quereinsteiger gestolpert. Das Studium für Germanistik brach ich ab. Spontan entschied ich mich für ein Volontariat und blieb dort hängen. Durch ihn bin ich mutig geworden, habe mich getraut, etwas zu riskieren …" Ein weiteres Mal unterbrach mich Ellen.

„Auch du hast zu ihm gestanden und vor allem *ihn* unterstützt. Ich sage dir: Die Dankbarkeit ist das Erste, was flöten geht! Von Dankbarkeit kann man sich nichts kaufen und schon gar nicht satt werden! Du bist Christoph nichts schuldig! Nicht mehr als er dir! Diese Rechnung wird nicht aufgehen. Horche in dich hinein!"

„Aber was ist mit Loyalität und den Werten wie Vertrauen und auch eine stückweite Demut vor dem gemeinsam Erreichtem? Wir interessieren uns ehrlich füreinander. Seine Nöte und Sorgen sind meine, ohne dass ich mich dafür schuldig fühlen muss."

Ellen schaute mich schräg und provozierend an.

„Ja, okay, manchmal passiert genau das und ich fühle mich schuldig. Niemals zuvor wäre ich auf den Gedanken gekommen, meinen Mann zu betrügen. Denn das wäre es für mich! Ein Betrug! Das war für mich zu keiner Zeit, nicht einmal im Ansatz, eine Lösung für irgendetwas! Und das ist es bis heute nicht!"

„Jetzt in allen Ehren und bei allem Respekt! Bist du eine Nonne, die sich Gott verschrieben hat? Du kannst nicht alles zum Einheitspreis bekommen! Nur weil es irgendwann einmal vor fast 30 Jahren meinetwegen eure gemeinsamen Grundwerte waren. Doch müssen die dann bis an das Ende eurer Tage genauso gelten? Du bist auch nicht mehr die

Frau von vor 20 Jahren. Du hast dich verändert. Ihr habt euch verändert. Und auch Werte verändern sich. Einstellungen verändern sich.

Betrüge dich selbst weiter! Denn das wird es sein. Für was steht deine Definition eigentlich? War das jetzt ein Statement an die Liebe, an eure Liebe oder der Verhaltenskodex für Verheiratete? Glaubst du, dass das von jedem so unterschrieben wird?"

„Das muss es nicht! Für mich sind das die wichtigen Grundwerte! Und du brauchst gar nicht zu polemisieren", reagierte ich etwas verärgert.

„Mir ist schon klar, dass es nicht um jeden und alle geht. Aber teilt dein Mann auch diese Einschätzung?"

Stille!

„Dann geht es am Ende nur um die Frage, wen ich nun betrüge? Meinen Mann oder mich selbst?"

„Pest oder Cholera!" Ellen zwinkerte mir frech zu.

„Ava, entschuldige bitte. Das war eben etwas heftig. Bewusst habe ich das auch ein bisschen provoziert! Ich bin davon überzeugt, dass es dich so oder so weiterbringen wird. Als ich mich damals in dieser Situation befand, löste sich bei mir ein richtig dicker Knoten auf und die Krise war vorbei. Mein Mann war allerdings etwas jünger! Jedoch half das nichts. Er war kein leidenschaftlicher Liebhaber und hatte dafür auch keinen Sinn. Tatsächlich scheiterte unsere Ehe, aber nicht nur daran!"

So verlief weitgehend unser Nachmittag. Ellen hatte mich fix und fertig gemacht.

Doch konnte ich die Gedanken zu unserem Gespräch nicht einfach beiseitelegen. Egal, wie es sein würde. Gebe ich mich meinen Bedürfnissen hin, würden mich Schuldgefühle plagen. Tue ich es nicht, würde ich vom Frust zerfressen? War hier die Entscheidung wirklich: Pest oder Cholera? Das konnte und wollte ich so nicht akzeptieren. Es musste noch einen anderen Weg geben!

Zudem machte ich mir Gedanken darüber, wie ich an meine Unterlagen kommen könnte. Und das ohne großes Aufsehen! Eins war klar! Ich musste dort hin, um an meine Sachen zu gelangen. Selbstverständlich hätte ich auch irgendjemanden dorthin schicken können. Doch die Blöße wollte ich mir nicht geben. So viel Courage hätte ich doch wohl noch! Aber ging es mir wirklich nur um die Unterlagen?

Christoph und ich verbrachten noch einen wunderbaren Abend. Beide konnten wir aufeinander zugehen.

Es war ja nicht so, dass ich nicht wusste, auf was beziehungsweise wen ich mich einließ. Als Christoph und ich uns kennenlernten, war ich blutjung und er in seiner besten Schaffenskraft. Natürlich hatten Christoph und ich unsere Gedanken zu unsrer Beziehung und auch schwache Momente. Doch beide waren wir voneinander fasziniert und sahen eher die Dinge, die funktionieren und passen könnten. Und so ganz verkehrt lagen wir mit unserer Einschätzung ja nicht. Viel wichtiger war uns das Gefühl füreinander. Für mich würde es der Lebensendpartner sein. Punkt!

Von Anfang an war mir klar, dass er der Richtige ist. Es gibt Dinge, die weiß man einfach! Groß erklären braucht man das nicht. Kann man auch nicht. Welche Worte könnten unsere Verbindung wahrhaft beschreiben? Das geht weit über eine körperliche Anzichung hinaus. Die Grundbasis war und ist ein tiefes, geistiges Verständnis, nicht nur füreinander. Das sollte es wohl in jeder Beziehung geben.

Verständlicherweise brachte mein Mann, allein durch sein Alter bedingt, einen immensen Erfahrungsschatz mit. Die *geistige Erwartungshaltung*, wenn es so etwas überhaupt gibt, ist auf beiden Seiten rein biologisch gesehen unterschiedlich. Auch und gerade weil wir diesen Altersunterschied hatten, konnte es in unserem Fall funktionieren. Wirklich gespürt habe ich den in seiner Persönlichkeit. Körperlich nie. Christoph lernte ich als unglaublich taffen und selbstsicheren Mann kennen. Das imponierte mir, gerade als junge Frau!

Und doch waren wir von Anfang an in der glücklichen Lage, einfach sein zu dürfen. Wir konnten uns lassen, so wie wir sind. Denn genau darin bestand unsere gegenseitige Anziehungskraft. Ihm habe ich nie irgendetwas beweisen müssen und Christoph brauchte sich mir gegenüber nie zurückzuhalten. Da waren zwei, die sich trauten! Dass im Laufe einer Beziehung über einen so langen Zeitraum nicht alle Ebenen und Aspekte in einem ausgeglichenen Verhältnis wirken und ausgeschöpft werden können, ist Fakt. Eine gute Basis jedoch übersteht Krisen. Und auch wir hatten die. Nichtsdestoweniger konnten wir über alles reden, auch wenn wir nicht alles verstanden. Blieb das Gespräch aus, ertrugen wir uns im Schweigen.

Das half über einige schwierige Momente hinweg.

Nie gab es einen ernsthaften Zweifel oder Situationen, in denen ich mich zu etwas hinreißen ließ das ich bereuen würde. Niemals!

Hindernisse schienen Christoph nur noch mehr anzuspornen. Als junge Frau habe ich mir nicht unbedingt Gedanken gemacht, wie es zwanzig Jahre später sein könnte. Obwohl wir auch darüber redeten. Da waren schon seine Ängste, ob er mir da nicht zu viel zumutete.

Das gefiel mir an ihm und zeigte, dass er sich seiner Verantwortung bewusst war. Für mich gab es keine Zweifel. Als wir uns näher kamen, sprachen wir immer mal darüber und natürlich versuchte ich, ihn mit meiner Liebe davon zu überzeugen. Mit der Liebe und Zuneigung einer blutjungen Frau.

Schon früh war mir klar, dass ich mit ihm mehr als nur Kaffeetrinken und Sex haben möchte. Obwohl mein Freiheits- und Unabhängigkeitsdrang schon da größer war als seiner. Er war nicht übermächtig, von Zeit zu Zeit allerdings aktiviert. Das ist für eine Beziehung mitunter eine Herausforderung. Tatsächlich haben wir es ohne Allüren, ohne Fremdgehen, ohne irgendwelche zwischenzeitliche Pausen geschafft. Wie sollte es auch anders gehen? Die Kinder kamen schnell. Ganz klassisch eben!

Wie es sich nach 20, sogar 30 Jahren anfühlt, weiß ich erst heute als erwachsene Frau. Und es war manchmal nicht einfach für mich! Nicht einfach, Gefühle und unerfüllte Leidenschaft auszuhalten. Und ganz sicher war es für Christoph auch nicht leicht.

Wie sollte ich plötzlich mit meinem Gefühl hadern? Es hatte einfach gepasst. Irgendwann waren wir über den Punkt der, wenn auch nur leisen, Unsicherheit, und haben es einfach laufen lassen. Wir haben uns einander zugetraut. In den ganzen Jahren gab es keinen Anlass, an unserer Liebe füreinander zu zweifeln. Wir hatten uns beide nie wirklich voneinander entfernt, weder geistig noch körperlich.

Es wurde ruhiger. Sehr ruhig. Zu ruhig?

Christoph musste eine Operation über sich ergehen lassen. Nicht irgendeine! Die Diagnose lautete Hodenkrebs.

25 Jahre lief alles gut und mehr als das. Wir glaubten es wäre überstanden. Für Immer. Bereits in jungen Jahren wurde ihm ein Hoden entfernt. Schon damals gab es Probleme, jedoch war der Krebs erst einmal außer Gefecht gesetzt. Seit einiger Zeit gab es Auffälligkeiten. Zunächst dachten wir an Stress oder andere Ursachen. Ahnten dennoch, auf Grund der Symptome, nichts Gutes.

Die Operation war vor drei Jahren und brachte Christoph um seine Männlichkeit. Das war seine Sichtweise der Dinge. Ihn darauf zu reduzieren würde ich nie tun. Was für ein Desaster. Es ist wie einen Stehpinkler aufs Hinsetzen zu nötigen. Natürlich hinkt der Vergleich. Trotzdem ist es gerade der Stehpinkler, der in diesem Punkt so auf seiner Männlichkeit beharrt. Als ob einen Mann nicht *mehr* ausmachen würde. Das sagt sich natürlich so einfach. Was unterscheidet einen Mann von der Frau?

Es ist und bleibt mies! Es kam richtig dick! Seither gab es mehr oder weniger eine eindeutige, zweideutige Entwicklung. Meine Aufbau- und Beschwichtigungsversuche fruchteten zwar anfänglich noch. Doch die Hoffnung und Zuversicht auf bessere Zeiten schwanden mit jedem Versuch, an alte Erfolge anzuknüpfen.

Später dann wurden Frust und Versagensangst übermächtig und meine Angebote weitgehend wirkungslos.

Andere Möglichkeiten der Befriedigung sind eine enorme Herausforderung. Die Bemühungen, Lust am Sex aufrecht zu erhalten, können durchaus anstrengend sein. Wenn auch nicht hoffnungslos. Da ich meinerseits manchmal selbst kämpfte. Das heißt aber nicht, dass ich die Lust verloren hatte.

Nicht nur mein Mann veränderte sich. Auch ich war keine Zwanzig mehr und zeitgleich in die Wechseljahre gekommen, mit all den dazu gehörenden Nebenwirkungen. Der Begriff gefällt mir. Es ist stimmig! Das Alter verändert alles und man ist einem Wechsel unterworfen. Einem Wechsel von Einstellungen zu den Dingen im und am Leben an sich. Nicht nur das Äußere wechselt sein Erscheinungsbild, auch das Innere beginnt sich zu verändern. Möglicherweise verläuft es auch umgekehrt. Ganz sicher sogar.

Für mich persönlich empfand ich es trotzdem als Segen. Obschon mir nicht alles gefiel. Es war nicht wirklich schön, mitten im Gespräch plötzlich eine Attacke zu bekommen und im Gesicht knallrot zu werden. Allein das würde ja schon ausreichen. Aber nein! Es mussten sich noch Schweißperlen am ganzen Körper bilden. Und wenn es ganz unerfreulich wurde, lief mir die Schminke übers Gesicht. Na, einfach aushalten und durch, könnte die Devise lauten. Ging ja nicht anders. Es gibt einfach

Dinge, die auch ich nicht ändern kann. Sie sind, wie sie sind. Schreiend davonlaufen und sich währenddessen die Kleider vom Leib reißen war keine Option. In solchen Momenten sagte ich mir dann; mein Körper lebt, ist doch auch ganz schön! Einzig die Einstellung dazu, die kann man, kann ich, ändern.

Ein weiterer Aspekt war: Ich wurde immer gelassener. Tausend andere hatten es vor mir ja auch überstanden und werden es auch nach mir überstehen. Mein Zustand hatte sich in der Vergangenheit Gott sei Dank wieder beruhigt. So hatten und haben wir beide unsere Kämpfe und insgeheim war ich dankbar, dass meine Veränderung zeitgleich mit der seinen kam.

Hatten wir uns doch früh auf gewisse Abläufe eingeschossen und an Rituale gewöhnt. Natürlich sind wir im Laufe der Jahre bequem geworden und unser *eingespieltes Programm* gepflegt. Schön war es trotzdem, und die Erfolgsquote war hoch. Meinem Mann war das schon wichtig, immer zum Höhepunkt zu kommen. Ich war da entspannter.

Die Erinnerungen an bessere Zeiten bleiben. Hier halfen uns wirklich die Liebe und die Zeit, die wir bereits miteinander verbringen konnten. Sex hatten wir weiß Gott reichlich. Wenn es nach meinem Mann geht, nicht genug. So ist das halt. Auch er spürte den, für ihn aufoktroyierten, Verzicht. Das Blöde war, möglicherweise könnte er ja noch nicht einmal fremdgehen. Nicht, dass mir das wichtig gewesen wäre. Es macht einfach im Kopf auch ganz viel, besonders für einen Mann. Allein die Möglichkeit, dass Christoph es hätte tun können, ist psychologisch gesehen eine nicht ganz unwichtige Sache. Natürlich war da mein Mann im Kopf noch nicht ganz frei. Das dauerte!

Gut ist, dass wir wirklich eine geniale Zeit hatten, nicht nur was den Sex betraf. Unser Verhältnis war immer noch schön. Anders, jedoch immer noch von ganz viel Liebe, Respekt und Wertschätzung füreinander geprägt. Da gab es kein Wackeln! Auch wenn ich manchmal haderte. Lust hätte ich ja schon auf die Lust gehabt. Doch befand ich mich in einem echten Dilemma!

Zuzugeben, mehr Sex zu wollen, hätte Christoph schnell in die Überforderung gebracht. Damit hätte ich eingestanden, es zu vermissen und seine Unsicherheit vergrößert. Er hätte sich weiter unter Druck gesetzt. Die Ängste wären übermächtig geworden. Sie waren doch ohnehin schon da.

Also hielt ich den Ball flach, *verlangte* nicht mehr als möglich. Zu oft reagierte er frustriert. Da konnte ich ihn auch verstehen. Natürlich. Nur nahm es mir die Lust auf ein nächstes Mal beziehungsweise einen weiteren Versuch.

Sich zu berühren und zu liebkosen, sich zu streicheln und zu küssen ist für mich auch eine Form der Befriedigung. Doch Christoph hatte trotz seiner ganz ausgeprägten Sexualität dafür nicht wirklich ein Gespür und auch mir ist es scheinbar irgendwann abhandengekommen. Der Akt an sich stand im wahrsten Sinne des Wortes im Vordergrund. Ein echtes körperliches Empfinden, ganz besonders für sich selbst, hatte er nie so richtig entwickeln können. Sich wirklich selbst spüren, das konnte er nicht. Er war immer irgendwie von sich ein Stück weit entfernt. Und ich? Wahrscheinlich ging es mir nicht anders. Auch wenn es jetzt nicht mehr in dieser ganz großen Distanz ist. Und doch liebte ich gerade seine Art, seine Denkweise und seine Körperlichkeit. Daran hat sich bis heute nichts geändert. Denke ich an Christoph, erwärmt es mein Herz. Denke ich an seine grün-grauen Augen, dann werde ich schwach. Und spüre ich seine Nähe, dann fühle ich mich mehr als wohl.

VERA

Nun stand es fest! Ich würde meine Unterlagen abholen. Mittlerweile sind zwei Monate vergangen.

Diesmal wollte ich mit dem Auto fahren. So komme ich schneller voran und auch wieder heim! So war der Plan.

Die Tage waren noch immer sehr heiß und in den letzten Wochen hatte es kaum geregnet. Jeder Hauch von Feuchtigkeit entschwand im Nichts und machte es nicht nur gefühlt noch unerträglicher.

Schon am Morgen war ich ziemlich aufgewühlt. Mich trieben Fragen um wie: Ist er überhaupt zu erreichen? Hat er meine Unterlagen gefunden? Egal, ich brauchte sie und musste dorthin!

Am frühen Nachmittag kam ich an. Noch unentschlossen und auch etwas fahrig versuchte ich, mich durch Einkäufe abzulenken. Doch es half nichts. Ich lief die Strecke ab und folgte dem Blick in die Vergangenheit. Und da stand ich wieder in dieser Straße. Ohne Regen und ohne irgendwelche Störungen. Langsam bewegte ich mich auf das Haus zu. Das Auto konnte ich nicht sehen. Hoffnung machte sich in mir breit. Hoffnung, dass er nicht da sein könnte. Das war natürlich Schwachsinn. Denn er musste einfach da sein! Ich brauchte die Unterlagen. Auf das Haus zulaufend kamen mehr und mehr die Erinnerungen an unsere Begegnung zurück. Auch das Kribbeln im Bauch.

Ich schaute nach einer Klingel. „Merkwürdig. Hier muss es doch eine geben?"

Dann sah ich einen Briefkasten. Dort stand aber nur *Vera van der Rhieten*.

„Mist, wie komme ich jetzt an Fintan?" Gerade, als ich abdrehen wollte, öffnete sich die Tür. Mein Herz stand still, ich hielt den Atem an. Da stand eine blonde Frau, komplett in Schwarz gekleidet. Sie schien ungefähr in meinem Alter zu sein und schaute mich freundlich, dennoch prüfend an. Doch bevor ich auch nur einen Ton sagen konnte, fragte sie:

„Sind Sie Ava?"

Bin ich Ava oder bin ich es nicht? Natürlich bin ich es. Aber wer ist diese Frau? Kommt Fintan durch mich in Bedrängnis? Aber ja, natürlich bin ich Ava! „Entschuldigen Sie bitte die Störung. Ja, ich bin Ava und suche nach Fintan." So! Nun war es heraus!

„Ach, das ist aber schön, Sie zu sehen. Kommen Sie herein, bitte!"

Erleichterung machte sich in mir breit. Als wir im Hauseingang standen, war es fast wie vor ein paar Wochen. Wieder nahm ich meine eigene Unentschlossenheit wahr.

„Verzeihen Sie bitte, ich habe mich noch gar nicht vorgestellt. Ich bin Vera, die Schwester von Fintan. Er hat auf Sie gewartet."

Oh mein Gott, das ist ja nicht auszuhalten. Ging es mir durch den Kopf.

„Wenn, dann muss ich mich bei Ihnen entschuldigen, dass ich Sie einfach so überfalle! Das ist mir jetzt irgendwie alles sehr peinlich. Bitte verzeihen Sie die Störung."

„Das muss es wirklich nicht sein. Sicherlich haben Sie Ihre Mappe vermisst. Kommen Sie bitte herein. Fintan hat mich unterrichtet und mich gebeten, Ihnen Ihre Sachen zu übergeben."

Hat er das. So, so ... ach ... ist das schön hier, sinnierte ich in Gedanken vor mich hin.

„Wow, das ist ein sehr schönes Haus. Es ist sehr beeindruckend."

„Wenn Sie wollen, können Sie es kaufen", erwiderte sie und lächelte dabei etwas.

„Waaas?", fragte ich überrascht.

„Ja, es steht zum Verkauf."

„Wie das?"

„Es gehörte unseren Eltern. Mutter verstarb vor wenigen Wochen. Fintan und ich erbten es. Doch wir wollen es verkaufen.

Wissen Sie, ich wohne in Brüssel und bin nur für die Abwicklungen hier. Gestern erst hatte ich Gespräche mit möglichen Käufern. Es scheint hier keine gute Zeit für Immobilien zu sein."

„Ach, das ist so traurig. Mein herzliches Beileid! Wenn ich Sie störe, dann sagen Sie mir das. Dafür hätte ich volles Verständnis! Ich wollte auch nur meine Unterlagen abholen und ..."

„Nein, nein! Das ist schon in Ordnung. Bitte! Sie können gerne bleiben. Darf ich Ihnen einen Kaffee anbieten? Den habe ich mir gerade aufgesetzt. Sie stören mich überhaupt nicht."

Sie schaute mich mit einem sanften Lächeln an und meinte: „Ich würde Sie sehr gerne näher kennenlernen. Wir sollten uns duzen! Ich bin Vera."

Völlig überwältigt von dieser Warmherzigkeit konnte ich mein Glück gar nicht fassen.

„Sehr angenehm, Ava!"

„Ich hoffe, ich habe dich jetzt nicht überrollt."

„Nein, vielleicht nur überrascht."

„Warum das?"

„Na ja, ich hatte schon ein bisschen Bammel, wer mir da gegenübersteht. Und etwas peinlich ist mir mein Besuch schon."

Wieder lächelte sie mich an und beruhigte mich.

„Wahrscheinlich dachtest du, ich könnte seine Frau sein."

„Ja, so etwas in der Art."

„Aber warum ist dir das peinlich? Da gibt es überhaupt nichts, was dir peinlich zu sein braucht! Im Gegenteil!"

Während Vera mir den Kaffee einschenkte, kam ich aus dem Staunen nicht heraus. Sie bemerkte es und sagte: „Du darfst dich gerne umsehen." Nach einer kleinen Pause: „Nun ist mir klar, warum Fintan so aus dem Häuschen ist." Ich spürte die Röte in meinem Gesicht aufsteigen.

„Ist er das?"

Wieder mit einem prüfenden Blick fügte sie hinzu: „Ich kann ihn verstehen!"

„Vera, ich bin verheiratet", platzte es aus mir heraus.

„Sind wir das nicht alle, irgendwie?"

Was hat das denn zu bedeuten?, fragte ich mich.

„Was machst du beruflich?", wollte Vera wissen. Für einen Moment überraschte mich ihre Frage und ich hatte das Gefühl, dass sie von Fintan ablenkte. Vielleicht spürte sie aber auch meine Überforderung.

„Zurzeit arbeite ich als freie Lektorin für einen großen Verlag. Begutachte, bewerte, bearbeite Manuskripte und verwirkliche Buchprojekte. Um neue Bücher auf den Markt zu bringen organisiere ich Lesungen, insbesondere für Erstautoren. Sie haben noch keine Lobby und brauchen besondere Unterstützung. Einen weiteren Aspekt bilden Seminare, in denen ich sozusagen eine To-Do-Liste für angehende Autoren anbiete. Dadurch bin ich viel unterwegs."

„Ach, das ist ja interessant. Schreibst du auch?"

„Nein, um Gottes Willen! Das ist nicht mein Metier. Mir liegen viel eher der organisatorische Teil und die Akquise. Darf ich dich etwas Persönliches fragen?"

„Natürlich darfst du! Ist denn nicht alles irgendwie persönlich?"

„Ja schon, wir kennen uns doch noch gar nicht. Vielleicht geht mich das auch nichts an …", stotterte ich etwas.

Vera sah mich mit einem sehr merkwürdigen Gesichtsausdruck an und meinte: „Wir werden uns noch sehr gut kennenlernen! Es ist völlig egal, wann wir uns welche Fragen stellen. Wichtig ist doch, dass wir es tun!"

Wow! Was für eine ungewöhnliche Frau, stellte ich fest.

„Danke für dein Vertrauen!"

„Sag, was möchtest du wissen?"

„Warum wollt ihr dieses Traumhaus verkaufen?"

„Das kann ich jetzt so gar nicht in zwei Sätzen beantworten. Kann, nein, könnte und dürfte ich überhaupt ein ganzes Leben in zwei Sätzen erzählen?" Vera wirkte plötzlich sehr nachdenklich und ich spürte, wie sie mit ihren Emotionen kämpfte. Am liebsten hätte ich sie umarmt, um sie zu trösten. „Darf ich dich einmal in die Arme nehmen?"

„Ja gerne! Ich glaube, das würde mir sehr guttun."

Da wir uns zugewandt gegenüber saßen standen wir auf.

„Danke! Das habe ich wirklich einmal gebraucht."

Ich blieb noch eine ganze Weile. In dieser Zeit passierte so viel, dass ich es noch immer nicht fassen, nicht wirklich realisieren konnte. Zwischen uns gab es eine Vertrautheit, wie ich sie selten erlebte. Diese Frau kannte ich erst ein paar Stunden und doch gefühlt schon immer!

Währenddessen verließen wir nicht einmal diesen Raum. Eigentlich hätte ich mich noch gerne umgesehen. Doch irgendwie kam ich nicht dazu. So gefesselt war ich von ihr. Vera war eine unglaublich sympathische und sehr schöne Frau!

Als wir uns verabschiedeten, taten wir das als Freundinnen. Unsere Daten tauschten wir aus und wollten uns alsbald wiedersehen. Mit diesem tiefen Gefühl und den Unterlagen fuhr ich wieder nach Hause.

Meine Heimreise war lang und trotzdem viel zu schnell vorüber.

Vera versuchte, als Immobilienmaklerin auch wieder in Deutschland Fuß zu fassen. In Belgien war sie der Liebe wegen. Dort hatte sie nicht nur ihr familiäres Netzwerk, sondern auch ihre beruflichen Wurzeln. Ihr Mann war in der Politik. Ihre Ehe bis dahin kinderlos. Anfänglich war es eine bewusste Entscheidung von beiden, da sie gerade in den Anfangsjahren oft umzogen und sich in erster Linie nach der Karriere von Ben orientierten. Ben ist die Kurzform von Bernhard. Eigentlich sogar Dr. Bernhard van der Rhieten. Ursprünglich kam er aus den Niederlanden.

Als mich Christoph sah, fragte er: „Was ist mit dir passiert? Warst du beim Friseur?" Ohne auf eine Antwort zu warten, sagte er: „Du siehst irgendwie verändert und gut aus."

„Daran ist Vera schuld!"

„Vera? Kenne ich sie?"

„Nein! Bis vor ein paar Stunden kannte ich sie selbst noch nicht."

„Du solltest sie öfter treffen", meinte er und lächelte dabei sichtlich zufrieden.

Du weißt nicht, was du da sagst, schoss es mir durch den Kopf.

„Ja, wahrscheinlich werde ich das ..."

RÜCK-SICHT

„Kein Mensch ist nur die Tat, die er begeht, kein Mensch bleibt immer gleich."
Elvio Fassole Richter

Ein Jahr später …

Den Verlag hatte ich gewechselt, und pendelte seither zwischen Brüssel, Wien und Deutschland.

Obwohl ich nun noch mehr unterwegs war, kamen Christoph und ich damit zurecht.

Jetzt begleitete er mich manchmal zu Lesungen, allerdings nur, wenn es länger als drei Tage dauerte.

Wir wollten gemeinsam etwas ändern. Er hatte seine Hobbys und war gut beschäftigt. Natürlich konnte ich ihn verstehen, dass er nicht so viele Tage allein sein wollte. Meine Seminare begrenzten sich ja nicht auf drei Tage im Jahr. Weil ich reichlich gebucht wurde, gab es Monate, in denen ich jede Woche unterwegs war. An meine eigentliche Arbeit als Lektorin war da noch gar nicht zu denken. Es gab auch Zeiten, in denen ich nicht so viel zu tun hatte. Auch das war in Ordnung. Es lief. Jedenfalls gab es unserer Beziehung einen neuen Aufschwung. So war mein Mann nicht zu lange allein und konnte meiner Arbeit auch wieder mehr abgewinnen. Christoph wusste, mit wie viel Stress es verbunden sein konnte, aber auch mit welcher Leidenschaft und Begeisterung ich dafür lebte. Dennoch hatte er einfach kein Gefühl mehr dafür und unterschätzte es im Laufe der Zeit!

So hatte es sich ergeben, dass, wenn ich in Brüssel bei Vera war, ich die Zeitspanne von drei Tagen nicht überschritt und dann allein reiste. Auch Christoph mochte Vera sehr. Sie hätte einen beruhigenden und ausgleichenden Einfluss auf mich. Vera und ich sahen uns also regelmäßig. Nicht nur wir. Entweder trafen Vera und ich uns in Deutschland oder in Belgien.

Das Haus wollten sie nicht mehr verkaufen.

Bewusst fragte ich Vera bei unserem Kennenlernen nicht weiter über ihren Bruder aus. Das was sie mir über ihn erzählte, tat sie aus eigener Motivation. Es ließ sich bedingt durch die Geschwisterkonstellation auch nicht vermeiden. Tatsächlich hatten wir konkret über ihn nicht gesprochen. Das fand ich von ihr sehr anständig. Dadurch ermöglichte sie von Anfang an, uns als Freundinnen so kennenzulernen, wie wir es wünschten. Das Tempo bestimmten wir! Vera sagte ja auch ganz klar, dass sie mich gerne kennenlernen möchte, unabhängig von der Begegnung mit Fintan. Keiner wusste im Vorfeld, ob es zu einem Wiedersehen zwischen mir und ihm kommt und ob es eine Entwicklung geben würde.

Was Vera und mich betraf war das allerdings keine Frage! Es überraschte mich selbst, wie groß mein eigenes Bedürfnis war, daran festzuhalten. Ich werde nie ihren Anblick vergessen, als sie in der Tür stand. Auch wenn sie durch das schwarze Kleid und den Verlust der Mutter sehr traurig erschien, wirkte sie auf mich wie ein Engel. Das änderte sich auch nicht mit unserem zunehmenden Kennenlernen. Immer mehr sah ich eine alte, weise Seele im Körper einer jungen Frau. Die Gespräche mit Vera waren nie oberflächlich und nie kam ihr ein Wort der Verletzung über die Lippen. Sie hatte für alles und jeden ein besonderes Verständnis, kein generalisiertes! Vera schaute hinter die Fassaden. Was sie wohl in mir sah?

Wenn sie lachte, dann strahlte sie. Wenn sie traurig war, dann tat sie das mit Würde! An ihr gab es nichts Überhebliches. Das setzte mich dann manchmal mächtig unter Druck, weil ich mich selbst anzweifelte. Für mich war sie perfekt. Wahrscheinlich war das gar nicht so und diesen Anspruch würde sie für sich selbst nicht gewollt haben. Für mich war sie ein Engel. Sind Engel perfekt? Ich glaube schon. Denn es sind göttliche Wesen. Wenn ich an Vera dachte, und das tat ich oft, dann war das von einem warmen Gefühl begleitet. Manchmal schämte ich mich dafür.

Vera und Fintan waren Zwillinge, doch sie sahen sich nicht besonders ähnlich. Von Natur aus verband sie allerdings eine unglaublich tiefe Zuneigung und Liebe. Die war in jeder Begegnung zu spüren. Fintan und Vera waren zwei Jahre jünger als ich. Mit meiner Einschätzung lag ich nicht so verkehrt. Damals, als ich Vera zum ersten Mal begegnete, erzählte sie mir von sich und der Familie. In dieser ganzen Zeit waren wir allein geblieben. Fintan selbst war nicht da. Für mich war das absolut in Ordnung und im Nachgang wohl viel besser. Da erfuhr ich auch, dass ihr Vater schon fünf Jahre zuvor verstarb. Ihre Mutter Maria starb an Krebs. Trotzdem kam es für die Geschwister überraschend. Denn die Therapien schlugen an und es sah vielversprechend aus. Sie lebte in diesem Haus, allerdings im unteren Bereich, da, wo sich Vera aufhielt. Als ihr Gesundheitszustand plötzlich kritisch wurde, kam sie in die Klinik.

Fintan und ich lernten uns ein paar Tage vor ihrem Tod kennen. An dem Tag, als wir uns trafen und er mir Asyl gewährte, war er zuvor bei ihr. Erst danach konnte ich die Situation nachempfinden und seine Reaktion viel besser einordnen. Das Verrückte war: Fintan wollte mir wirklich nur Wasser anbieten. Er wäre im Leben nicht auf andere Gedanken gekommen. Die hatte nur ich selbst. Dass ich einfach gegangen bin, hatte ihn dennoch unglaublich getroffen. Erst da kapierte er, was überhaupt passierte. So in der Art erzählte er das jedenfalls Vera. Kein einziges Wort glaubte sie ihm! Das kratzte ordentlich an seinem Ego, dass er einen Korb von mir bekam. Denn was da wirklich ablief, wussten weder er noch Vera und schon gar nicht ich!

Vera sagte damals zu mir: „Ich glaube, du warst gefühlt eine Nummer zu groß für ihn. Plötzlich hatte er vor seiner eigenen Courage Schiss bekommen. So einer Frau wie dir wäre er noch nie zuvor begegnet und er war total geflasht. Fintan war nicht mehr er selbst. So hatte ich ihn noch nicht erlebt. Gerade weil du gegangen bist, hatte das eine unglaubliche Wirkung."

Als ich von Vera nach unserem Kennenlernen ging, erhielt ich noch auf dem Nachhauseweg einen Anruf. Es war Fintan. Sie gab ihm meine Handynummer. So war es abgemacht. Er war unsagbar enttäuscht davon, mich nicht mehr angetroffen zu haben. Wir telefonierten lange. Wir sprachen über unsere Ehen, über den Regen und über das Vergängliche. Und stellten fest, nicht unbedingt unglücklich zu sein. Dennoch gab er nicht eher Ruhe, bis ich ihm versicherte, in der darauffolgenden Woche wiederzukommen.

Es werden Wochen vergehen, bis ich mich zu ihm traute. Und so geschah es. In dieser ganzen Zeit bis zu unserem Treffen bin ich Tag für Tag, Nacht für Nacht, sämtliche Optionen durchgegangen. Aber immer wieder landete ich bei Pest oder Cholera. Trotzdem redete ich mir ein, mich eben nicht entscheiden zu müssen und glaubte an den goldenen Mittelweg. Fintan und ich telefonierten nun ständig, so oft es ging. In dieser Phase passierte etwas ganz Merkwürdiges, etwas, das ich in der Dimension noch heute nicht wirklich erfassen kann.

Natürlich wollten wir uns wiedersehen. Und in unseren Gesprächen fingen wir an, uns auszumalen, wie es wohl sein könnte.

Unsere Telefonate und Briefe über WhatsApp entwickelten eine seltsame Eigendynamik, gespickt mit geballter Erotik.

Besonders getriggert war ich von seinem Schreibstil. Er hatte eine spezielle Art, seine fantasievollen Gedanken in einer fast poetischen Form auszudrücken. Meine Reaktionen darauf verblüfften mich anfänglich. Da war eine Gier nach seinen Zeilen. In ihnen näherte er sich mir auf einer ziemlich frivolen, aber auch gefühlvollen Ebene. Ziemlich früh offenbarte er auf diese Weise, was er sich in seiner Vorstellung ausmalte. Ich wurde süchtig nach seinen Briefen, die von Sinnlichkeit, Romanik und sexueller Begierde gefüllt waren.

Eigentlich fing es ganz profan mit einem Foto von Fintan an. Darum bat ich ihn in meiner Naivität bereits in einem der ersten Gespräche. Ich hätte Angst, zu vergessen wie er aussieht, sagte ich kindisch und hatte keine Ahnung, was ich damit auslöste! Fintan fing an, mir Bilder zu schicken. Erst eins, dann zwei und da war es! Das eine Foto!

Bam!

Zuerst war ich geschockt und sprachlos und wollte es sofort löschen. Den Finger noch auf der Löschtaste besann ich mich.

„Mein Gott, Ava!" Nun hatte ich richtig Angst.

Verzweifelt traf ich mich immer wieder mit Ellen. Sie amüsierte es, auch wenn sie sehr wohl um die Ernsthaftigkeit und um meinen Kampf wusste. Ich war völlig durch den Wind und hatte alle Mühe, Christoph und mir einen normalen Alltag zu gestalten, um nicht schon vorher mit was auch immer aufzufliegen.

Bis zum letzten Tag war ich mir nicht sicher, ob ich überhaupt zu ihm fahren kann. Noch hatte ich die Wahl! Aber hatte ich sie denn überhaupt? Hatte ich wirklich die Chance einer Wahl? Ja! Natürlich hatte ich die! Doch eins war klar: Fahre ich dorthin und treffe mich mit Fintan, ist die Entscheidung gefallen! Denn schon lange ging es nicht mehr um das kalte Wasser oder einst vergessene Unterlagen. Darum ging es wohl nie. Tief in mir drinnen ahnte ich, dass er mir das unmoralischste

Angebot hätte machen können, ich wäre aus dem Wagen gestiegen!

PEST ODER CHOLERA!

Als ich zu Fintan fuhr, war ich einigermaßen klar und halbwegs sicher in meiner Entscheidung. Ich versuchte, alle Bedenken beiseitezustellen. Woher sollte ich wissen, was Fintan will? Na sicher wusste ich, was er wollte. Und ich hatte Blut geleckt!

So sehr, dass ich seine Anweisungen genau befolgte!

Meine Arme, Beine hatte ich rasiert. Den Intimbereich nicht komplett. Ich bin eine Frau und kein Kind. Fintan gefiel das besonders, dass ich ein Körperpuder statt einer Creme benutzte. Es gehört zu meiner üblichen Körperpflege. So ließ ich ihn an meinen alltäglichen Abläufen teilhaben. Mittlerweile bekam er auch von mir Bilder geschickt.

Für unser Treffen steckte ich meine Haare hinten zusammen, entschied mich für ein leicht transparentes, schulterfreies Kleid in einem zarten Gelb. Um die Taille war ein langer Tüllschal gebunden. Dazu trug ich offene beige Pumps, mit hohem Absatz. Meine Nägel hatte ich knallrot lackiert.

Direkt vor dem Haus parkte ich meinen Wagen. Es nieselte. Natürlich. Fintan stand schon mit dem Regenschirm an der Straße.

Wow, ihn da stehen zu sehen war ziemlich aufregend. Er trug eine graue Leinenhose mit einem hellblauen, lässigen Hemd. Trotzdem konnte ich seinen durchtrainierten Körper gut ausmachen.

Für einen Augenblick verweilte ich noch im Wagen, zog mir die Lippen mit einem farblosen Lipgloss nach. Fintan beobachtete mich und wartete ab. Als ich mit meinen Vorbereitungen fertig war, öffnete er die Wagentür.

Beim Aussteigen hielt er meine Hand. Dann umarmte er mich und sagte: „Danke, dass du gekommen bist."

Uh, Fintan riecht gut.

Langsam liefen wir den schmalen Weg entlang. Wieder spürte ich seine Blicke.

Nachdem Fintan die Tür aufschloss, standen wir im Eingang. Sie schloss sich und abermals war das Klacken zu vernehmen. Den Regenschirm lehnte er in die Ecke und drehte sich dann zu mir. Für einen Augenblick betrachteten wir uns. Da war erneut dieses undefinierbare Empfinden. Doch dieses Mal flüchtete ich nicht.

Schweigend nahm er meine Hand und lief vor mir her. Ein paar Stufen, eine leichte Kurve und wir standen in einem großen Vorraum. Die Decke war mit dunklem Holz getäfelt. An den Wänden hingen Tapeten mit venezianischen Motiven. Ein kleiner, handgedrechselter Tisch aus Kirschholz zierte den Raum. *Das ist mehr als fein*, dachte ich.

„Hier ist mein Reich. Herzlich willkommen, liebe Ava!"

Wir liefen durch den Raum und gelangten in das Wohnzimmer. Es war komplett mit dunklem Parkett verlegt. In der Mitte lag ein großer Teppich, der mit beeindruckendem Blau und Grüntönen einen wunderschönen Kontrast zum dunklen Parkett bildete.

Ganz sicher war das ein Perserteppich und dieser war in einem hervorragenden Zustand. Ein massiver, großer Holzschrank mit dickem Scheibenglas thronte zur rechten Seite an der Wand. Er war mit geschnitzten Blumenornamenten verziert. Für warmes Licht sorgte ein großer Kristallleuchter. Die Vorhänge waren aus dunkelblauem Brokatstoff. Alte Gemälde und moderne Bilder ergaben einen angenehmen Gegenpol. In der Mitte des Raumes befand sich das in dezentem hellgrau gehaltene üppige Sofa. Auf dem Glastisch stand eine mächtige grüne Vase mit pinkfarbenen langstieligen Lilien.

„Wow! Das sieht großartig aus."

„Gefällt es dir?"

„Natürlich! Es ist wunderschön!"

Fintan kam mir nah und doch hielt er Abstand. Auch er schien etwas aufgeregt. Gott sei Dank, denn ich war es ganz sicher!

„Komm, ich zeige dir noch die anderen Räume. Hier ist das Bad."

„Oh, da würde ich sehr gerne für einen Moment hin entschwinden", erwiderte ich und lächelte ihn zuversichtlich an. Der Countdown lief.

„Mein Gott, das Bad ist ja fantastisch."

Mitten im Raum präsentierte sich ein ovaler, schwarzer Whirlpool. Das Bad war komplett bis hinauf hellgrau gefliest. Schwarze Wandelemente setzten entsprechende Akzente.

Die Decke wurde leicht, in zwei Stufen, abgehängt. In dieser Vorrichtung waren Leuchtdioden eingearbeitet. Das einfallende Licht wurde von ihnen erfasst und so wirkte es wie der Sternenhimmel. Ich war begeistert. Zur linken Seite befand sich eine großzügige Dusche und hinten rechts eine kleine Sauna. Ein mächtiger Spiegel hinter dem Pool sorgte für eine optische Raumteilung.

Da stand ich und konnte nicht genug davon bekommen. Doch wollte ich mich auch losreißen. Er wartete auf mich!

Fintan war Innenarchitekt. So etwas hatte ich vorher noch nie gesehen. Er musste ein Meister darin sein!

Wieder halbwegs gefasst, begab ich mich zurück in das Wohnzimmer. Anschließend zeigte er mir noch zwei weitere Räume. Auch die Küche war recht großzügig und im typisch offenen amerikanischen Stil gehalten. In der Mitte spielte sich das eigentliche Leben ab. Das Highlight war ein moderner komfortabler Herd mit reichlich Technik und viel Edelstahl. Über dem Herd hingen verschiedene Utensilien, wie Schöpflöffel und Nudelsieb. Die Essecke mit dem großzügigen Holztisch gab dem kühl wirkenden Stahl die nötige warme Note.

„Darf ich dir etwas anbieten?"

„Wie wäre es mit einem Schluck kaltem Wasser?", grinste ich ihn verschmitzt an.

„Sehr gerne! Mach es dir bitte bequem." Das war unser Codewort! Jetzt begann die heiße Phase. Ich war so aufgeregt! Wahnsinnig aufgeregt!

Fintan lief barfuß in die Küche.

Leise Soul-Musik kam aus dem Hintergrund. In diesem Augenblick spürte ich meinen galoppierenden Puls. Währenddessen betrachtete ich Bilder an der Wand und war davon fasziniert. So sehr, dass ich zunächst nicht bemerkte, dass er wieder da war. Fintan stand hinter mir. Ich spürte einen zarten Lufthauch am Hals. Gänsehaut überzog mich bis über die Schultern, zu den Armen, an meinen Beinen entlang.

Ich hielt die Luft an und fürchtete, mich jetzt schon zu verlieren – und atmete noch einmal tief ein und aus.

„Schließ deine Augen und sag nichts", flüsterte er mir ins Ohr.

Oh mein Gott, dachte ich noch und schloss sie. *Was macht er da?*, schoss es mir weiter durch den Kopf.

Fintan begann, mich am Hals zu küssen und ließ seine Zunge hin zum Ohr gleiten. Wieder tief ein- und ausatmend konnte ich ein leichtes Entzücken nicht zurückhalten.

„Oh mein Gott. Lange halte ich das nicht aus." Dann spürte ich seine Hände, wie sie sich über meine Schläfen zum Haar tasteten. Fast wie von selbst löste sich meine Frisur auf. Sanft legte er meine Haare über die Schulter zur linken Seite. Die andere Seite küsste er sich am Hals aufwärts hin zum Mund. Ich nahm seinen Atem wahr. Doch kurz davor drehte er ab. Ich spürte seine Hände an meiner Taille, wie sie den Schal öffneten … flüsternd fragte er: „Darf ich?"

„Oh … was hast du vor?", fragte ich ihn ängstlich hauchend.

„Das fragst du noch?", hauchte er zurück.

Mein Körper war in einem Zustand, den ich als Vollrausch empfand. Fintan berührte mich überall. Und wenn ich sage überall, dann überall. Leicht und sanft tastete er mich ab. Ich fühlte ihn und atmete spürbar und hörbar. Mich wühlte das auf, aber nicht unangenehm. Für mich war das eine neue Erfahrung.

Er küsste mich immer wieder am Hals und ließ seine Hände über meinen Busen gleiten. Mit dem Schal, den er mir um den Hals legte, zog er mich nun sanft zu sich.

„Berühre mich", sagte er und ich tat es.

„Ich möchte dir deine Augen verbinden." Doch mit einem Mal wurde meine Unsicherheit übermächtig und ich sagte, flüsternd: „Fintan, ich kann das nicht."

„Ava, wovor hast du Angst? Halte einfach deine Augen geschlossen und fühle mich, so wie ich dich fühle. Hör auf, nachzudenken. Schalte deinen Kopf aus", flüsterte er und ich hielt meine Augen geschlossen. Mir schoss die Schamesröte ins Gesicht. Mein Körper zitterte, und doch war es wahnsinnig erregend.

„Wenn du magst, kannst du mich weiter berühren, wo auch immer du willst." Seine Stimme war ruhig, faszinierend und doch bestimmend. Alles, was ich hörte, klang sinnlich. Die Musik im Hintergrund brachte mich in einen angenehmen, taumelartigen Zustand, in eine andere Frequenz. Mein Kopf begann sich zu entwirren und allmählich lösten sich die Gedanken auf. Während Fintan mir die Augen verband, stand er vor mir. Langsam berührte ich auch ihn intensiver. Zärtlich tastete ich seinen Oberkörper ab und ließ meine Hände über seinen Po gleiten. Ich spürte seine Erregung und drückte mich zärtlich an ihn. Mit meinem Körper konnte ich sein Glied spüren. Doch noch berührte ich *ihn* nicht. In mir bemerkte ich, wie eine ungewohnt lustvolle Begierde aufkam. Mein Atmen ging ins leise Stöhnen über. Seinen Wahnsinnskörper zu spüren war für mich kaum auszuhalten.

Fintan zog mir am Rücken ein Stück den Reißverschluss vom Kleid herunter. Bedächtig tat er das. So langsam, dass ich es kaum aushielt.

Die Geräusche dabei waren herrlich stimulierend. Ich begann, ihm sein Hemd aufzuknöpfen. Fintan half mir und zog es aus. Immer wieder berührten und küssten wir uns am Hals, an den Ohren, am Oberkörper. Dann drehte ich ihn sanft um küsste seinen Rücken, schmiegte mich von hinten an ihn. Währenddessen fasste ich sanft um seine Lenden herum und öffnete seine Hose. Sie glitt an seinen Beinen herunter. Nun drehte sich Fintan zu mir, hob mein Kleid an und streichelte meine Schenkel. Meinen Po.

Mein Zustand war bedenklich betörend. Das Atmen fiel mir schwer und ich hatte das Gefühl, gleich den Verstand zu verlieren. Völlig überflutet von Empfindungen, die meine bisherigen Erfahrungen überschritten, säuselte ich, dass ich heiß bin.

Fintan streifte mir den Slip herunter und berührte mich im Schritt, am Po und dazwischen. Immer wieder streichelte er die Innenseiten meiner Schenkel. Für mich gab es kein Halten mehr. Laut und heftig stöhnte ich.

Augenblicklich veränderte sich unser Rhythmus. Das Kleid begann nach unten zu rutschen.

Fintan packte mich gefühlvoll, hob mich hoch, legte mich auf das Sofa und entkleidete mich weiter. Zeitgleich fasste ich nach seinem Slip und zog ihn nach unten. Nun stöhnte Fintan auf und biss mich vor lauter Wollust in den Hals, griff nach meinen Brüsten, die in der Zwischenzeit zu einem prallen Bollwerk der Begierde mutiert waren, und massierte sie. In diesem Moment klinkte sich wieder das besagte Foto, welches ich löschen wollte, in meinen Kopf. Von meiner anfänglichen Zurückhaltung war nichts mehr zu spüren.

„Fester", hauchte ich und spreizte gierig meine Schenkel.

Dann massierte ich sein Stück, erst sanft und dann stärker. Fintan nahm meine Arme und legte sie nach oben. Währenddessen rieb ich mit meinen Schenkeln lasziv seinen Penis weiter. Doch Fintan konnte sich nicht mehr zurückhalten und auch ich wollte es nicht mehr!

Behutsam versuchte er, ihn einzuführen. „Langsamer", stöhnte ich und drückte sein Becken, wieder Herr meiner Hände, etwas zurück, um dann doch sachte wieder nachzulassen. Fintan stöhnte und biss sich wieder an meinem Hals fest. Es schmerzte etwas, doch tat es das auch wieder nicht. Mein Atmen wurde schwer und hektisch.

Mein Körper bebte und ich vergaß fast, weiterzuatmen. Bam, und da war er! Der unglaublichste Orgasmus, den ich je hatte. Auch Fintan war im Rausch und wir erlebten uns in absoluter Ekstase.

Irgendwann kam ich wieder zu mir. Die Schuhe, der Schal, das Kleid, der BH, der Slip und seine Sachen … alles lag verstreut auf dem Boden. Mein Hals war trocken und ich wusste nicht, wie mir war. Natürlich wusste ich es. Eine unsagbare Leichtigkeit und ein unglaubliches Wohlgefühl breiteten sich in mir aus. Nein! Viel besser! Es war das untrügliche Gefühl des Befriedigtseins! Ich hatte SEX! Den erotischsten, gefühlvollsten und sinnlichsten SEX meines Lebens! Ich hatte keine

Ahnung, wie Sex noch sein konnte. Und: Ich hatte keine Schuldgefühle! Noch nicht.

Fintan wirkte sehr glücklich. Und ich war es auch! Er stand vor mir und schenkte mir sein schönstes Lächeln. Mich darauf zu konzentrieren, fiel mir nicht leicht.

Beide waren wir gelöst und nackt. Ich schlug die Hände über meine Augen: „War ich das? Bin ich das?"

Ich versuchte mich erst gar nicht aufzurichten. Sich nackt aufzurichten, bringt uns Frauen in Bedrängnis. Speckröllchen schreien nach Abdeckung. Doch wie sagte er so schön: Ava, den Kopf ausschalten! Fintan setzte sich zu mir und reichte mir Sekt. Eisgekühlten Sekt. Zuerst trank er einen Schluck, beugte sich zu mir herunter und flößte ihn mir langsam ein. Dabei lief etwas an den Mundwinkeln zur Seite herunter. Fintan leckte es gierig ab.

Tropfen für Tropfen genoss ich die Abkühlung. Meine Kehle lechzte danach. Dann stießen wir gemeinsam an und tranken die Gläser mit einem Schluck leer.

„Du bist ein Traum von einer Frau", sagte er und ich glaubte es!

„Wer dir das beigebracht hat, möchte ich gar nicht wissen." Nun schenkte ich ihm *mein* schönstes Lächeln.

„Ich danke dir, und das aus tiefstem Herzen!"

„Nein! Wenn, dann muss ich mich bei dir bedanken, dafür, dass du dich darauf eingelassen hast!"

„Machst du das öfter?", fragte ich interessiert.

„Nein!"

„Ich glaube dir kein Wort!"

„Als ich dich das erste Mal sah, spielte meine Fantasie verrückt. Du tauchtest da mitten im Regen auf und boah … So etwas hatte ich vorher noch nie erlebt."

„Was genau meinst du?"

„Ich saß da in meinem Wagen, war ziemlich down und hatte keinen Antrieb. Plötzlich kommst du vollgepackt und mit deinem Regenschirm, in diesem wunderschönen Rock, um die Ecke und ich dachte, dass das nur eine Fata Morgana sein kann. Du hast sensationell ausgesehen, da in deinem Kampf mit den Elementen der Natur. Ich dachte nur: Was für eine Frau. Ich musste dich doch einfangen. Welche Gedanken ich da noch hatte, kann ich dir gar nicht sagen."

„Doch, kannst du! Sag es."

„Nackt habe ich dich in Zeitlupe auf mich zukommen sehen. Und wie dir deine Haare ins Gesicht fielen. Als dein Rock für einen kurzen Augenblick nach oben wehte, dachte ich nur noch an Sex!"

„Also doch! Vera hatte dir sowieso kein Wort geglaubt. Du weißt, ich wäre schon an diesem Tag mit dir gegangen!"

„Nein, das wusste ich nicht. Als du dann endlich eingestiegen bist, war ich so glücklich. Einfach nur happy. Du hast so gestrahlt und warst so humorvoll. Ich war wie gelähmt. Da saß meine Traumfrau. Diese blauen Augen. Das schwarze Haar."

„Hey, das ist Dunkelbraun!"

„Aha, ist das deine natürliche Haarfarbe?"

„Ein bisschen helfe ich nach."

„Du siehst einfach umwerfend aus!"

„Ach du! Aber trotzdem, du warst einfach nur cool und abgeklärt."

„Ava, das war ich nicht! Und ich bin es auch jetzt nicht … so etwas wie mit dir habe ich noch nie erlebt!"

„Ich glaube dir kein einziges Wort. Du bist ein Profi."

„Ich schwöre dir beim Namen meiner Mutter …" Ich unterbrach ihn.

„Hör auf! Sag das nicht! Das möchte ich nicht. Ich glaube dir! Okay?"

„Es ist die Wahrheit! Ich weiß nicht, was du mit mir machst. Wenn ich an dich denke, dann bin ich wie von Sinnen. Ich bin einfach verrückt nach dir."

„Du willst mir doch jetzt nicht erzählen, dass du das nicht schon vorher ausgelebt hast. Ich wusste von mir selbst gar nicht, was mich antörnt. Mein Körper war noch nie so wunderbar weichgespült."

„Stopp! Ausgelebt, nein! Niemals! Fantasiert habe ich darüber, ja sicher! Das ist doch das Verrückte! Ich sehe dich und weiß: Das ist es! Du bist es! Ja, du hast mehr erogene Zonen, als du ahnst. Was ich dir eigentlich sagen will, ist doch: Du bist diejenige, die mich verführt hat! Du warst die, die sofort wusste, was da zwischen uns läuft."

„Wenn es dir hilft, okay. Aber nein! Nie hätte ich mir das auch nur in Gedanken ausmalen können. Ja doch, das haben wir ja und trotzdem bin auch ich überrascht. Aber eigentlich ist es egal. Wenn es dir wichtig ist, die Schuldfrage zu klären, dann okay, ich übernehme sie freiwillig."

Fintan beugte sich zu mir und küsste mich. Er tat es leidenschaftlich und intensiv. Mir stieg der Alkohol in den Kopf, gelöst fiel ich zurück. Er küsste sich hin zum Bauchnabel, ließ sanft seine Zunge um ihn kreisen.

„Dreh dich um", hauchte er mir wieder ins Ohr.

Ich gehorchte und genoss … Fintan streichelte mir über den Rücken. Wieder mit seiner Zunge arbeitete er sich weiter über und zwischen meine Pobacken entlang. Ich stöhnte auf und hatte den nächsten Orgasmus. Irgendwann schliefen wir erschöpft ein.

Viele Stunden später, es war tief in der Nacht, kochten wir uns ein paar Spaghetti mit frischen Tomaten und gebratene Garnelen dazu.

Beide waren wir völlig ausgehungert. Köstlich war es!

„Bleibst du?", fragte er.

„Natürlich bleibe ich!"

Wir gingen hinüber in das Schlafzimmer. Endlich!

Zwei Tage blieb ich. Es wurden zwei Tage, die wir in vollen Zügen genossen. In denen wir das Leben, die Liebe und uns spürten. Tagsüber ging ich meiner Arbeit nach, insofern mir das möglich war. Abends verwöhnten wir uns!

Wieder zu Hause angekommen, fühlte ich mich um einige Kilo leichter, als ob ich einen Meter über dem Erdboden schwebte. Dass der Rausch so lange anhalten würde, damit rechnete ich wirklich nicht. So musste ich mich selbst etwas beruhigen und irgendwie erden. Zeitweise brachte es mich in ernsthafte Bedrängnis. Mein Körper schrie: „Juhu!" Mein Kopf sagte: „Oh Gott!" Christoph wollte ich ganz sicher nicht beunruhigen. Klar freute es ihn, wenn es mir gut ging. Doch mir ging und geht es mehr als nur gut. Also switchte ich seither zwischen zwei Welten. Zwischen einer Welt als Lektorin und Ehefrau und der anderen Welt. In der anderen sah ich eine Frau, die ich nicht kannte. Wer ich da wirklich war, wusste ich noch nicht. Doch eines war klar: Die Seite an mir gefiel mir. Diesen Teil von mir fand ich zunehmend spannend.

Gott sei Dank konnte ich mit Ellen auch darüber reden. Natürlich erzählte ich ihr von meinen Erlebnissen. Immer noch von allem fasziniert, insbesondere von seinen Ideen, beschrieb ich ihr das Haus bis in jedes Detail.

„Und? Wie sieht es im Schlafzimmer aus?"

Da lachte ich auf … Denn das bekam ich beim ersten Mal ja erst *danach* zu sehen. Na ja, so ganz lief nicht alles *nach Plan*. Selbstredend legte Fintan auf ein extra großes Bett Wert. Das passte zu ihm. Auch hier sorgte viel Holz für eine wohlige Atmosphäre. Das Beeindruckendste an diesem Raum waren die Markisen. Sie sorgten für eine ganz spezielle Lichtbrechung, wenn sie in einer bestimmten Stellung standen.

In den Gesprächen mit Ellen blieb es nicht aus, dass auch sie mir eine Seite von sich offenbarte, die für mich bisher nicht sichtbar gewesen war.

Nach ihrer Scheidung hatte sie nicht mehr geheiratet. Dass Ellen sich schon damals als Frau hat scheiden lassen war eine Provokation á la Bonheurs und nahm ihr nicht nur die Lust, sich auf eine weitere Ehe einzulassen. So ganz konnte ich das nicht einschätzen. Dass sie aber auch noch ihr Leben so lebte, wie sie es wollte, setzte dem Ganzen die Krone auf. Ellen kam aus einem, um es mit ihren eigenen Worten auszudrücken, katholischen Kaff! Auch wenn man sich nach ihrer Scheidung nicht wirklich traute, in ihrer Gegenwart etwas zu sagen, spürte sie die Abwehr. Hinter vorgehaltener Hand wurde getuschelt. Manchmal auch unverhohlen. Doch war das die Ausnahme. Aus zu gutem und zu reichem Hause kam sie, dass es irgendjemand wagte, sie offen anzugreifen.

Anfänglich ignorierte sie die Abweisungen. Irgendwann jedoch packte sie ihre sieben Sachen und verschwand. „Dort wäre ich eingegangen!", sagte sie. „Es war so unsäglich langweilig und trostlos. Was wollte ich mit zwei kleinen Kindern dort anfangen? Einfach hatte ich mir meinen Weggang nicht gemacht. Doch sollten meine Kinder unter solchen schwachsinnigen Menschen aufwachsen?", schimpfte sie. „Du kannst dir das nicht vorstellen, in welcher Prüderie wir damals lebten. Schwanger zu sein war schon fast eine Sünde. Am liebsten wäre denen noch die unbefleckte Empfängnis gewesen. Von wegen den Bauch hochschwanger zu präsentieren, so wie es heute gemacht wird, das war undenkbar. Dafür wärst du gesteinigt worden", lachte sie dann doch wieder. „Ava, das, was du mir erzählst, ist mir nicht fremd. Ähnliches habe ich, nachdem ich von dort weg bin, erlebt. Obwohl, so ganz stimmt das nicht." Sie schaute nachdenklich. Dabei huschte ihr ein undefinierbares, liebevolles und zugleich freches Grinsen über das Gesicht.

Ellen sah für ihr Alter genial aus! Mit Sicherheit war sie auch in jungen Jahren eine Augenweide gewesen. Irgendwie schienen meine Erlebnisse uns noch enger zusammen zu bringen. Christoph fragte erst neulich, was mit uns wäre.

„Was meinst du?", wollte ich überrascht wissen. Ich wusste wirklich nicht, was er meinte.

„Ihr seid in letzter Zeit unzertrennlich."

„Echt? Das ist mir gar nicht so aufgefallen." Natürlich war es mir das. Verwundert reagierte ich wohl eher, dass es Christoph auffiel.

Spontan sagte ich ihm, dass Ellen einen Mann kennengelernt hatte. Plötzlich schaute er so pikiert, dass ich mich darüber erneut wunderte. Ich konnte es nicht glauben. Meinem eigenen Mann schien das irgendwie zu stören. Was sollte sein Blick bedeuten? Hoffentlich hatte ich mir jetzt kein Eigentor geschossen. Als ich das neulich Ellen bei einer Tasse Kaffee in unserem Haus erzählte, lachte sie geradeheraus.

„Das ist typisch für die Jungs. Ich kann dir sagen, was er denkt! Er wird es nicht mehr so gerne sehen, wenn wir auf der Piste sind. Womöglich habe ich nun keinen guten Einfluss mehr auf dich. Es könnte sich ja noch ein anderer Mann für dich interessieren. Jetzt muss ich bedauerlicherweise die Beziehung beenden." Sie lachte so herrlich, dass sie mich damit ansteckte.

„Mh, war dann wohl keine so gute Idee von mir."

„Doch, das hat schon gepasst. Jetzt weißt du, wie der Hase läuft. Gib einfach Obacht! Dein Mann hat dich besser im Blick, als du es vermutest."

„Ich möchte ja nur einfach, dass er sich keine Sorgen machen muss. Davon laufe ich ihm nicht", versicherte ich noch einmal mit Nachdruck.

„Mir musst du das nicht sagen. Wie lange läuft das jetzt eigentlich schon mit euch beiden?"

„Ein Jahr."

„Und? Wie fühlt es sich an? Ist es immer noch so aufregend?"

„Es ist etwas Verrücktes und eine Mischung aus verbotener Liebe und Kopfsex mit Liveshow. Der Suchteffekt ist garantiert. Ja, so würde ich das beschreiben. Fintan ist immer wieder eine Überraschung.

Bis jetzt komme ich ungewöhnlich gut damit zurecht. Es gibt nur wenige Momente, in denen mich Zweifel packen. Keine Frage, die sind da, aber bisher konnte ich sie gut deckeln."

„Du liebst ihn nicht! Da ist keine Liebe!", sagte Ellen feststellend und abwartend, wie ich darauf reagierte.

Für einen Moment dachte ich darüber nach.

„Ich weiß es nicht. Ich mag ihn, sehr sogar. Und es ist prickelnd. Mir geht es einfach gut. Meinem Körper geht es gut. Wenn, dann habe ich mich etwas verknallt. Doch ... sind es nicht die gleichen Empfindungen, wie ich sie für Christoph hege. Nie kam einmal der Gedanke, mich von ihm trennen zu wollen."

„Von Christoph?"

„Sicher ... nicht von ihm! ... Wenn, dann eher von Fintan."

Überrascht von meiner Aussage richtete sich Ellen etwas auf.

„Ach! Und ich hatte schon Schlimmstes befürchtet."

„Warum das?"

„Erfahrungen einer alten Frau", sagte sie und grinste.

„Mh, da kann ich dich beruhigen! Fintan ist keine Gefahr! Nicht er.", setzte ich nach.

Ellen war nun mehr als überrascht. Sie schien regelrecht schockiert und seit Langem sprachlos. Mit großen Augen und aufgerissenem Mund saß sie vor mir und konnte nichts sagen. Vorerst.

„Wie? Was? Habe ich dich richtig verstanden oder kommt bei mir jetzt etwas … verkehrt an?", stotterte sie herum. „Es gibt noch einen Mann?"

„Nein."

„Gut! Das beruhigt mich dann doch etwas." Sichtlich erleichtert schüttelte sie ungläubig ihren Kopf.

„Es ist eine Frau!"

Bam!

Jetzt war Ellen entsetzt! Das überforderte selbst sie. Mit allem hätte sie gerechnet. Doch nach meiner Aussage wirkte sie wie vom Blitz getroffen.

„Puh! Das haut mich ja fast um! Das muss ich jetzt zugeben", sagte sie, stand auf und lief zum Fenster.

Für einen Moment erfüllte Schweigen den Raum.

„Weißt du, was du da sagst? Weil: Das könnte dir wirklich um die Ohren fliegen." Ellen war sichtlich angefasst, mehr, als mir lieb war. Eigentlich hatte ich mit einer anderen Reaktion gerechnet. Das verwirrte mich etwas und ich betrachtete sie unsicher. Wie sollte ich das jetzt einschätzen? Ihre Körpersprache konnte ich nicht eindeutig entschlüsseln.

Wieder erfüllte Schweigen den Raum. *Ist sie jetzt etwa sauer auf mich? Mh. Das verstehe ich nicht? Warum reagierte Ellen so ungehalten auf mich? Erst forderte sie mich auf, zu leben und meine Bedürfnisse nicht zu unterdrücken. Und nun bremste sie mich barsch ein. Habe ich es übertrieben? Zu sehr? Grenzen überschritten?* Plötzlich fühlte ich mich wie ein kleines unartiges Kind, dass gerade gerügt wurde.

„Ava, jetzt habe ich Schuldgefühle. Irgendwie dachte ich, … dass du vernünftiger bist." Sie drehte sich wieder zu mir.

„Hä? Vernünftig? Bis wohin geht vernünftig sein? Wo hört das auf? Ab wann mache ich mich moralisch strafbar? Mit einem anderen Mann zu bumsen ist okay und mit einer Frau nicht?", fragte ich sie etwas vorwurfsvoll.

„Du weißt genau, was ich meine", gab sie streng zurück.

„Nein! Das weiß ich gerade nicht!"

„Seit wann läuft das mit dir und dieser Vera?" Bam!

„Liebst du *sie* etwa? … Ja, natürlich tust du das! Weiß das Fintan?", fragte sie mich immer noch streng. Die Stimmung blieb unterkühlt.

Plötzlich stand Christoph im Zimmer und schaute uns entgeistert an.

„Was ist denn hier los?"

Wie wird Ellen jetzt reagieren? Sie reagierte gar nicht und das machte es nicht besser. Im Gegenteil! Sie warf mir einen Blick zu, der sagte: Kläre das! Also versuchte ich die peinliche Situation zu retten.

„Wir überlegen gerade."

„Aha … Das scheint ja ein schwieriges Thema zu sein", sagte er. „Da will ich euch mal nicht stören." Im Hinausgehen rief er noch: „Wenn ihr zu einer Lösung gekommen seid, dann lasst es mich wissen."

Schweigen …

„Ellen, kann ich weiterhin auf dich zählen?"

„Das kannst du, Ava! Doch das ist nicht der Punkt. Und das weißt du! Ich mach mir nur ungeheure Vorwürfe. Als das mit Fintan anfing und wir über die möglichen Bedenken sprachen, hieltest du eine flammende Rede über Vertrauen. Nun frage ich mich, ob du nicht doch recht hattest. Sollte man wirklich immer seinen Gefühlen nachgeben? Was ist mit *meiner* Verantwortung? Habe ich dich da allein gelassen? Hätte ich da nicht besser einwirken oder aufklären und erklären können?"

„Du bist doch nicht meine Mutter", warf ich ihr etwas brüsk zurück.

„Es mag sein, dass da auch ein mütterlicher Anteil in mir spricht. Habe ich nicht auch als Freundin die Pflicht? Möglicherweise bin *ich* zu weit gegangen. Christoph vertraut auch mir. Habe ich sein Vertrauen nicht auch missbraucht und *mich* zu sehr in dieser Geschichte gesehen? In deiner Geschichte? Habe ich durch dich etwas ausleben wollen und dich nicht auch benutzt, um meine Träume bei dir verwirklicht zu sehen? Habe ich mich zu sehr in dir gesehen und nicht auch dein Vertrauen missbraucht? Habe ich dich am Ende benutzt?"

Ellen wirkte sichtlich berührt und nachdenklich.

„Nun lass mal die Kirche im Dorf! Du hast mich doch zu nichts gezwungen."

„Aber vielleicht manipuliert?", fragte sie.

„Ellen! Nun mach mal einen Punkt. Ich bin keine Zwanzig mehr. Und bevor du dich hier noch um Kopf und Kragen redest, es ist nichts passiert!", sagte ich nun meinerseits in einem überzeugten und deutlichen Ton. Ellen schaute mich noch etwas unsicher an.

„Du meinst … es ist nichts passiert … im Sinne … mit Vera …?"

„Genau das meine ich! Mit Vera ist nie etwas gelaufen."

„Oh mein Gott! Du lässt mich hier die ganze Zeit im Glauben, dass …"

Ich unterbrach Ellen.

„Eigentlich wollte ich nur mit dir über meine Empfindungen Vera gegenüber reden. Was bei dir gerade abgeht, weiß ich nicht. Aber du warst sofort ungnädig und hast mir gleich ein Referat gehalten. Du hast mich mit deiner Reaktion überrumpelt: Wie bist du überhaupt auf Vera gekommen?

Außerdem habe ich nicht gleich kapiert, was du eigentlich meintest. Für einen Moment konnte ich dich nicht richtig einordnen."

„Siehst du, wie sehr ich da drinstecke? Genau das meine ich! Irgendwie bin ich persönlich betroffen. Irgendetwas triggert mich ständig an. Die Grenzen verschwimmen. Ich kann mich nicht abgrenzen. Das hat Gründe. Ich hätte schwören können, dass du in sie verliebt bist. Da war dieser Blick."

„Ja, da ist etwas. Zu ihr fühle ich mich in einer besonderen Weise hingezogen, die ich nicht

erklären kann. Aber ob es Liebe ist? Zuneigung, ja!
Große sogar."

„Ich hatte auf einmal so eine Panik. Ava, entschuldige bitte. Und als dein Mann unvermittelt
hier stand, habe ich falsch reagiert. Das war nicht
in Ordnung."

„Lass mal! Wenn hier irgendetwas nicht in Ordnung ist, dann, dass ich herumvögele. Dennoch,
dass, was da gerade ablief, hat mich zurechtge-
stutzt. Es ist schon so. Allen Gefühlsregungen
brauche ich nicht nachzugeben. Mir ist meine Grat-
wanderung sehr bewusst geworden. Denn das ist
eine! Wenn ich nicht aufpasse, verspiele ich die
Chance! Fintan ist ein Geschenk für mich. Schnell
könnte mir das Überraschungspaket als Bombe um
die Ohren fliegen. Da hast du schon recht. Die De-
tonation würde keinen Graben, sondern eine Me-
gaschlucht zurücklassen. Aus dem Spiel könnte
Ernst werden und der wäre lange nicht so regulier-
bar. Ich weiß schon, dass ich nicht nur mich in einen Konflikt bringen könnte. Die Folgen wären
nicht absehbar. Tatsächlich ist mir das erst jetzt bewusst. Vera und Fintan stehen sich sehr nahe. Das
könnte sie entzweien. Uns in jedem Fall. Wir alle
wären Verlierer. Und ja, ich würde nicht nur
Fintan verlieren. Vielleicht geht es auch nicht wirklich um Vera. Möglicherweise steht dahinter etwas
ganz anderes."

Ellen ging und die Ernüchterung blieb. Trotzdem und vielleicht auch gerade deshalb, war ich
auch ihr sehr dankbar. Die Erkenntnisse, die ich
hieraus mitnahm, waren in ihrer Auswirkung

nachhaltig. Das waren keine Gedankenblasen, die sich irgendwann einfach so wieder auflösten.

Die Wahrheit ist niemals nur leicht und einfach. Sie gaukelt auch nie etwas vor. Die Wahrheit ist da und sie wirkt. Manchmal auch als Schmerz, besonders dann, wenn sie nicht gesehen wird.

ELLEN UND DER GEIST DER ERINNERUNG

Natürlich hatte dieses Gespräch seine Schatten geworfen. Meine Freundin Ellen bekam ich nicht mehr aus dem Kopf. Irgendetwas waberte da noch herum. Immer wieder dachte ich über unser Gespräch nach. Mich ließ das Gefühl nicht los, dass sie mir nicht alles sagte, nicht alles, was ihr auf den Lippen brannte. Ihre Körpersprache, ihre Gestik … da war noch etwas!

Selbst Christoph meinte, dass er sie so noch nicht erlebt hatte. Interessanterweise brachte mich erst seine Bemerkung auf die Spur. Wie sagte er nur? „Als ich euch im Nebenraum diskutieren hörte, wollte ich einfach nur nach euch schauen. Das kannte ich von euch nicht. Es hörte sich wie ein Streit an. Mich hat euer Thema nicht interessiert und ich habe auch nichts weiter gehört. Als ich Ellen dastehen sah, dachte ich, sie hätte einen Geist gesehen." Genau das könnte, wenn auch nur sinngemäß, mit meinem Gefühl übereinstimmen. Denn mich wunderte Ellens Reaktion. Es musste etwas passiert sein, während wir da lautstark debattierten. Da es mir keine ruhige Minute mehr ließ, rief ich sie an. Wir verabredeten uns ein paar Tage später bei ihr zu Hause.

Ellen empfing mich freudestrahlend und bei bester Laune.

„Lass uns in den Garten gehen. Dort habe ich den Tisch vorbereitet. Stell dir vor, ich habe Kuchen gebacken", sagte sie sichtlich von sich selbst überrascht. An sich ist das ja auch für eine Frau nichts Außergewöhnliches. Für Ellen schon! Vor 35 Jahren hatte sie das letzte Mal gebacken!

„Ava, das ist so schön von dir. Über deinen Anruf habe ich mich sehr gefreut. Unser Gespräch hat mich lange beschäftigt. Mir tut es noch immer leid, dass ich so überreagierte. Dabei trifft dich überhaupt keine Schuld!"

„Darüber haben wir doch gesprochen. Für mich ist das halb so wild."

„Das sagst du so in deinem jugendlichen Leichtsinn", grinste sie mich an. „Komm, jetzt lass uns erst einmal auf unsere Freundschaft anstoßen." Sie öffnete mit lautem Knall die Sektflasche.

„Prost!"

„Ellen, mach dir bitte über uns keine Gedanken. Glaub bloß nicht, dass ich so dünnhäutig bin. Eine Freundschaft sollte das aushalten können, findest du nicht? Du kannst dir gar nicht vorstellen, was das bei mir alles auslöst."

„Nicht nur bei dir!" Augenblicklich veränderte sich ihr Gesichtsausdruck. Er wurde feiner und wärmer.

„Ava, ich weiß, du hast Fragen."

Sie setzte sich mir gegenüber. Es war herrlichster Sonnenschein. Ellen hatte uns mitten im Garten eine gemütliche Ecke unter einem gelben Sonnenschirm eingerichtet. Um uns herum standen große Kastanien- und Ahornbäume. Wunderschöne blühende Haselnussbäume und Lavendelbüsche säumten die Grenze zum Haus hin. Die Stufen waren mit mächtigen Amphoren und üppigen Blumentöpfen dekoriert.

„Nun greif bitte zu!"

Nach einer Weile begann ich, an unser letztes Gespräch anzuknüpfen. Währenddessen lag eine von ihren Katzen auf meinem Schoß, die ich kraulte.

„Ellen, als du damals weggezogen bist, gab es dort in diesem ‚katholischen Kaff' jemanden? Jemanden, der dir mehr bedeutet hat?" Da ich nicht zu sehr nachbohren wollte, schaute ich sie nicht direkt an und schenkte ihrer Katze meine Aufmerksamkeit.

„Das hatte ich schon befürchtet, dass du mich darauf ansprichst." Ellen trank einen großen Schluck Sekt. Sie atmete einmal tief ein und wieder aus.

„Gut! Dann wollen wir mal", sagte sie entschlossen, um sich wohl auch selbst ein wenig Mut zuzusprechen.

„Ellen, wenn …", weiter ließ sie mich nicht kommen.

„Das weiß ich, Ava! Wenn ich es nicht könnte, würde ich es nicht tun! …

Tatsächlich gab es neulich einen merkwürdigen Augenblick, während wir da so miteinander sprachen. Plötzlich kam eine Erinnerung zurück, die mich unversehens in meine eigene Geschichte zurückversetzte. Auf einmal war ich wieder um die 30 Jahre. Vor meinen geistigen Augen tauchte Tessa auf und schaute mich direkt an! Damit war ich erst einmal überfordert. Das war ich auch schon damals …"

„Tessa?", fragte ich nach.

„Ja, ich glaube, ich bin dir eine Antwort schuldig. Es ist nicht so, dass ich mich davor gedrückt habe. Es war einfach nur weg. Weißt du, Ava, du breitest dein Leben, und nicht nur das, vor mir aus, und ich? Da lässt du mich an deinen tiefsten Empfindungen teilhaben, und ich?"

„Das ist doch keine Pflichtveranstaltung!"

„Das weiß ich doch! Trotzdem fühle ich mich bei dem Gedanken nicht sehr wohl. Mein Verhalten war unverhältnismäßig. Das spürte ich ja, nur konnte ich es selbst nicht erklären.

Außerdem ist mir deine Reaktion nicht entgangen. Deine Enttäuschung stand dir ins Gesicht geschrieben – zurecht."

„Kannst du jetzt, darüber sprechen? Möchtest du das überhaupt?"

„Ja, sicher. Unbedingt sogar! Es ist an der Zeit, den Keller auszuräumen. Es braucht Platz für Neues! Denn das ist alles ziemlich lange her!

Wir waren ja noch so jung und in dem Dorf kannte sich jeder. Meine Eltern waren mit seinen Eltern eng befreundet. Irgendwann, schon fast aus einer Bierlaune heraus, beschlossen sie, ihre Freundschaft mit unserer Hochzeit zu besiegeln. Heute würde man es wohl Verkuppeln nennen. Bruno war der Jüngste von drei Brüdern. Wie du weißt, stammt er aus einem Sägewerk, schon damals in dritter Generation. Geld spielte eher eine untergeordnete Rolle! Meine Eltern hatten eine Glaserei mit über einhundert Leuten und sie waren auch keine Unbekannten. Meine zwei älteren Brüder waren bereits unter. So war es nur logisch, dass auch wir heirateten. Gott sei Dank gefielen wir uns. Wir kannten uns ja schon vom Sehen. In meiner Naivität malte ich mir unsere Zukunft in den tollsten Farben aus. Doch das Dunkel sollte übermächtig werden.

Eigentlich war es nicht vorgesehen, dass Bruno das Sägewerk übernehmen würde. Doch der Älteste kam verwundet aus dem Krieg, war invalide und nicht mehr in der Lage zu irgendetwas. Der Zweite blieb ewig verschollen. Dieser furchtbare Krieg muss die Hölle gewesen sein. Ganz sicher war er das! Die anderen zwei Brüder waren jünger und kein Thema. So stand es fest und Bruno musste ran! Unsere Pläne waren dahin.

Umso mehr bemühte er sich, es seinen Eltern recht zu machen. Natürlich wollte er sie nicht enttäuschen. Die dritte Wahl zu sein ist zwar keine gute Ausgangsposition, dennoch ein guter Antrieb für Bestleistungen. Am Anfang gefiel mir sein Ehrgeiz und ich unterstützte ihn, wo ich konnte. So blieb ich zu Hause und wurde Hausfrau! Kochte, wusch, sorgte für das leibliche Wohl aller, bekam Kinder. Im Haus waren immer Leute. Die Brüder meines Mannes wohnten zwar in eigenen Häusern, doch immerhin mit auf dem Grundstück. Entweder waren ihre Kinder mit bei uns oder unsere bei ihnen. Oft war auch Kundschaft da. Wir hatten ein riesiges Areal als Lagerfläche für Rundholz. Da lagen bestimmt allein 2000 Festmeter, und mindestens genauso viel Kubikmeter Schnittholz."

„Ach herrje, da spricht ja die Fachfrau. Mir sagen diese Zahlen nicht so viel. Was hattet ihr da für Holz liegen?"

„Kiefer, Lärche und Fichte. Manchmal verarbeiteten wir auch Buche, allerdings in Lohnarbeit.

Mein Gott, das ist alles so ewig her. Na ja, es kam, wie es kommen musste.

Die Arbeitsaufteilung war schnell geregelt. Mit den Kindern und dem Haushalt war ich gut beschäftigt und Bruno war es mit dem Tagesgeschäft und dem Einkauf von Holz. So hatte ich mir das ganz sicher nicht vorgestellt.

Von meinen Eltern brauchte ich kein Verständnis zu erwarten. Das war eben so. Eine Frau hat sich zu fügen. So nahm das Verhängnis seinen Lauf.

Da stand ich nun, noch keine 30, mit zwei kleinen Kindern und war todunglücklich. Das war so nicht geplant. Finanziellen Mangel litten wir keinen und doch fühlte ich eine unsägliche Leere in mir.

Dann kam Tessa! Sonja war gerade drei Jahre alt und kämpfte mit Fieberattacken. Also ging ich mit ihr zum Arzt. Tessa war Krankenschwester und nahm damals unsere Daten auf. Wir waren uns sofort sympathisch. Tessa war zwei Jahre älter als ich und bildschön. Blass und zart in ihrer Erscheinung. Wir freundeten uns schnell an und dann trafen wir uns regelmäßig. Auch sie war in ihrer Ehe nicht sehr glücklich. Tessa konnte keine eigenen Kinder bekommen. Es war ein ganz wunder Punkt. Sie hatte einen besonderen Zugang zu meinen Kindern und absolut kein Problem damit, wenn ich sie zu unseren Verabredungen mitbrachte. Meine Kinder Robert und Sonja mochten Tessa sehr. Gerne wäre sie Ärztin geworden. Doch ihr familiärer Background gab dies nicht her. Überhaupt war ihre finanzielle Situation schwierig. So unterstützten wir uns gegenseitig. Für mich war sie eine so große Bereicherung! Ohne Tessa wollte und konnte ich mir irgendwann den Alltag nicht mehr vorstellen! Wenn ich mir das so überlege, habt ihr zwei eine gewisse Ähnlichkeit."

„Tessa und ich?", fragte ich etwas überrascht.

„Ja, du hast ihre blauen Augen. In deinen Gesichtszügen kann ich jetzt manchmal Tessa sehen!"

Ellen trank ihren Kaffee und schien fernab in Gedanken. Abwartend beobachtete ich sie und kraulte ihre Katze.

„Es war an meinem dreißigsten Geburtstag!" Ellen schaute mir direkt in die Augen. Sofort wurde ich knallrot und spürte die Hitze in mir aufsteigen. Denn ich ahnte bereits, was sie mir sagen möchte.

„Ja! Da küssten wir uns zum ersten Mal."

Mir blieb fast die Spucke weg. Ich gab mein Bestes, dass sie es nicht bemerkte.

„Plötzlich wusste ich es! Wir hatten uns ineinander verliebt. Von diesem Moment an gab es kein Zurück mehr. Mein Leben stand auf dem Kopf! Auch ihr Leben! Uns war klar, was wir wollten. Aber auch, dass es keine Zukunft haben wird. Glücklich und verzweifelt kämpften wir um jede Minute, die wir für uns abringen konnten."

Geschockt, aber auch erleichtert klebte ich an Ellens Lippen und konnte nicht fassen, was ich da zu hören bekam. Natürlich machte jetzt alles Sinn! Endlich verstand ich es!

„Das war auch alles nicht ganz ungefährlich! Wenn uns irgendjemand gesehen hätte, nicht auszudenken. Da war auch mächtig Angst im Spiel. Doch irgendwie konnten wir unser Geheimnis bewahren. Für mich war es leichter, mir Freiraum zu verschaffen. Robert war mittlerweile neun Jahre und Sonja sieben. Sie konnten sich bereits alleine beschäftigen und für eine Zeit für sich sein. Ohne Führsorge waren die Kinder eigentlich nie wirklich. Anna, unsere Köchin und Zugehfrau, war immer da. Und Bruno konnte mit Robert nun auch vielmehr anfangen.

Wusstest du eigentlich, dass ich eine leidenschaftliche Golferin und Postkartensammlerin war?"

„Nein, bisher nicht!"

„Deshalb hatte ich auch immer einen plausiblen Grund, auf Tour zu gehen. Damals gab es noch reges Interesse an solchen Dingen und es wurde viel getauscht oder gekauft. Bruno war ja auch zum Holzeinkauf unterwegs und nahm sich seine Auszeiten. Beide waren wir da geschickt!

Dass mich Tessa begleitete, war völlig unverfänglich. Auffallender wäre wohl eine Frau gewesen, die allein unterwegs ist. Länger als für eine Übernachtung blieben wir nie weg. In unserer Fantasie träumten wir von einer gemeinsamen Zukunft. Tessa war so unglaublich interessiert an allem und konnte sensationell gut golfen. Dafür hatte sie ein echtes Talent und ein gutes Handicap.

Mit meinem Auto waren wir mobil und so reisten wir quer durchs Land. Einmal fuhren wir sogar nach Paris, in die Stadt der Liebe! Da waren wir auch das einzige Mal für zwei Nächte unterwegs.

Was glaubst du, was dort los war. Die Franzosen haben eine völlig andere Lebensphilosophie. Es war in gewissen Kreisen bei Künstlern und Schriftstellern, eben der Bohème, chic, schwul oder lesbisch zu sein. Gut, auch wenn wir uns darauf nicht reduzierten, genossen wir unsere Reise, die ja unserer Vorstellung, so zu leben, entsprach. Für einen kurzen Moment konnten wir sie erleben! Es war plötzlich kein Hirngespinst mehr, sondern absolute Realität! Wir zwei liefen Hand in Hand durch die Stadt, ohne merkwürdig angeschaut zu werden. Für einen Augenblick war es genau so, wie wir uns das vorstellten. Schmerzhaft war der Abschied."

Ellen erzählte wie im Fieber. Es war nicht zu übersehen, wie ihre Augen dabei leuchteten. Hier und da ein verzücktes Lächeln, ein überraschender Gedanke, der lange vergessen schien. Ellen wirkte mit ihren 70 Jahren trotz ihrer grauen Haare wie 60. Sie trug es an einer Seite kurz und an der anderen etwas länger. Ihr Stil erinnerte ein bisschen an den Hippie, aber mit Schick! Doch ahnte ich bereits, dass sich eine andere Entwicklung ihrer Geschichte anbahnte. Ihre Mimik veränderte sich, auch ihre Stimme verlor an Heiterkeit.

„Mit ihr hätte ich mir alles vorstellen können, und eines Tages wäre ich mit Tessa gegangen. Der Griff nach den Sternen schien so nah.

Dann kam der schwärzeste Tag. Es folgte eine lange Zeit der Dunkelheit. Tessa wurde plötzlich krank. Zunächst dachten wir an eine Erkältung. Ständig wirkte sie müde und kraftlos. Keiner wusste, was mit ihr ist. Auch in der Klink fand man zunächst keine Erklärung. Nach zwei Wochen stand die Diagnose. Blutkrebs. Sie litt an einer besonders aggressiven Form der Leukämie. Doch offensichtlich schleppte sich Tessa schon länger damit herum. Sie dachte einfach an nichts Schlimmes. Auf mich wirkte sie zunehmend abgemagert und fahl. Ständig lag ich ihr in den Ohren, fragte sie, ob etwas in ihrer Ehe vorgefallen wäre. Da lag ich vollkommen falsch. Täglich besuchte ich sie nun im Krankenhaus. Es war so furchtbar, sie da liegen zu sehen. Zuzusehen, wie eine Rose verblüht. Nicht allmählich. Tessa bekam an Armen und Beinen dunkle Flecken. Der Verfall war brutal und schnell. Er hatte es eilig. Ich setzte alles in Bewegung. Koste es, was es wolle. Doch bevor sie mit Therapien anfangen konnte, war es vorbei.

Tessa starb an einem Montagmorgen. Und ein Teil von mir starb mit ihr. Vier Jahre waren uns vergönnt. Ich liebte niemals mehr einen Menschen so wie sie. Tessa starb und die Liebe ging mit ihr fort. Meinem Mann und meinem Umfeld blieb mein Leidensdruck schleierhaft. Davon erholte ich mich einfach nicht. So verfiel ich in eine Art Melancholie. Einerseits nahm sie mir die Freude am Leben. Anderseits rettete sie mich vor dem Tod. Selbst zum Sterben wäre ich nicht in der Lage gewesen. Und wieder war ich todunglücklich. Alles dort um mich herum erinnerte mich an Tessa.

Dann stand es fest! Ich werde gehen! Mit meinen Kindern! Bruno hatte in den letzten Jahren seine Affären. Für mich war das kein Problem. *Ihn* vermisste ich nicht. Erst gab es einen Kampf. Die Kinder sollten bei ihm bleiben. Doch für mich war das keine Option. Dann konnte ich mich doch mit ihm einigen. Wenn Robert so weit ist und er es möchte, wird er den Betrieb übernehmen. Sofort würde ich ihn ziehen lassen. Das versprach ich! Und so kam es!

Tja, so war das damals. Gott hatte wohl einen anderen Plan für mich vorgesehen." Ellen atmete wieder tief ein und aus.

„Ava, es war meine Panik. Ich wollte dich wohl vor etwas bewahren. Ich glaube einfach an kein gutes Ende mehr!"

Mir liefen die Tränen. Ich konnte sie nicht zurückhalten.

„Ellen, ich hatte ja keine Ahnung! So gerne hätte ich dir noch eine große Liebe gewünscht."

„Ach, Ava, ich bin leicht gefallen. Ansonsten geht es mir gut. Ich durfte Liebe erfahren.

Schau dich um. Die Menschen fluchen über das Geld und den Reichtum. Manches Mal auch über die Liebe. Und doch wissen sie nicht, wie gut es ihnen wirklich geht. Was nützt das viele Geld, wenn sie nichts zu schätzen wissen? Shakespeare sagte: Die Augen der Liebe sind die Augen des Geistes. Natürlich geht es immer um Erkenntnis.

Keine materielle Not leiden zu müssen macht vieles erträglicher. Es mag heuchlerisch sein. Liebe ist Liebe! Und Liebe wird Liebe bleiben, egal, wie viel oder wie wenig Geld du hast. Liebe ist das Einzige, was sich vermehrt, körperlich und geistig! Ist es denn nicht auch eine Form der Liebe, jemanden *nur* für seine Gedanken oder einfach nur fürs Da-Sein zu mögen?

Es kommt auf deine Einstellung zu den Dingen an. Sie ist es auch, die dich gierig werden lässt. Geld ist Geld. Und Geld macht nichts. Geld ist nichts und manchmal hat es auch keinen Wert."

„Das würde ein Banker sicherlich anders sehen. Und kann Liebe nicht auch gierig machen?"

„Das wird er. Aber das stimmt nicht. Ein Geldstück ist ein Geldstück und verdoppelt sich nicht. Es ist sein Wert, der sich von Zeit zu Zeit ändert. Aber das ist menschengemacht und gesteuert. Nur weil ein Geldstück plötzlich doppelt so viel Wert ist, verdoppelt es sich doch nicht automatisch auch körperlich. Ich werde immer nur ein Stück sehen. Verstehst du, Ava?"

„Ah, jetzt kann ich nachvollziehen, wohin du möchtest. Aber warum vergleichst du Äpfel mit Birnen?"

„Du meinst, warum ich Liebe und Geld vergleiche? Tue ich das denn wirklich? Liebe ist nicht berechenbar. Wenn ich einen Menschen mag und ihm das auch zeige, dann ist die Wahrscheinlichkeit, diese Zuneigung zurückzubekommen, sehr groß. Das ist für mich wahre Vermehrung."

„Könnte Liebe nicht auch manchmal Berechnung sein?"

„Wenn es so ist, wird es nicht funktionieren. Möglicherweise hat die Liebe auch ihre zwei oder mehr Facetten.

Woher weiß ich schon im Vorfeld, dass oder warum ich jemanden sympathisch finde? Da ist doch sehr oft, wenn auch nur für einen Moment, für den Bruchteil eines Augenblickes, schon eine bestimmte Magie oder von mir aus auch Vorsehung."

„Du meinst, es ist nicht menschengemacht?"

„Gut, ich bin katholisch aufgewachsen und so erzogen worden. Nur weil ich aus diesem Kaff geflüchtet bin, streite ich das Göttliche per se nicht ab. Natürlich ist es immer einfacher, es zu verteufeln."

„Das Geld?"

„Auch das. Schau hin, schau genau hin! Wer sind die Leute, die damit hadern? Es werden die sein, die auch mit Liebe hadern. Geld war mir immer egal. Vielleicht auch, weil ich es hatte. Die Liebe? Einmal durfte ich sie erfahren! Alles hätte ich für sie geopfert."

„Du *hättest* es nicht, Ellen! Du *hast* es! … Darf ich dich noch etwas fragen?"

„Warum fragst du erst?"

„Wenn du Liebe suchst … nein, ich muss anders fragen. Wenn du dich noch einmal verlieben wollen würdest, was würdest du dir wünschen? Wen würdest du dir wünschen?"

„Meinst du, ob ich mich lieber in eine Frau oder in einen Mann verlieben würde?"

„Ja, wahrscheinlich … so in etwa?"

„Das ist eine schwierige Frage. Die Frage ist doch: Entscheide *ich* das denn nun wirklich?

Mit meinem ersten Mann habe ich keine so gute Erfahrung gemacht. In seiner Körperlichkeit konnte ich mich nicht wiederfinden. Aber bedeutet das automatisch, lesbisch zu sein? Wir haben einfach nur nicht zueinander gepasst. Vielleicht hätte ich Tessa nie so begegnen können, wenn ich mit meinem Mann meine Weiblichkeit hätte spüren können. Ich glaube schon, dass Liebe zu einem Mann funktionieren kann. Als Mutter habe ich einen anderen Zugang zu mir und meinem Körper gefunden. Meine Weiblichkeit konnte ich durchaus später auch noch genießen. Und ich hatte ja auch meine diversen Begegnungen.

Doch wenn ich die Wahl hätte, würde ich mich nach einer Frau sehnen. Wahrscheinlich hat das aber auch etwas mit dem Alter zu tun."

„Ja … aber du hast doch die Wahl", fragte ich überrascht.

„Genau, das ist wohl der Punkt, warum ich mich nicht mehr wirklich verlieben konnte. Da bin ich mir einfach nicht so sicher. Außerdem passierte da noch etwas anderes. Tessa habe ich unbewusst nie freigegeben, nicht freigeben können. Der Platz war besetzt! Er ist es noch immer. Genau diese Erkenntnis kam mir augenblicklich, als ich über unser Gespräch resümierte."

„Ach Ellen, das ist ja so unglaublich … traurig! Nein, tragisch. Was kann ich tun?"

„Du? Ava, du musst ganz sicher nichts tun! Nicht mehr, als du es schon die ganzen Jahre tust. Keine Angst! Ich habe mich nicht in dich verliebt", lachte sie auf.

„Da bin ich aber beruhigt." Ich lachte auch. „Das weiß ich! Das wollte ich jetzt auch nicht so hören."

„Na ja, vielleicht ja doch ein bisschen. Es zu hören ist noch einmal etwas anderes. Es könnte ja doch immer ein Rest Zweifel zurückbleiben."

„Quatsch! Ellen, du brauchst mich nicht zu beruhigen."

„Das tue ich nicht!"

„Doch! Genau das tust du gerade, weil du es so explizit sagst!"

„Ist ja gut. Von mir aus! Dann hoffe ich, dass es auch bei dir richtig ankommt!"

„Warum hast du mir das nie erzählt?"

„Ich sagte doch, es war weg. Wir haben noch nie über diese Themen in solcher Tiefe gesprochen. Oder dachtest du, dass ich so aus der Heiterkeit heraus sage: Ach im Übrigen, ich war da einmal in eine Frau verliebt … oder so ähnlich …"

„Warum nicht?"

„Na, dich hätte ich sehen wollen", lachte sie verschmitzt. „Ohne unsere Diskussion hätte es sich wahrscheinlich nicht an die Oberfläche gedrückt. Das hatte ich verdrängt."

„Und nun?"

„Gute Frage! Ganz ehrlich? Im Moment habe ich keine Antwort darauf!"

„Dann lass es einfach wirken. Da wird schon etwas kommen!" Ich nickte zuversichtlich.

„Spricht da jemand aus Erfahrung?", lachte Ellen.

„Ja! Lass dir etwas von einer nicht mehr ganz so frischen Frau erzählen!" Prompt mussten wir über unsere Einschätzung lachen und amüsierten uns köstlich.

„Sind deine Fragen zu Vera beantwortet? Konntest du deine Gefühle ihr gegenüber für dich klären?", wollte Ellen wissen.

„Das wird sich weisen. Deine Geschichte hilft mir ganz sicher auch in der Beurteilung meiner Empfindungen. Geklärt sind sie nicht wirklich, da ich sie nicht zulasse. Natürlich sind da auch Ängste. Gott sei Dank haben sich die Zeiten geändert und keiner muss mehr befürchten, deswegen an den Pranger zu kommen. Doch die Konsequenzen, die sich aus so einer Konstellation ergeben, bleiben trotz allem nicht unerheblich. Ich weiß nicht, ob ich den Mut dazu hätte."

„Dich auf eine Frau einzulassen oder dazu zu stehen?"

„Sowohl als auch! Allein, dass wir darüber sprechen können, entmystifiziert es auch ein bisschen. Kopfkino ist doch auch ganz nett. Fantasie ist etwas Wunderbares. Vielleicht sollte ich im Umgang damit einfach nur kreativer werden."

„Was meinst du?", fragte Ellen.

„Das weiß ich nicht. Das kam jetzt eher spontan. Vielleicht sollte ich diese ganze ungenutzte Energie packen und an die Wand glitschen."

„Dann tue es!"

„Was?"

„Kreativ werden. Sag, was du zu sagen hast!"

Ellen lachte. „Ava, du weißt aber, es nicht zu tun ist auch keine Lösung. Das ist nicht das, was ich dir mit meiner Geschichte erzählen wollte. Ich hatte es gewagt und mich darauf einlassen können. Es war das Beste, das ich je getan habe. Abgesehen von meinen wunderbaren Kindern ist die Erfahrung mit Tessa bisher das Schönste in meinem Leben gewesen. Deine Triebe kannst du nicht ewig ignorieren und schon gar nicht unterdrücken. Es sei denn, du leitest sie um, nutzt die Energie für etwas anderes. Das meinte ich mit Kreativität. Doch es wird immer nur ein Ausweichen vor etwas sein. Ich sehe es ja trotz allem als ein beziehungsweise *mein* größtes Glück an. Warum sollte ich dich davor bewahren oder womöglich darum bringen wollen?

Meine Panik bestand nicht darin, dich *davor* zu bewahren. Wenn es vorbei ist, warum auch immer, kann es sehr hart werden. Der Schmerz wird kommen und vielleicht auch qualvoll sein. Ja, ich habe gelitten. Eigentlich war es keine Panik, sondern mein eigener Konflikt, in dem ich mich damals befand. Plötzlich war alles wieder da und ich war wieder in diesem Gefühl!

Und doch bereue ich nichts. Aber wie wird es dir gehen? Es ist meine Geschichte. Sie hatte ein tragisches Ende und trotzdem bin ich sehr, sehr dankbar für diese Zeit. Deine Geschichte kann eine ganz andere Entwicklung haben und sie muss nicht zwangsläufig auch tragisch enden. Dennoch wird es weit übers Kopfkino hinausgehen und dein Leben möglicherweise radikal verändern. Vielleicht bleibt es aber auch nur eine weitere kurze Episode. Wir können noch so oft über das Für und Wider nachdenken.

Wenn wir ehrlich mit uns selbst sind, können wir es nicht schon vorher wissen. Wir wissen nicht, wie wir fühlen und denken werden. Es ist immer nur eine Ahnung davon, wie es sein könnte. In meinem Leben habe ich Dinge und Menschen gemocht und auch nicht gemocht. Sie verurteilt oder abgelehnt, um mich am Ende doch mit ihnen zu befassen. Plötzlich tue ich Sachen, die ich einstmals hasste und stelle fest, dass alles zu gegebener Zeit irgendwie dann doch passt. Alles verändert sich und ich verändere mich. Das ist ein ständiger Wandel und ein lebenslanger Prozess. Ganz sicher wird sich deine Schatzkiste, die gefüllt mit Erfahrungen und reich an Emotionen wie Wut, Trauer, Glück und Freude und auch deinen Träumen ist, immer weiter füllen. Von Zeit zu Zeit schauen wir hinein und sind überrascht. Überrascht darüber, wie wandelbar wir sind. Wir erinnern uns an unseren Mut, aber auch an unsere Ängste, die uns wahrlich treue Begleiter sein können.

Meine liebe Ava, ich möchte dir keinen Lebensvortag halten und möglicherweise verunsichert dich das jetzt noch mehr. Oft habe ich mich an einer Weggabelung befunden und wusste nicht, wohin meine Reise gehen soll. Aber eines wusste ich immer, niemals möchte ich am Ende meiner Tage denken müssen, hätte ich doch nur! Heute, mit über 70 Jahren, komme ich so allmählich dahinter. Doch das sind nur Worte, meine Worte. Sie können niemals das wiedergeben, was ich tief in mir empfunden habe und noch immer empfinde.

Aber lassen wir das jetzt! Mach du deine eigenen Erfahrungen und wehre dich nicht zu sehr. Sei achtsam mit dir und Deinesgleichen. Viel mehr kann ich eigentlich auch gar nicht dazu sagen. Viel zu gut verstehe ich dich nämlich. Und vielleicht geht es auch nur darum, Verständnis zu haben. Für alles und jeden."

„Ach, du bist ein Engel. Du machst dir viel zu viele Gedanken um mich. Das ehrt dich und ich weiß das sehr zu schätzen. Es ist ein schönes Gefühl.

Apropos Gefühl. Das mit der Einstellung zu den Dingen finde ich interessant. Doch glaube ich nicht, dass die allein ausreicht. Meine positive Denkweise nützt mir vielleicht in meiner kleinen Welt und in meinem Dunstkreis. Doch was ist mit den anderen um mich herum?"

„Ja, das ist die Krux. Es ist wie mit der Annahme, dass wir genau den Menschen begegnen, die uns spiegeln beziehungsweise Anteile von uns selbst aufzeigen. Vielleicht sind es auch immer nur Teilaspekte von allem Möglichen und erst in ihrer Gesamtheit wirksam. Da stimme ich dir zu! Eine positive Grundeinstellung allein macht es nicht schöner oder besser. Jedoch zieht es genau den Menschen an, der sich gerade nicht umsonst angezogen fühlt. Für mich persönlich gibt es keinen Zweifel daran, dass wir einander brauchen. Und gerade, weil wir so unterschiedlich ticken, können wir uns unterschiedlich entwickeln und daraus unsere eigene Meinung bilden."

„Um sie dann von Zeit zu Zeit ja doch wieder zu verwerfen", lachte ich.

„Ja, zum Teil ist das so. Und das ist gut. Ich sehe es als eine Chance!

Du weißt, ich komme aus einem gefühlt puritanischen Zeitalter. Da war Veränderung, um es einmal ganz vorsichtig auszudrücken, nicht so angesagt. Deswegen kann ich dem Jetzt und Heute sehr viel mehr abgewinnen."

„Da bist du trotzdem eine Ausnahme. Ob mich meine Mutter bei allem so unterstützen würde?"

„Das würde sie ganz sicher. Vermisst du sie?"

„Ganz ehrlich? Im Moment nicht."

„Ach, Ava, das ist dann eben so und das darf auch so sein. Du hast deinen Abschluss gemacht."

„Habe ich das? Natürlich habe ich das. Manchmal hätte ich mir die eine oder andere Erfahrung mit ihr anders gewünscht. Doch letztlich war es oft meine eigene Erwartungshaltung ihr gegenüber. Und wenn ich so darüber nachdenke, über diese Vielfalt, von der du gerade gesprochen hast, dann ist es auch wieder stimmig. Es ist schon so: Am Ende machen die merkwürdigsten Geschichten Sinn. Das ist das Leben. Müssen wir deswegen alt werden, um zu begreifen?"

„Ava, wenn du damit meinst, ob wir erst im Alter bestimmte Mechanismen erkennen, dann bist du noch eine von den Weiseren! Aber wahrscheinlich ist das schon so. Irgendwie brauchen wir, die einen länger als die anderen, eine bestimmte Lebensspanne, um es zu kapieren. Was auch immer."

„Ja, wofür sollten wir auch sonst hier sein?"

„Was meinst du? Wofür bist du hier?"

„Um zu lernen!", lachte ich ganz siegessicher.

„Siehst du, Ava, das meine ich mit der Einstellung zum Leben. Du siehst es mit Humor und lässt dich nicht von Ängsten und einer Schlechtdenkerei zermürben."

„Ha! Von wegen! Mit den Ängsten kämpfe ich noch. Das kann ich dir versichern!"

„Glaube mir, Ava, das ist ein gesunder Anteil und der bewahrt dich möglicherweise vor törichten Handlungen."

„Ja, wobei wir wieder beim Thema wären. Wo fängt eine törichte Handlung eigentlich an? Und wo hört die auf?"

„Ava, Schätzchen. Ich weiß, dass dich das gerade sehr umtreibt, doch bin ich ganz sicher nicht die richtige Ansprechpartnerin oder gar Beraterin. Ich bin verbrannt", lachte nun Ellen.

„Du ziehst dich wieder geschickt aus der Affäre! Nein, natürlich möchte ich dich nicht nötigen. Ellen, deine Meinung und Einschätzung dazu sind mir sehr wichtig! Hab nur keine Angst. Ich werde dich nicht auf irgendetwas festnageln. Mit wem sonst könnte ich über so heikle Sachen wie diese reden, wenn nicht mit dir?"

„Du schmeichelst mir. Doch ich habe in diesem Moment weiter keine Meinung dazu. Alles, was ich darüber denke, ist gesagt. Und ich habe dabei selbst gemerkt, wie wankelmütig ich hier und da war. Worüber redet ihr, du und Vera, eigentlich?"

„Ganz sicher nicht über die sexuellen Abenteuer ihres Bruders", antwortete ich amüsiert. „Ansonsten sind es ganz weltliche Dinge. Als Immobilienmaklerin weiß Vera eine Menge zu erzählen und so kommt sie auch mit vielen interessanten Menschen in Kontakt."

„Ist Fintan nicht Innenarchitekt?"

„Genau! Das ergänzt sich wunderbar."

„Wer ist Vera eigentlich? Erzähle mir von ihr."

Augenblicklich veränderte sich meine Körperhaltung. Natürlich bemerkte das auch Ellen und ich glaubte, wieder rot angelaufen zu sein. Irgendwie reagierte ich verlegen. Warum? Spontan bewegte ich ein wenig übertrieben meine Schultern, als ob ich etwas von mir abschütteln wollte. Gefühlt nahm das kein Ende. Ich wunderte mich über mich selbst. Ellen lehnte sich entspannt zurück und grinste sich einen ab.

„Das ist ja nicht zum Aushalten mit dir! Was veranstaltest du denn da gerade?", lachte sie.

„Du weißt doch, wie das ist, wenn man irgendwie betroffen ist. Was fragst du mich? Hilf mir lieber aus meiner peinlichen Situation", murmelte ich und flehte sie schon fast kindlich an.

„Mh, darüber sollten wir echt reden", meinte sie nun etwas ruhiger, kniff leicht ihre Augen zusammen, um dann doch wieder zu lachen. Nun konnte auch ich mich nicht mehr halten und lachte geradeheraus.

„Und du bist dir sicher, dass du nicht in sie verschossen bist?"

„Wenn ich auch nur die leiseste Ahnung hätte, ich würde mich dir offenbaren."

„Okay! So kommen wir nicht weiter. Ich möchte auch nicht weiter in dich eindringen. Lass uns das Thema wechseln. Du weißt es vielleicht wirklich nicht. Da jetzt mit Zwang etwas herausfischen zu wollen, bringt möglicherweise nur noch mehr Chaos", wiegelte Ellen ab und ging ins Haus. Nun saß ich da und fühlte mich wie eine 15-Jährige, die gerade ihre Periode bekommen hatte und nicht wusste, ob der Schlüpfer durch war oder nicht. Angenehm war anders.

Mann, ist mir das peinlich, dachte ich.

Nach einer Weile kam Ellen mit zwei Büchern wieder. Nein, es waren Fotoalben.

„So! Und nun gibt es Geschichtsunterricht!", sagte sie und ließ die Alben dermaßen auf den Tisch fallen, dass das Kaffeegeschirr klapperte.

„Ups, die sind schwerer als gedacht. Die sind mir doch glatt aus den Händen geflutscht."

„Ich liebe Fotos! Das ist eine super Idee, Ellen!"

Sofort waren wir in einer anderen Welt, in der Welt von Ellen. Das brachte mich wieder ein Stück weit in meine eigene Realität.

Und dann sah ich sie! Ellen und Tessa!

„Das ist ja unglaublich! Bist du das?"

Ich bombardierte Ellen mit etlichen Fragen und konnte nicht genug bekommen. Dann betrachtete ich Tessa.

„Wow! Das ist sie! Oder?"

„Ja! Das ist meine Tessa."

Und so hauten wir uns noch zwei Stunden um die Ohren, fielen von einer Episode in die nächste. Als Ellen das Album schloss, sagte sie: „70 Jahre und es braucht nur eine Handvoll Bilder. Ist das nicht verrückt? Was bleibt, ist eine Handvoll Bilder. Mit etwas Glück erzählen sie die eine oder andere Geschichte. Doch müssen sie rechtzeitig erzählt werden, sonst bleiben es nur Bilder. Nach mir kann keiner mehr etwas damit anfangen."

„Doch! Ich!", sagte ich triumphierend.

„Eines Tages werden sich die Fotos im Nichts auflösen. Und nichts und niemand wird sich mehr an uns erinnern."

„Na ja, deine Kinder und deren Kinder werden es tun."

„Und weiter? Schon die übernächste Generation wird mit der Urgroßmutter Ellen nichts mehr verbinden können."

„Uns allen wird es so gehen. Das klingt irgendwie nach Endlichkeit."

„Was weißt du von deiner Urgroßmutter väterlicherseits?"

„Ganz ehrlich? Nichts, rein gar nichts. Ich kenne noch nicht einmal meinen leiblichen Vater."

Schweigen unterbrach unsere zuvor so rege Unterhaltung.

„Tatsächlich weiß ich nicht einmal, wie er ausgesehen hat. Es gibt Geschichten, ja, aber keine Bilder. Es ist schon merkwürdig. Bei aller Fantasie habe ich mir nie ein Bild von ihm machen können. Sehe ich jedoch Bilder von Menschen, die ich nicht kenne, erzählen sie mir automatisch eine Geschichte."

„Vermisst du ihn?", fragte mich Ellen betroffen.

„Nicht mehr. Früher ja. Da malte ich mir unsere Begegnung aus. Oft fragte ich mich, ob ich nach ihm komme."

„Was sagte deine Mutter dazu?"

„Merkwürdigerweise konnte sie mir jede Einzeleinheit von seinem Motorrad aufzählen. Doch wie er ausgeschaut hat und wie sie sich kennen und lieben lernten, nicht wirklich. Da kämpfte sie mit enormen Gedächtnislücken."

„Glaubst du ihr das?"

„Natürlich nicht. Doch es war kein Herankommen. Da konnte sie stur sein."

„Das war bestimmt nicht einfach für dich."

„Waren dir deine Eltern etwa näher, nur weil sie irgendwie da waren? Ob sie wirklich anwesend waren, lasse ich einmal außen vor."

„Da ist schon etwas dran. Manchmal ist es besser, keine zu haben."

„Nun, so habe ich das nicht gemeint."

„Aber ich."

Ellen blickte zur Seite. Die ungewöhnliche Bewegung entging mir nicht. Urplötzlich meinte sie: „Was hältst du davon, mit mir ins Theater zu gehen?"

Uch …, das ist jetzt aber ein Programmwechsel …, dachte ich noch und schüttelte begeistert den Kopf.

„Klar doch, immer sehr gerne. Es ist schon Ewigkeiten her, dass ich ein Theater von innen gesehen habe."

„Gut. Abgemacht. Ich kümmere mich darum."

Erschrocken schaute ich auf die Uhr.

„Du meine Güte, es ist ja schon nach 19.00 Uhr. Jesses, haben wir uns so verbabbelt? Jetzt muss ich einen Gang reinlegen! Christoph kocht heute."

Ellen und ich umarmten uns innig.

„Vielen Dank für deinen Besuch. Das war ein wundervoller Nachmittag. Danke fürs Zuhören! Das tat richtig gut."

„Ellen, ich habe zu danken! Bitte melde dich …"

Gerade noch rechtzeitig saß ich am festlich geschmückten Tisch.

„Du bist ja verrückt! Das sieht großartig aus und, mmmh, das riecht unglaublich gut. Was hast du denn heute gezaubert?"

Mein Mann entdeckte für sich vor Jahren das Kochen und belegte sogar einen Kurs dafür. Na, wie sagt man so schön: Essen ist der Sex des Alters. Eigentlich müsste es „Kochen ist der Sex des Alters" heißen. Hier liegt ja der eigentliche Akt: im Vorbereiten und Zelebrieren, im Kosten, Ausprobieren und Würzen. Es war eine neue Sinnlichkeit, der wir beide etwas abgewinnen konnten. Einmal pro Woche bekochte mich Christoph mit einem Überraschungsessen. Es war ein Gesamtpaket, angefangen vom Einkauf der Zutaten über die Vorbereitung bis hin zur Tischdekoration. Alles war eine Überraschung. Es hatte sich eingebürgert, dass ich nachmittags dann auch nicht zu Hause war. Die einzige Bedingung war: Pünktlichkeit!

Nach einer leichten Minestrone als Vorspeise ging es mit dem Hauptgang weiter.

Mir fiel bald alles aus dem Gesicht, als ich sah, was Christoph gekocht hatte:

Spaghetti mit Garnelen und selbstgemachtem Pesto auf Rucola.

„Was? Magst du es nicht mehr?", fragte er überrascht.

„Doch, doch! Unbedingt sogar. Nur habe ich damit nicht gerechnet."

„Womit dann?", fragte er unsicher nach. „Bist du enttäuscht?"

„Nein! Auf gar keinen Fall. Irgendwie hat mich meine Nase in die Irre geführt. Es ist perfekt!"

Mein Gott! Gerade noch konnte ich mich aus meiner Kopf-Karussell-Misere herausreden. Ich musste dreingeschaut haben, als ob ich meine Henkersmahlzeit vor mir hatte. Prompt landete ich in der Vergangenheit und hatte wieder alle Mühe, nicht aufzufliegen. Es brauchte nur ein paar Nudeln und ich war so gut wie außer Gefecht gesetzt.

„Entschuldige bitte! Das Essen ist superlecker. In Gedanken bin ich wohl noch bei Ellen."

Christoph schaute mich an. Natürlich wollte er wissen, was mich so beschäftigte, dass ich mit meinem Schädel woanders war.

Wie soll ich denn jetzt so aus dem Kalten etwas herzaubern? Und wieder musste Ellen herhalten. Doch halt! Augenblicklich lief es wieder.

„Na ja, Ellen hat mit ihrem Bekannten Schluss gemacht. Das war ihr viel zu anstrengend. Sie scheint daran nicht mehr gewöhnt zu sein."

„So? An was denn?", hakte er nach.

„Sich nach anderen richten zu müssen", platzte es mir spontan heraus.

„Mh, so ist das nun einmal in einer Beziehung." Dabei schaute mich Christoph mit einem äußerst merkwürdigen Blick an.

„Was genau ist nun einmal so?", versuchte ich eher beiläufig mehr darüber zu erfahren. Ich spürte ein diffuses, unterschwelliges Gefühl von Ärger aufkommen.

„So, wie du es formulierst, klingt es leicht vorwurfsvoll", ließ ich dann doch noch heraus.

„Was erhofft sie sich? Das sich die Männer brav anstellen und warten, bis sie erwünscht sind?" Ich konnte nicht glauben, was mein Mann da sagte.

„Wie kommst du darauf? Habe ich etwas verpasst? Ich dachte, du magst Ellen."

„Na, sie ist auf ihre alten Tage schon eigenbrötlerisch geworden."

Plötzlich kam mir ein Gedanke. Noch wusste ich ihn nicht wirklich einzuordnen. *War Christoph etwa auf Ellen eifersüchtig? Verbrachte ich zu viel Zeit mit ihr und zu wenig mit ihm? Diesen Gedanken ließ ich für einen Moment wirken. Möglich war das. Als Christoph erfuhr, dass sie vermeintlich einen Mann kennengelernt hatte, hatte es ihm augenscheinlich nicht gepasst. Noch weniger zufrieden schien er nun mit dem aktuellen Stand zu sein.* Das war schon seltsam.

Hatte ich ihn mit meiner Reaktion auf das Essen enttäuscht? Er gab sich solche Mühe und dann honorierte ich es mit Gedankenfetzen vom Kaffeeklatsch mit Ellen. Okay, das war vielleicht wirklich etwas ungeschickt. Christoph kochte für uns und freute sich auf einen netten Abend. Und ich? Ich war in Gedanken überall, nur nicht bei uns.

„Nein, ich glaube eher, dass sie mit der Nähe Probleme hat. Aber ganz ehrlich, das sollte nicht unser Thema sein. Prost, mein Schatz. Es schmeckt genial", versuchte ich einzulenken.

Wir stießen an und da sah ich ein leicht zufriedenes Zucken in seinen Mundwinkeln. *Puh. Das war knapp!*

Zum Nachtisch gab es Mangopüree mit karamellisierten Granatapfelkernen und Schlagsahne. Gut gesättigt ließ ich mich nach hinten fallen und rieb mir den Bauch.

„Ich weiß, warum ich dich geheiratet habe!" Ich warf ihm einen Handkuss zu. Beide beschlossen wir, das Geschirr stehen zu lassen, um uns noch ein wenig hinaus in den Garten zu setzen.

Mit der halbleeren Flasche Weißwein in der einen Hand und zwei Gläsern in der anderen beugte sich Christoph zu mir und gab mir einen Kuss in den Nacken.

„Worüber denkst du nach?", wollte er nun wissen. Irgendetwas lag in der Luft.

„Nichts im Besonderen. Es ist einfach nur angenehm. Ich genieße unseren Abend. Beschäftigt dich etwas?"

„Nichts im Besonderen." Dass er meine Worte wiederholte, fand ich rätselhaft. Wollte er mich provozieren? Aber warum?

„Ist alles in Ordnung?" Dabei schaute ich ihn mit festem Blick an.

„Das hoffe ich doch."

„Du hoffst? Also, ist alles in Ordnung oder nicht?", fragte ich sehr direkt nach.

„Ava, was war eigentlich damals wirklich mit deinen Unterlagen?"

Bam! Bam! Bam!

„Was?" Sofort spürte ich Druck im Hals und meinen rasenden Puls. Was zum Teufel passierte hier?

„Christoph, ich stehe gerade auf der Leitung. Du musst mir jetzt helfen. Von welchen Unterlagen sprichst du?" Äußerlich versuchte ich, abgeklärt und ruhig zu bleiben. Doch innerlich tobte ein Gewitter, welches sich augenblicklich unkontrolliert entladen könnte. Und wieder klinkte sich Ellen in meine Gedanken ein.

„Gib Obacht ...", sagte sie. Mir war heiß. Ich hatte echte Mühe, nicht in Schnappatmung zu verfallen und spürte, wie sich der Boden unter mir aufzulösen begann ... plötzlich stand Fintan vor mir. Alles drehte sich und ich verlor die Bodenhaftung.

Schweißgebadet erwachte ich und brauchte gefühlt Stunden, bis ich realisierte, dass ich geträumt hatte. Christoph lag neben mir und schlief.

Leise stand ich auf und ging nach unten auf die Terrasse.

Oh, mein Schädel. Das war wohl ein Glas Wein zu viel. Was ist denn mit mir los? Noch nie habe ich so etwas geträumt. Natürlich war ich darüber erschrocken, dass Christoph ausgerechnet Spaghetti mit Garnelen zubereitete. Das war mir ja mehr als in die Glieder gefahren. *Ob er etwas bemerkt hatte? Aber was will er schon wissen? Habe ich etwas übersehen? Wenn er eine Vermutung hat, dann hätte er nie damit gewartet, es anzusprechen. Aber die gestrige Stimmung war nicht wie sonst. Da war etwas in seiner Gestik, da gab es ein, zwei Andeutungen, Bemerkungen, die mehrdeutig klangen.*

Hatte ich in letzter Zeit einen Fehler begangen und nun zählte er Eins und Eins zusammen? So wie Ellen? Bin ich ein so offenes Buch? Bin ich mir zu sicher und stellt sich mein Geheimnis als ein unsicheres Kartenhaus dar? Gibt es ein Leck?

Doch kenne ich Christoph gut genug, um zu wissen, wie er tickt. Sofort hätte er mir eine zynische Aussage vor die Füße geschmissen, um abzuwarten, wie meine Reaktion ist. Wenn es denn so ist. Er weiß, dass ich seine Taktik durchschauen würde.

Oh Gott ... hatte er vielleicht doch ganz bewusst dieses Essen gekocht? Noch nie gab es bei ihm Spaghetti!
Oder plagt mich nur mein schlechtes Gewissen.
Herrje.

Die Nacht war kurz und ich war viel zu aufgewühlt, als dass ich zurück ins Bett konnte. Meinen Morgenmantel band ich mir um und setzte mich wieder auf die Terrasse. Es war angenehm. Etwas frisch, aber mir und meinem schweren Kopf tat das gut. Es begann, allmählich zu dämmern und es schien wieder einen sehr warmen Tag zu geben.

Irgendwann hörte ich Bewegung im Haus. Nach einer Weile kam Christoph. Er lächelte und sagte: „Na, meine kleine Saufamsel. Gestern hattest du wohl Durst. Guten Morgen!"

„Auch dir einen guten Morgen. Ganz ehrlich? Mir war das gar nicht so bewusst. Die Flasche Wein ging wohl auf mein Konto."

„Nicht ganz. Ein Glas habe ich mitgetrunken. Aber du bist tatsächlich einfach eingeschlafen. Wir saßen noch gemütlich beieinander und plötzlich warst du weg."

„Alte Weiber! Ich vertrage einfach nichts mehr."

„Magst du einen Kaffee?"

„Oh ja, gerne!"

Kurz darauf kam er mit einem Tablett wieder, goss mir eine Tasse ein.

„In letzter Zeit schläfst du unruhig und du sprichst im Schlaf."

Bam!

„Ist es wenigstens interessant?", antwortete ich cool. Doch ich hielt die Luft an und wartete auf das, was er mir noch erzählen könnte.

Mein Gott, das passt ja wie die Faust aufs Auge. Sollte ich mich wirklich im Schlaf verquatscht haben, dann sind die Spaghetti kein Zufall! Ich glaubte, mit dem gestrigen Abend sei es überstanden. Gibt es jetzt eine weitere Folge? Äußerlich unbeeindruckt davon fragte ich, um nun doch abzulenken:

„Wie sieht es eigentlich mit unserem Projekt Hund aus? Whisky ist nun schon seit fast zwei Jahren tot. Wollen wir uns nicht wieder einen holen? Seit er nicht mehr ist, gehen wir kaum noch spazieren und unsere Waldläufe vermisse ich auch."

„Ja, da du hast schon recht. Aber was ist mit dem Hund, wenn ich dich auf deinen Kurzreisen begleite?"

„Na nichts! Wir nehmen ihn einfach mit, so wie früher."

„Ach, ich weiß nicht. So sind wir doch unabhängiger."

„Wir sollten darüber nachdenken. Mir wäre ein Hund wieder recht."

So verging eine Zeit und gemütlich kamen wir in den Vormittag hinein. Ab Mittag widmete ich mich einem neuen Manuskript, welches ich zu dieser Woche noch fertig überarbeiten wollte.

„Hast du diesen Monat noch auswärtig zu tun?", fragte mich Christoph, als er mich arbeiten sah.

„Nein. Verlagstechnisch habe ich keine weiteren Aufträge.

Vera habe ich noch im Plan. Ich wollte sie besuchen. Allerdings ist sie hier in Deutschland.

Und Ellen möchte mich ins Theater entführen. Demnächst. Wann, weiß ich noch nicht. Planst du etwas?"

„Vielleicht sollten wir für ein paar Tage ans Meer fahren. Letztes Jahr waren wir nicht einmal dort. Früher wäre uns das nicht passiert!"

„Es war halt auch immer etwas anderes. Und ich muss zugeben, mit meinem Wechsel zum anderen Verlag hatte ich nicht wirklich günstige Möglichkeiten, Pausen zu machen. Jetzt hat sich doch alles gut entwickelt. Das war es mir einfach wert", fügte ich noch im leichten Selbstvorwurf ein.

„Was hältst du davon: Wollen wir ein paar Freunde einladen?" Ich schaute ihn an.

„Warum nicht? Vera und ihr Mann könnten auch kommen. So lerne ich ihn auch einmal kennen. Wir könnten es mit unserem Jubiläum verbinden."

Ups ... gerade in diesem Zusammenhang würde ich es nicht wollen. Irgendwie wäre es unecht. Zumindest, wenn Vera da wäre. Nein, irgendwie passt das nicht.

„Ach, eigentlich würde ich dann lieber mit dir ans Meer fahren wollen und für uns sein."

„Auch gut. Du hast schon recht. Das Eine hat mit dem Anderen nichts zu tun. Einladen können wir spontan, auch ohne einen besonderen Anlass."

„Also, wenn, dann könnten wir meinen Geburtstag wählen."

„Stimmt! Gut, dann mach dir Gedanken, wen du dahaben möchtest und wo wir feiern wollen."

Mh ... Christoph wirkte recht unternehmungslustig. Die Idee, Vera einzuladen, gefiel mir außerordentlich gut. Ob ihr Mann es einrichten könnte?

Wir werden sehen. Na ja, das war ja auch noch weit hin …

„Ach, aber du denkst im kommenden Monat an das Klassentreffen."

Etwas gequält und ertappt ließ er mich durch seine Reaktion wissen, dass er genau das nicht getan hatte.

„Entschuldige, das habe ich vergessen. Die Oldtimerausfahrt steht im Raum und ich habe zugesagt."

Wirklich enttäuscht darüber war ich nicht.

„Na, ob das ein Zufall ist?", grinste ich.

„Wirklich! Das war untergegangen. Das hättest du mir noch einmal sagen müssen. Im Übrigen: Johannes möchte mitfahren."

„Das freut mich, dass unser Großer sich wieder die Zeit nimmt, um insbesondere mit dir etwas zu unternehmen. Trotzdem, lenk nicht ab! Also, gehe ich wieder allein hin?"

„Wieso wieder?"

„Das letzte Mal war ich auch allein dort!"

„Ach ja, mh. Du weißt doch, dass ich mit denen nicht so viel anfangen kann. Die meisten kenne ich nicht und ich habe auch irgendwie keinen echten Zugang zu ihnen."

„Wie auch? Wenn du nie dabei bist, wird es auch nicht besser. Aber okay, dann weiß ich Bescheid. Schließlich möchte ich dich zu nichts zwingen."

„Nimm es aber nicht persönlich."

„Das ist es aber", erwiderte ich und grinste erneut. Er wusste, dass ich es ihm nicht übelnahm. Ich konnte ihn ja verstehen. Aber auch irgendwie nicht. Früher hatte es ihm nichts ausgemacht. Mir war klar, sie würden wieder nach ihm fragen und enttäuscht sein. Denn mein Mann sorgte stets für gute Unterhaltung. Vielleicht war es auch das, was er vermisste. Denn für eine gute Unterhaltung braucht es mindestens zwei und die Rolle des Alleinunterhalters wollte er sich nicht überstülpen lassen. Damit hatte er auch recht. An solchen Abenden wurde viel Alkohol getrunken und in der Vergangenheit gewühlt. Uralte Kamellen wurden zum x-ten Male ausgegraben und neu aufgewärmt. Für Außenstehende blieb vieles unverständlich. Jemand, der nicht dabei war, kann es nicht wirklich nachvollziehen. So würde es mir ja bei seinen Treffen auch gehen. Ich würde mich ganz sicher auch langweilen! Trotzdem fand ich den Ansatz, die Ehepartner zu den Klassentreffen mitzubringen, gut, da diese Treffen ja über das gesamte Wochenende gingen. So würde das Wochenende für die Eheleute nicht ganz im Alleingang ablaufen. An den Samstagen waren wir unter uns. Sonntags wurde gemeinsam zu Mittag gegessen und wenn es passte, saßen wir noch für eine Weile beieinander. Obwohl, wenn ich so über die vergangenen Treffen nachdachte, ging es über das sonntägliche Essen nie wirklich hinaus. Schnell war es vorbei und die Truppe löste sich auf. Interessant war der Wesenswechsel bei einigen aus unserer Klasse allemal. Wie brav sie auf einmal waren, wenn die Frau oder der Mann an der Seite war. Spätestens zum nächsten Treffen bekamen sie das mit schwärzestem Sarkasmus vorgehalten. Schon aus diesem Grund freute ich mich auf den kommenden Termin. Erstaunlicherweise waren es nicht unbedingt die Männer, die sich in einer Art und Weise entpuppten, das ich mich manchmal fremdschämte. Nicht, dass ich ein Moralapostel bin, sicher nicht. Doch einige Aktionen waren einfach nur peinlich. Ich weiß nicht, ob es den Männern vorbehalten ist, Frauen anzugraben. Wahrscheinlich können sie es betrunken auch nicht besser als wir Frauen. Aber wenn betrunkene Frauen zu notgeilen Machos mutieren und handgreiflich werden, dann ist für mich eine Grenze überschritten. Manchen war es noch nicht einmal wieder nüchtern unangenehm. Also beide Geschlechter nahmen sich da nicht viel. Warum müssen sich Menschen überhaupt betrinken, um sich näher kommen zu wollen? Was läuft da ab? Dass die Hemmschwelle dann tiefer liegt, ist klar. Aber wir sind doch keine Kinder mehr. Oder ist genau das das Problem? Möglicherweise ist hier ein fehlendes Selbstbewusstsein ursächlich. Na ja, egal!

THEEEEEATER ... THEEEEEA-TER

Ellen holte mich mit einem Taxi ab. Darüber staunte ich nicht schlecht:

„Was ist los? Haben sie dir den Führerschein abgenommen?"

Betreten schaute sie nach unten.

„Nein, oder? Du hättest bloß etwas zu sagen brauchen. Ich wäre doch gefahren."

Ich konnte es nicht fassen. Augenblicklich presste sich ihr Lachen durch den geschlossenen Mund. Lautstark feierte sie nun ab. Natürlich über mich. Sie lachte mich aus!

„Du bist vielleicht ein Luder!"

„Theeeeater ... Theeeeeater ... da, da, ra, da, da ...", sang sie – und ich staunte weiterhin.

„Sag mal, hast du getrunken?"

„Ja! Und das reichlich!" Sie pfiff.

„Ich kann es nicht fassen! Je oller, desto doller!" Ellen lachte und grinste.

„Wir wollen doch ins Theater, oder?"

„Lass dich überraschen! Theater ist nicht gleich Theater. Weißt du eigentlich, was Theater ist?"

„Das, was hier gerade abläuft, könnte zum Beispiel welches sein."

„Hey! Du bist gut! Genau! Es ist eine Vorstellung ..."

„Okay, und?", fragte ich leicht verunsichert.

„Heute entführe ich dich. Keine Angst." Natürlich bemerkte Ellen meinen leicht irritierenden und ängstlichen Blick. Und umso mehr war sie amüsiert.

„Sag, hast du irgendetwas eingenommen? Du machst mir langsam Angst. Das ist mir unheimlich."

„Sei nicht immer so aaanstäääandig", zog sie mich auf.

„Iiiiich? Ich bin ganz sicher alles, nur nicht das!"

Der Taxifahrer grinste amüsiert und schien bestens darüber informiert, wohin unser Weg uns führen würde.

„Wohin fahren wir?"

„Ganz sicher nicht ins Theater! Nicht in das!", flüsterte nun Ellen. Erschrocken riss ich meine Augen auf, ohne etwas zu sagen.

„Offensichtlich weißt du genau, was du willst."

„Es wird Zeit, dir mal eine andere Welt zu zeigen."

„Ellen! Keine Dummheiten! Okay?"

Oh Gott, plötzlich machte sich Panik in mir breit. *Dreht sie jetzt durch? Was zum Teufel hat sie vor? Hoffentlich bringt sie mich nicht in irgendeinen Swinger-Club oder zu sonst einem ähnlichen Treffen.*

Mittlerweile waren wir weit aus der Stadt heraus auf der Autobahn in Richtung Flughafen unterwegs. Es war wahnsinnig viel Verkehr und ich fragte mich, wohin die alle wollten. Was hatte Ellen nur vor? Drehte sie jetzt völlig durch? In diesem Moment bereute ich, mich Ellen anvertraut zu haben. Vielleicht hatte ich ihr einfach zu viel zugemutet? Was glaubte sie, mir denn zeigen zu müssen?

Von der Autobahn wieder herunter waren wir nach zirka einer Stunde da!

„Lass dich einfach überraschen und genieße!"
Oh mein Gott! Was soll ich denn hier genießen?
Mitten in einer anderen Stadt, irgendwo in einer Seitenstraße, verschwanden wir, liefen ein paar Stufen hinab und standen vor einer unscheinbaren Tür. Ellen klopfte. Ein wuchtiger Kerl öffnete, schaute, nickte und ließ uns herein.

Musik dröhnte aus dem Hintergrund. Noch konnte ich sie nicht einordnen. Es war ein Mix aus Synthie Pop, Psychedelic Pop und R&B.

Ellen meinte, dass wir unsere Garderobe ablegen sollten.

„Sind wir nicht etwas overdressed?", fragte ich überrascht.

„Das ist doch egal!" Recht hatte sie.

Wir liefen durch einen schmalen, dunklen Gang hindurch. Diffuses Licht und Qualm zogen durch die Gänge. Ganz sicher wurde geraucht.

Je näher wir kamen, umso lauter wurde die Musik. Doch irgendwie kamen wir nirgendwo an. Es gab hier scheinbar nicht *den* einen großen Raum. Eher viele schmale Gänge und kleinere Plätze. Überall tummelten sich Gestalten herum. Entweder standen sie eng umschlungen in den Ecken, küssten oder unterhielten sich einfach und tanzten.

Richtig erkennen konnte ich keinen. Die Musik war cool und ich empfand sie zunehmend berauschend. Da war dieser Beat, der in einer Endlosschleife zu spielen schien. Lichtreflexe erzeugten eine morbide und doch faszinierende Stimmung. Dann standen wir vor einer Bar.

„Endlich!", meinte Ellen. „Hast du Durst? Möchtest du Sekt oder lieber etwas anderes?"

„Ganz ehrlich? Mir wäre jetzt ein Bier recht."

Ellen lachte und äußerte: „Du überraschst mich aber auch immer wieder."

„Wo zum Teufel sind wir hier eigentlich?" Inzwischen hatten wir es uns auf Barhockern direkt an der Theke bequem gemacht.

„Im Underground!"

„Ja, das sehe ich, und?" Damit nicht zufrieden schaute ich sie abwartend an.

„Was? Das heißt hier so."

„Ach. Ja, das passt natürlich." Etwas zu ihr gebeugt, fragte ich leise: „Waaas sind das hier für Typen und Gestalten?"

„Menschen, wie du und ich."

„Schon klar, aber sie sehen nicht so aus."

Ellen lachte und freute sich.

„Wusste ich doch, dass ich dir etwas Neues zeigen kann."

„Treibst du dich hier öfter herum?", fragte ich und grinste sie an.

„Diese Welt habe ich vor zwanzig Jahren für mich entdeckt."

Ich riss meine Augen auf: „So lange gehst du schon hierher?"

„Nicht hierher. Die Bar ist relativ neu. Die gibt es erst ein paar Jahre. Aber hier gefällt es mir am besten. Hier begegnest du jeder Sorte von Menschen. Alle kommen sie an diesen Ort und zeigen sich, so wie sie sind. Ist das nicht genial?"

„Mir macht das eher Angst." Ich lachte verlegen und schaute mich wie ein Detektiv um. Natürlich würde *der* das professioneller machen. Ellen amüsierte es einfach nur! Plötzlich kramte sie in ihrer Tasche und legte eine kleine Dose auf die Theke.

„Jetzt ist es aber gut! Mit Drogen habe ich nichts am Hut", sagte ich schon fast streng.

„Bleib mal geschmeidig, meine liebe Ava. Ich möchte mir nur eine drehen."

„Du rauchst?"

„Manchmal." Sie nickte cool. Der Barkeeper lächelte und mir schien, dass man sich schon kannte. Plötzlich fiel es mir wie Schuppen von den Augen. Hier lief etwas! Ich richtete mich etwas auf, lehnte mich zurück und beobachtete die beiden. „Es ist nicht zu fassen!"

„Sag mal, Ellen: Ist es das, was ich denke?" Ich schaute ihn dabei an.

„Möglich." Ellen drehte sich eine Zigarette. Was das für Zeug war, wollte ich gar nicht erst wissen.

„Schockiere ich dich gerade?"

„Wie alt ist der Junge?", zischte ich ihr entsetzt ins Ohr.

Ellen zog an ihrem Joint und ließ den Rauch lange im Mund. Dann beugte sich der junge Mann zu ihr, öffnete seinen … nein, ich konnte es nicht fassen. Ellen blies langsam, in einer fast unverschämt sinnlichen Art, den Zigarettenrauch in seinen Mund. Ich wusste gar nicht, in welches Loch ich am liebsten verschwinden wollte.

„Darf ich vorstellen: Das ist Hektor. Hektor, das ist meine Freundin Ava."

Brav reichte ich ihm meine Hand. *Das muss genügen! Hektor? Was für ein Name*, dachte ich für mich.

„Ellen, das überfordert mich hier gewaltig!"

„Bleib entspannt! Das ist nur platonisch", entwarnte sie halblaut sprechend.

„Ja, ich sehe schon. Ihr zieht hier eure Show ab. Das bleibt nicht ganz ohne Wirkung. Das muss ich schon zugeben."

Der Hintergrund der Theke war komplett mit Spiegeln verkleidet. Dort konnte ich wunderbar das rege Treiben hinter mir beobachten.

Inzwischen etwas entspannter drehte ich mich zur Tanzfläche um. Ein schwules Pärchen tanzte eng umschlungen. Langsam kam mehr Bewegung hinein und der Raum füllte sich. Hier tummelte sich wirklich allerhand. Transvestiten, Schwule, Lesben, aber auch völlig *Normale*. Obwohl ich in meinem Anzug etwas deplaziert wirkte, fühlte ich mich gerade deswegen wohl. Es gab mir ein *angezogenes* Sicherheitsgefühl.

Augenblicklich klinkte sich Fintan in mein Gedächtnis und ich musste schmunzeln. Ellen wollte wissen, was mich so amüsierte.

„Fintan", antwortete ich kurz. Sie fragte nach.

„Naja, wenn er mich jetzt in meinem Hosenanzug sehen könnte ..."

„Ach, ich verstehe. Hat er dich eigentlich schon mit deinem neuen Pagenschnitt gesehen?"

„Nein! Wir haben seit Längerem keinen Kontakt gehabt."

„Wieso das? Ist etwas vorgefallen?"

„Das haben wir so besprochen. Wir wollten uns nicht übernehmen ..."

„Übernehmen? Ich wusste gar nicht, dass man sich im Sex übernehmen kann", sagte sie frech.

„Vielleicht ist übernehmen nicht der richtige Ausdruck. Übertreiben passt wohl besser.

Ich will keine Gewohnheit daraus machen. Es ist etwas Besonderes und das bleibt es nicht, wenn wir uns regelmäßig und zu oft sehen."

„Ja, das verstehe ich! Absolut! Nur, versteht es Fintan auch?"

„Sein Verlangen nach mir ist größer. Doch bleibt ihm nichts anderes übrig. Ich möchte keine zweite Beziehung. Noch kann ich mich gut abgrenzen. Aber es ist mehr als nur eine Bettgeschichte. Der Mann macht mich ganz schön verrückt. Er ist so unglaublich erotisch, dass es mir manchmal den Boden unter den Füßen wegreißt. Und den brauche ich doch so sehr! In letzter Zeit träume ich sogar von Fintan. Hoffentlich wird nicht mehr daraus. Blöd, oder?"

„Ava, was ist? Verliebst du dich etwa?"

„Nein." Ich winkte ab.

„Du entscheidest und Punkt."

„Ist das so?"

Während wir uns so unterhielten, zog ich meinen Blazer aus. Mir war warm. Ellen nahm ihn und reichte ihn Hektor.

„Bitte achte darauf", sagte sie schon fast wieder mütterlich zu ihm.

„Heißer BH!", merkte Ellen an und schaute mir unzüchtig auf den Busen.

Schockiert stellte ich fest, dass sich mein weißer, bestickter BH in diesem Schwarzlicht durch meine weiße Bluse abzeichnete. Mehr noch! „Mist, meine Nippel sind zu sehen."

„Ich bin begeistert!", lachte Ellen.

Etwas pikiert wandte ich mich ihr zu.

„Seit wann kennt ihr euch?"

„Wir sind uns in der U-Bahn begegnet. Er bot mir seinen Platz an."

„Autsch, das tut weh!", platzte es mir heraus.

„Als Erstes hatte er von mir eine Ansage bekommen. Das kannst du dir ja wohl vorstellen. Doch schnell kamen wir ins Gespräch und waren uns sofort sympathisch. Das war vor zwei Jahren. Ich sollte ihn unbedingt besuchen kommen und seitdem sitze ich hier. Seitdem ziehen wir unsere Nummer ab."

„Etwas skurril ist das schon."

„Es war nicht meine Idee", protestierte Ellen. „Und Ava, Hektor ist schwul, stockschwul."

Mir stand der Mund offen und Ellen klopfte mir von unten ans Kinn.

„Echt? Das hätte ich nicht gedacht." Ich schaute wieder zu ihm. Hektor stand da, hob seine Schultern und amüsierte sich köstlich. Natürlich über mich!

Ellen trank Martini und kaute entspannt an ihrer Olive herum. Mein Bier war leer.

„Ich glaub, ich mag auch einen."

Ellen drehte sich zu ihrem Boy, hob Zeige- und Mittelfinger. Prompt stand der Nachschub da.

„Ja doch. So langsam bin ich beeindruckt!"

„Wusste ich doch!", nickte Ellen. „Komm, lass uns tanzen!"

„Mit *den* Schuhen?" Ich zeigte auf meine schwarzen High Heels. „Na ja, das ist nun auch egal." Ellen und ich tanzten. Nach einer Weile ging mein Blick zur Theke. Hektor zeigte von oben auf Drinks. Okay. Also gab es erst einmal eine kreative Pause.

„Woher nimmst du eigentlich deine Energie?", fragte ich Ellen überrascht. Sichtlich davon angetan setzte sie sich stolz und kerzengerade hin.

„Danke für die Blumen!"

„Nein! Ganz ehrlich. Wie machst du das?"

„Doch kein Kompliment?"

„Na, aber sicher doch. Trotzdem, du bist 70! Da sitzen andere auf dem Sofa vor dem Fernseher und chillen."

„Bist du still. Denen hier erzähle ich etwas von 60 Jahren. Und außerdem ist das bei mir auch nicht anders, zumindest 6-mal pro Woche. Okay? Aber verrate mich bloß nicht. Sonst fliege ich hier noch auf."

„Hast du die bestellt?" Ich zeigte auf die Gläser. Ellen schaute unwissend und Hektor meinte:

„Ladies, die kommen von den zwei Herren dort hinten."

Ellen hob ihr Glas und zeigte es in Richtung der Herren. Ihr Blick sagte, dass ich mich auch bedanken dürfe. Ich tat es.

„Können wir das denn einfach so annehmen?"

Ellen war fast außer sich und lachte: „Ava, du musst jetzt nicht mit einem von ihnen schlafen. Mein Gott, bist du prüde. Das sollten wir umgehend ändern."

„Ich bin verheiratet!"

„Ja, und? Fangen wir wieder die alte Diskussion an?"

„Nein, es ist schon gut."

Oh Mann. Ich glaubte, ich war rot angelaufen. Sie konnte aber auch ungehalten werden.

„Ich suche mal die Toiletten auf. Weißt du, wo die hier sind?"

„Lauf einfach wieder in Richtung Ausgang. Du kannst dich an den Schildern oben orientieren." Ellen gab mir einen Klaps auf den Po.

„Aha, ich sehe sie."

Puh, Ellen ist ein harter Brocken und ziemlich stur. So kenne ich sie gar nicht. Was auch immer sie sich in den Kopf gesetzt hat, es gibt keine Gnade. Bin ich froh, wenn ich wieder zu Hause bin. Das ist einfach nicht meine Welt.

Ich ließ mir kaltes Wasser über die Armgelenke laufen. Mir war sehr warm. Der Blick in den Spiegel sagte: Mädel, ab ins Bettchen! Schon der Gedanke daran, mich Ellen zu offenbaren, verhieß nichts Gutes. Sie würde es nicht dulden. Noch nicht.

Spontan entschloss ich mich, für einen Moment vor die Tür zu gehen.

Ich brauche frische Luft.

Mit einem Lächeln öffnete der mächtige Kerl die Tür.

„Nur ein paar Minuten", versicherte ich, damit er mich auch ja wieder hereinließ.

„Ach Gott, ist das schön. Das tut gut", sprach ich zu mir selbst und nahm ein paar tiefe Atemzüge. „Uch, ist das frisch."

Es war tief in der Nacht. Der Sternenhimmel war klar zu sehen. Mit verschränkten Armen stand ich da und schaute nach oben. Mein warmer Atem vernebelte in der kalten, nächtlichen Luft.

„Sie erkälten sich hier noch", hörte ich plötzlich jemanden sprechen. Offensichtlich hatte ich die Türe hinter mir nicht bemerkt.

„Ja, das könnte gut sein. Es ist verdammt kalt geworden."

„Das ist wohl nicht so Ihr Ding dort drinnen." Überrascht über seine Aussage konnte ich ihm zunächst nichts entgegenbringen.

„Erwischt!" Ich lächelte verlegen. Währenddessen zog er sein Sakko aus und hängte es mir ungefragt über die Schultern. Es war zu dunkel, als dass ich etwas erkennen konnte. Aber ich glaubte, dass er einer von den spendablen Herren von vorhin war und der Drink von ihm kam.

„Einen Gentleman hätte ich hier nicht erwartet. Vielen Dank!"

„Lassen Sie sich bloß nicht von Äußerlichkeiten täuschen. Die meisten hier sind feiner, als Sie sich vorstellen können. Die Schlipsträger sind die Schlimmsten."

Ups. Er selbst trug einen.

„Humor haben Sie ja."

„Was ist mit Ihnen? Ihren Abend hatten Sie sich wahrscheinlich anders vorgestellt." Er lächelte.

„Ja, anders eben, nicht so in der Art. Aber es ist schon in Ordnung."

„Ich habe Sie hier noch nie gesehen, Ihre Begleitung schon."

„Ach, dann sind Sie auch ein Wiederholungstäter, wie meine Freundin Ellen?"

„Gezwungenermaßen, meine Jungs zerren mich des Öfteren mit. Sie meinen, mir immer das wahre Nachtleben zeigen zu müssen. Am Ende brauchen sie ja doch nur einen Fahrer", lachte er wieder.

„Ähnlich gut meint es meine Freundin. Eigentlich war ich auf Theater eingestellt. Die Überraschung war groß, als wir hier landeten."

„Sind Sie sehr enttäuscht?"

„Mh, es gab schon schlimmere Reinfälle. Interessant ist es allemal, aber eben nicht meine Welt. Ich sollte wieder hineingehen." Ich wollte mich in Richtung Eingangstür bewegen. In diesem Moment ging sie wieder auf und das Licht flutete für einen Augenblick den Bereich, in dem wir standen. Der Lichtkegel reichte gerade bis zu uns.

Plötzlich blickte ich in blitzblaue, leuchtende Augen.

Bam!

„Vielen Dank." Ich reichte ihm seine Jacke.

Die Tür schloss sich und es wurde wieder dunkel. Irgendwie riss ich mich los und rief schon im Gehen nach dem Türsteher.

„Halt… ich wollte doch…" An die Tür klopfend drehte ich mich noch einmal kurz um. Doch es war zu dunkel, ich konnte nichts weiter erkennen.

„Verdammt, das ist aber auch kalt!" Ich flüchtete mich wieder hinein.

„Mein Gott! Es ist nach Eins. Das wird ja drei Uhr, bis wir wieder zu Hause sind. Jetzt gibt es kein Pardon."

Mit der Zeit war es unglaublich voll geworden. Mich durch die Menschentrauben kämpfend sah ich in Gesichter. Erhaschte hier und da ein Lächeln und dort vertiefte Blicke im Gespräch. *Hoffentlich finde ich Ellen an der Bar.* Das tat ich. Erleichtert griff ich nach meinem Drink und leerte das Glas mit einem Schluck. Ohne auch nur ein Wort sagen zu müssen stand Ellen auf und meinte: „Packen wir es?"

„Ja, gerne. Ich glaube, es ist an der Zeit."

Dankbar nutzte ich die Gelegenheit und ging voran. An der Tür angekommen fiel mir ein, dass sich mein Blazer noch bei Hektor befand.

„Ellen, ich muss noch einmal zurück, meine Jacke holen."

„Mach nur. Ich warte und organisiere unser Taxi."

Wieder kämpfte ich mich zurück. Hier und da trafen sich Blicke. Nur langsam kam ich voran. An der Theke angekommen winkte ich Hektor zu. Er hatte sie schon in der Hand.

„Bis zum nächsten Mal, Ava. Pass auf meine Freundin auf."

„Sicher doch." Ich winkte ihm noch zu. Als ich mich auf dem Absatz umdrehen wollte, knickte ich weg.

„Mist!" Irgendetwas stimmte nicht. Als ich nach unten sah, wurde mir klar, was. Mein Absatz hatte sich verabschiedet. Also humpelte ich zurück. Hier und da ein Lächeln und dort ein kurzer Blick. Und da waren sie wieder, diese stahlblauen, leuchtenden Augen.

Bam!

„Wollen Sie wirklich schon gehen?"

„Äh … mh … nein, ja … doch. Sorry. Ja, wir fahren."

„Verraten Sie mir Ihren Namen?"

„Ava."

„Ich bin Mad."

„Es tut mir leid, ich muss jetzt gehen. Es war sehr nett, Sie kennengelernt zu haben, Mad!" Ich schenkte ihm noch ein Lächeln und humpelte weiter. Doch Mad ließ nicht locker.

„Was ist los? Lassen Sie sich helfen." Bevor ich es checkte, fragte er noch kurz: „Darf ich?" Ohne jedoch auf eine Antwort zu warten, hob er mich hoch und rief: „Vorsicht!" Schnurstracks waren wir am Ausgang angekommen. Ellen staunte nicht schlecht. Augenblicklich ließ er mich wieder herunter. Noch kurz trafen sich unsere Blicke. Natürlich entging mir nicht, dass er umwerfend aussah. *Wow*, dachte ich noch.

„Was ist mit deinem Schuh?", fragte Ellen.

Ohne auf sie einzugehen, folgte ein: „Danke! Wie kann ich das wieder gut machen?" Ich war schwer beeindruckt!

„Gib mir deine Handynummer! Ich möchte dich wiedersehen", flüsterte er mir ins Ohr.

Derweil war Ellen hinaus gegangen und wartete im Taxi.

„Nein! Das kommt gar nicht in Frage. Das geht nicht." Dabei hob ich meine Hand und bewegte die Finger hin und her, so dass er den Grund sehr gut erkennen konnte.

„Es tut mir wirklich leid. Mad, Sie sind ein super Typ …" Weiter kam ich nicht. Mad küsste mich! Einfach so und unverschämt gut. Ich konnte nichts tun! Und wieder schoss dieses Kribbeln durch meinen ganzen Körper.

„Schade", sagte er und ich ging. Noch im Hinausgehen drehte ich mich um, doch die Tür versperrte einen letzten Blick. *Gut, dann soll es so sein.*

Im Taxi angekommen betrachtete mich eine leicht angeschickerte Ellen und grinste.

„Was? Dafür konnte ich absolut nichts. Alles ist geregelt. Den Korb hat er sich schon abgeholt. Und mit dir rede ich morgen!"

Viertel nach Drei war ich endlich zu Hause und ziemlich durch den Wind. Natürlich hatte mich Christoph versucht zu erreichen. Von unterwegs aus versicherte ich ihm meine baldige Ankunft und konnte ihn beruhigen.

„Wo kommst du denn jetzt her?" Er stand verschlafen im Wohnzimmer und doch zufrieden darüber, mich zu sehen.

„Frag nicht. Ellen hat sich im Termin vertan. Für die heutige Vorstellung gab es keine Karten mehr und so gingen wir essen und dann zu ihr. Wir haben ordentlich getrunken und sind einfach vor dem Kamin eingeschlafen."

Ohne auch nur mit der Wimper zu zucken tischte ich Christoph diese Kamelle auf. Ich konnte es selbst nicht fassen! Christoph wollte wieder ins Bett und ich war hellwach.

„Geh nur, ich brauche noch eine Weile. Ich glaube, ich kann jetzt nicht schlafen."

Was ist das nur mit mir? Warum lüge ich meinen Mann an? Warum kann ich ihm nicht einfach die Wahrheit sagen? Was wäre so schlimm gewesen?

Natürlich glaubte ich zu wissen, warum ich genau das nicht tat.

Jesses! Christoph wäre nicht angetan darüber, dass ich mich nachts in Kneipen herumdrücke. Zu Recht! Irgendwie gehört sich das nicht für eine verheiratete Frau. Und ganz ehrlich? Wohl gefühlt habe ich mich bei unserem Ausflug nicht wirklich.

Mir wurde ganz deutlich bewusst, dass meine Freundin ein völlig anderes Lebensempfinden und Verständnis hatte. Sie war viel freiheitsliebender, als ich vermutet hatte. Ihr doch recht ausgeprägter Unabhängigkeitsdrang war mir während der letzten Stunden ganz offensichtlich klar geworden und kollidierte mit meinen Ansichten und Einstellungen. In unseren Gesprächen hatte ich das in der Bandbreite nie so empfunden, auch ein stückweit anders eingeschätzt. Oder wollte ich das nur so sehen? Was machte das eigentlich mit mir? Ellens Taffheit und ihre unkonventionelle Art verunsicherten mich auf einmal in einem Maße, dass ich ernsthaft ins Grübeln kam. Aber warum? Da war auch wieder ein Halbsatz hängen geblieben. Wie hatte sie nur gesagt? „Sei nicht so prüde…" Ich glaubte, dass mich das irgendwie traf. Ich bin halt so. Warum konnte sie mich nicht so annehmen, wie ich bin? Ich bin nicht wie sie. Vielleicht wäre ich das ganz gerne gewesen. Keine Frage, ich bewunderte sie. Möglicherweise hatte ich falsche Signale gesendet? Warum glaubte sie, mir das Leben oder, um es mit ihren Worten zu sagen, „…eine andere Welt…" zeigen zu müssen? Ja, ich fand ihre Lebensgeschichte interessant. Aber ich hatte nie das Gefühl, etwas verpasst zu haben oder etwas wirklich ändern zu wollen. Bisher war ich sehr glücklich und ich bin es auch heute noch. Dieses Gefühl wollte ich gerne beibehalten oder besser für mich bewahren. Mir war schon klar, dass mir oder uns das nicht einfach so zufiel. Was erwartete ich vom Leben eigentlich? Hatten mein Mann und ich noch eine gemeinsame Sprache? Waren unsere Wünsche und Einstellungen noch identisch oder zumindest vereinbar? Bis jetzt funktionierte das! Ja, wir harmonisierten miteinander. Möglicherweise war viel mehr auch nicht nötig. Konnte ich meine eigene, innere, tiefe Zufriedenheit und seelische Erfüllung nur durch andere speisen? Früher als Jugendliche war das bestimmt so. Doch jetzt fühlte ich diese Kraft in mir selbst. Ich war nicht darauf angewiesen, mich von außen stärken lassen zu müssen. Ja, durch Eindrücke sicher und durch Erfahrungen, die ich noch immer brauche. Von Zeit zu Zeit spürte ich auch eine gewisse Sehnsucht. Aber was war das eigentlich für eine Sehnsucht? Bis jetzt konnte ich mich auf mein Gefühl und meine Intuition sehr gut verlassen. Selbst Ellen zollte uns Respekt, für Christoph und mich. Warum fühlte ich mich in ihrer Gegenwart manches Mal so unsicher? Warum kam der Zweifel? Vielleicht hatte sie doch recht damit, sich zu sehr in meiner Geschichte zu sehen? Wie auch immer. War es möglicherweise das, was *sie* sich zeitlebens gewünscht hätte? War es dieser Lebensentwurf, den Christoph und ich lebten, der sie unbewusst so beschäftigte? Möglich. Vielleicht waren es ihre eigenen haltlosen Begierden, die ich wahrnahm. Hin und wieder als unbegründete Bedrohung wahrnahm. Auch heute Nacht spürte ich Ängste. Ihre?

Ist es denn nicht wunderbar, nach Hause zu kommen und erwartet zu werden? Erwartet von einem Menschen, der mich liebt und umsorgt? Natürlich ist es eine ständige Herausforderung, die feinsten Nuancen zu spüren und eine gewisse Ausgeglichenheit zu bewahren. Schnell kann

Umsorgen in einem Zuviel ausarten und Zusehrsorgen schnell im Erdrücken enden.

Wie erging es Ellen? Auf sie wartete niemand. Ellen war diese Nacht nicht erwartet worden. War das der Preis für Freiheit und Unabhängigkeit? Allein der Gedanke löste bei mir Mitleid aus. Aber wenn es genau das war, was sie wollte, dann war Mitleid nicht angebracht. Wenn ich an Christoph dachte, dann wusste ich, dass es Liebe war. Er wollte nicht allein sein. Er wollte umsorgen und lieben, möglicherweise auch, weil er umsorgt und geliebt werden wollte. Vielleicht auch ein stückweit, weil er es aus seinem tiefsten Inneren selbst nicht tun konnte. Er nährte dieses Bedürfnis zu einem Großteil durch mich. Das konnte er auch! War das nicht auch ein großer Vertrauensbonus, den ich durch ihn genoss? Er konnte sich darauf verlassen! Darauf vertrauen! Und nicht nur das. Auch ich durfte es uneingeschränkt nutzen, sein Vertrauen mir gegenüber. Wenn *ich* auch uns beide in einem stärkeren Maße damit *unterfütterte*. Dafür hatte Christoph andere Stärken und Qualitäten in einem Übermaß, die in ihrer Gesamtheit wieder für ein Gleichgewicht sorgten. Ja! Wir waren eine kraftvolle Allianz!

Mit dieser Erkenntnis legte ich mich, nun doch etwas erschöpft, zu Christoph und schmiegte mich von hinten an ihn. Natürlich registrierte er es und war dankbar.

Mit einem reichlich gedeckten Frühstückstisch wurde ich belohnt. Nein, nicht nur! Mit einem freudigen und gutgelaunten Gesichtsausdruck und einem wunderschönen Blumenstrauß, der in der Mitte des Tisches unübersehbar wirkte.

Dafür hat sich meine Notlüge rentiert. Doch würde der Tisch bei der Wahrheit auch so reichlich ausfallen? War die Not so groß? Ava, lass gut sein!, ermahnte ich mich selbst.

Mehrere Tage quälten mich meine Gedanken. Versuchte ich, mir nur die Dinge schönzureden? Plagten mich nicht doch Schuldgefühle und das schlechte Gewissen, nicht nur Christoph gegenüber? Es brauchte bloß einen ungeplanten Abend und es katapultierte mich in eine ungeahnte Bodenlosigkeit. Aber lag es denn wirklich nur an dem Abend? Spiegelte er nicht die gesamte Palette unergründlicher und ungesehener Aspekte meines Lebens wider? Nicht offensichtlich. Die Wahrheit und die Angst sind ein schönes Paar. Sie glänzen und spiegeln sich im Ruhm der Gegenseitigkeit.

Hatte ich nicht einfach nur die haltlosen Begierden und Erwartungen gespiegelt bekommen? Nicht nur an diesem Abend? Was wäre aber, wenn ich einen Anteil mehr und mehr in mir wahrnahm, der sich unaufhaltsam weiter und immer weiter in mir emporarbeitete? Was würde passieren, wenn ich eine Ava zu sehen bekam, die nicht das war, was ich glaubte zu sein? Nicht die, die ich mir wünschte? Sondern die, die nie da war? Die es gar nicht gab und die ich doch unbewusst herbeisehnte? Wen konnte ich da nicht sehen? Wen unterdrückte ich in mir, mit all den zur Verfügung stehenden Mechanismen? Wie viele Fintans und Mads brauchte es, dass ich mich ehrlich betrachtete? Diese Gedanken erschreckten mich! Denn ich ahnte, dass ich gerade sie versuchte, mit aller Gewalt zu unterdrücken, ja, sogar zu vernichten. Ich unterdrückte die Gefühle, die Empfindungen, meine Gedanken, meine Fantasie, alles, was sie ausmachten. Ja, die Wahrheit tat weh! Die Angst tat weh!

Seit Wochen hatte ich kaum Kontakt zu Ellen. Auch sie mied ich mittlerweile wie die Pest. Mit Christoph hatte ich mich regelrecht zurückgezogen. Für ein paar Tage waren wir am Meer. Auch die Kinder kamen hinzu. Johannes nahm spontan seine Schwester Isabelle mit. Sie hatten wohl Sehnsucht nach uns. Ja … Sehnsucht. Sie kann Berge versetzen. Christoph und ich hatten uns sehr gefreut.

Es war schön. Doch hatte ich keine Augen für das Wasser. Keine Augen für die Vögel. Keine Augen für den Wind. Keine Augen für Nichts. Allein nur für Christoph und die Kinder. Sie überschüttete ich mit all meinen Gefühlen. Irgendwann wurde das selbst für Christoph zu unheimlich.

„Was ist mit dir? Seit Wochen bist du wie ausgewechselt. Du lässt deine Arbeit schleifen und unternimmst nichts mehr. Es ist schön, dass du da bist, und ich genieße das auch! Das weißt du! Aber ich vermisse eine Ava, die zappelig und ungehalten ist. Die Ava, die diskutiert und unterwegs ist."

„Mir war das gar nicht bewusst. Vielleicht habe ich wieder mit meinen Wechseljahren zu kämpfen?" Wieder log ich! Warum tat ich das? Selbst mir blieb es nicht verborgen, dass ich mich einigelte. Zurückzog, in eine Scheinwelt. In der ich mich gut eingerichtet hatte. In der keine Gefahr lauerte. Gefahr nahm ich nur außen wahr. Gefahr, die in mir ein fremdes Gefühl heraufbeschwören könnte.

Christoph legte noch einen drauf:

„Seit dem missglückten Abend mit Ellen bist du in einem merkwürdigen Zustand. Ist irgendetwas vorgefallen?"

Oh Gott!

„Ihr wart sonst so eng, und auf einmal findet ihr keine Zeit füreinander. Auch um Vera ist es ruhiger geworden. Von ihr warst du immer angetan. Ava, mich gehen eure Probleme nichts an. Du musst auch nicht mit mir darüber reden, wenn du nicht möchtest. Aber ich sehe doch, dass es dir nicht gut geht. Ich habe dich schon gerne um mich und ja, ohne dich möchte ich mir mein Leben nicht mehr vorstellen müssen. Aber, ich möchte dich auch nicht einengen."

„Keine Angst, Christoph, wir haben keine Probleme. Es wird auch wieder anders. Es ist auch nichts vorgefallen. Vielleicht war bei mir auch einfach nur die Luft raus. Ja, du hast schon recht. Vielleicht sollte ich mich wieder öfter bei meinen Mädels melden."

„Tu das!"

Ausgerechnet Christoph musste mich darauf ansprechen und anstupsen. Vielleicht hatte ich das auch gar nicht so sehr für ihn getan. Möglicherweise hatte ich es für mich gebraucht. Diesen Rückzug zu mir. Die Angst, mich zu verlieren, war einfach übermächtig geworden, auch wenn ich sie schon im Ansatz zu unterdrücken versuchte.

INTERFERENCE

Wieder daheim angekommen, hatte mich nicht nur das Haus im Griff, sondern auch die alltägliche Routine. Sie war schön. Sie war wichtig. Und sie war nervig. Manchmal!

Die Planung für meine Geburtstagsfeier lief in vollem Gang. Die Einladungen waren geschrieben! Mit Ellen gab es zwischenzeitlich wieder Kontakt. Doch erwähnten wir beide den Abend bisher nicht einmal im Ansatz. Jedoch änderte sich das mit der nächsten Verabredung.

Mein Gespräch mit Ellen hatte es in sich. Wieder lud sie mich zu sich ein. Mir war schon ein wenig mulmig zumute und meine Lust, zu ihr zu gehen, hielt sich in Grenzen. Zu gut kannte ich sie und wusste um ihre Hartnäckigkeit, ihren Willen durchzusetzen. So kam es jedenfalls bei mir an.

Ich war ihrer ein wenig überdrüssig geworden. Obschon mir der andere Anteil an ihr mächtig abging. Denn zu gerne hatte ich sie und zu gerne bediente ich mich ihrer Erfahrungen, die ja so nahe an meinen ureigensten Wünschen waren. Es nützte nichts! Die Neugierde siegte über die Angst.

Doch was für eine Überraschung! Ellen gab sich demütig und erstaunlicherweise kam sie mir näher als je zuvor. Auch sie sah einen Zusammenhang zwischen uns und unserem verschiedenartigen Idealismus. Damit hatte ich nicht gerechnet. War es meine eigene geistige Beschränkung, die mich daran hinderte, wirklich ehrlich mit mir selbst zu sein? Denn wovor sollte ich Angst haben? Vor Ellen und ihrer Einstellung zum Leben? Tja, es waren wohl meine kleinen Geister! Die der Angst und Unsicherheit. Sie zeigten mir, wie sehr ich doch in meinem eigenen Schematismus festhing.

Dachte ich doch immer, dass Idealismus eine feste Idee und Instanz ist. Dennoch bleibt er für jedes Individuum abstrakt genug. Genug für eine gewisse persönliche Abweichung. Eben eine Idee, gefärbt mit einer individuellen Note.

Oder war es nicht nur eine weitere dunkle Ahnung von irgendetwas Verdrängtem? Vielleicht unterlag ich einer Projektion von etwas, das es so nicht gab. Egal! Mit Ellen zusammen zu sein war in jeder Hinsicht eine Bereicherung. Vielleicht hatte es das auch gebraucht, um mich selbst genauer zu hinterfragen. Ellen zwang mich ja zu nichts. Sie rollte lediglich den Teppich der tausend Möglichkeiten aus. Das hatte ich erkannt. Wenigstens etwas. Aber auch Ellen war mir dankbar, einfach dafür, dass ich nicht auf alles ansprang.

„Du bist ein so tiefgründiger Mensch, dass es mir manchmal peinlich ist."

„Warum ist dir das peinlich, Ellen?"

„Weil du vorher überlegst und dich nicht einfach den Dingen und vermeintlichen Gelegenheiten hingibst."

„Das klingt so positiv, ist es aber nicht nur."

„Warum das?"

„Vielleicht bin ich zu kopflastig. Und so übersehe ich wirklich die eine oder andere Chance zur Entwicklung."

„Du entwickelst dich nicht besser oder schlechter, indem du gewisse Dinge nicht tust. Das ist doch das, was mir so an dir gefällt. Ava, da gehören auch eine gewisse Stärke und Bodenhaftung dazu. Du bist authentisch und auch zu dir selbst loyal, nicht nur anderen gegenüber."

„Aber was ist, wenn dahinter nur Angst steht, Angst, etwas zu riskieren? Vielleicht ersticke ich eines Tages an meiner Anständigkeit."

„Ja, deinen Zweifel sehe ich dir an. Vielleicht fragst du dich einmal, wo der herkommen könnte. Möglicherweise hat es mit dir nicht so viel zu tun, wie du glaubst? Versuche, nicht allzu sehr nachzugrübeln. Am Ende kommt es sowieso anders als gedacht." Sie lächelte verständnisvoll.

„Sag mal, Ava, war der Abend wirklich so schlimm?" Dabei schaute sie mich etwas scheu, fast kindlich an.

„Ich hatte schon geahnt, dass du nachfragst. Nein, eigentlich nicht."

„War ich schlimm?"

„Nein, erst recht nicht!"

„Dann kannst du dir vorstellen, noch einmal mit mir dort hinzugehen?"

„So gut hat es mir dann doch nicht gefallen." Nun grinste ich sie an.

„Mad hat dir doch gefallen."

Bam!

Da war es wieder. Da war der Teil von Ellen, der nie etwas einfach nur als gegeben annehmen konnte. Immer wieder hakte und bohrte sie nach. Tiefer und tiefer. Schicht für Schicht. Natürlich spürte ich meinen Widerstand und meine Wut aufkommen. Wut darüber, dass sie mich nicht einfach in Ruhe ließ.

„Ava, du hast da jemandem ordentlich den Kopf verdreht. Entschuldige, ich weiß, dass du das nicht hören willst. Ich habe auch damit gewartet, bis wir uns wieder angenähert haben und uns dabei in die Augen sehen."

Schon meldete sich mein Protest an. Doch bevor ich auch nur Luft holen konnte, bremste mich Ellen mit ihrer nonchalanten Art ein:

„Bitte, lass mich erst ausreden, dann kannst du über mich herfallen.

Dir es nicht zu sagen, würde es nicht nur dir einfacher machen. Doch ist das nicht allein meine Entscheidung oder sollte es jedenfalls nicht sein. Die Entscheidungsfindung möchte ich dir überlassen. Genau das fällt mir nicht leicht, weil ich deinen Konflikt ja sehe und ihn möglicherweise nur noch verschärfe. So bringe ich mich selbst auch in ein gewisses Dilemma. Einerseits möchte ich dir eine gute Freundin sein, dich beschützen und bewahren. Wobei natürlich jetzt gerade auch die Mutter spricht, und das weiß ich. Auf der anderen Seite steht mir nicht zu, schon gar nicht im Vorfeld, zu entscheiden, was ich dir zumuten kann oder auch nicht. Es ist und bleibt letztlich deine Entscheidung, wie du darauf reagierst. Für mich macht es überhaupt keinen Unterschied, was auch immer du tun oder auch nicht tun wirst. Meine Wertschätzung für dich wird sich dadurch nicht ändern, weder für dich als Mensch noch gegenüber deinem Verhalten. Das solltest du wissen. Noch einmal, Ava: Ich mache mir es nicht einfacher, indem ich dir diese Information weitergebe."

„Wow! Ach Ellen, du bist so hinreißend. Das lief gerade wie Öl hinunter. Diese Worte sind wie

Balsam für meine Seele. Mir wird in diesem Augenblick bewusst, wie sehr ich dich mit meinen Gedanken überflute und wie anständig *du* bei allem bist! Von was für einer Information sprichst du?"

„Naja, zum einen, dass du Mad ziemlich verwirrt hast. Das andere ist, er gab mir seine Handynummer mit der Bitte, sie dir zu geben", sagte sie sichtlich erleichtert.

„Ihr habt euch gesehen?", fragte ich überrascht.

„Ach was. Das lief alles über Hektor. Aber die letzten Wochen waren ziemlich aufreibend, das kann ich dir sagen!"

„Herrje, Ellen das tut mir leid."

„Muss es nicht. Ich kann dir nur eins sagen: Mad leidet nicht weniger als du! Eben nur anders. Mehr kann und will ich aber dazu nicht sagen. Ruf ihn an, wenigstens das. Es würde für mich einen guten Abschluss geben, denn hiermit würde ich es abgeben können. Ava, wenn du nicht reagieren würdest, wäre es für mich auch in Ordnung. Okay?"

„Danke, dass du das so sagst! Natürlich möchte ich dich damit entlasten, doch einen Satz musst du dir noch gefallen lassen! Hättest du mich nicht dorthin geschleppt, müssten wir uns hier nicht damit beschäftigen. Das musste jetzt noch heraus!"

Ellen hob ihre Augenbrauen und reagierte amüsiert.

„Ava, du weißt selbst ganz genau: Wenn es dort nicht passiert wäre, dann passiert es woanders. Es kommt ein anderer und möglicherweise an einem ungünstigeren Ort, zu einer ungünstigeren Zeit. Nichts ahnend läufst du um die Ecke und da passiert es. Vielleicht stolperst du auch und fällst.

Egal. Du wirst die Hand nehmen, die dir gereicht wird."

„Interessanterweise ist mir diese Erkenntnis in den letzten Wochen auch gekommen. Vielleicht ist es an der Zeit, mich meinem Inneren zu stellen. Es muss ja nicht unbedingt gleich das Allerschlimmste im Schlepptau hängen. Nur kann ich nicht noch eine Baustelle gebrauchen. Das mit Fintan beschäftigt mich mehr, als mir guttut und lieb ist.

In jedem Fall denke ich über deine Worte nach! Und das ist alles, was ich im Moment zu bieten habe. Ist das okay für dich?"

„Für mich muss es nicht okay sein. Egal, was du tust. Es ändert nichts an meiner Einstellung zu dir!"

„Ja! Ich habe es ja verstanden." Nun musste ich lachen.

Als ich von Ellen wieder fortging, spürte ich eine leichte Unruhe und ein bisschen Aufregung, aber auch ein ungewöhnlich verzücktes Empfinden. Trotz allem gefiel mir, was ich da verspürte. Mit der Handynummer von Mad fuhr ich nach Hause und überlegte, wann wohl der beste Zeitpunkt wäre, ihn anzurufen. Christoph war nicht da und würde auch erst später kommen. Johannes und er steckten in den letzten Vorbereitungen für die kommende Oldtimerausfahrt.

Zu Hause angekommen, beschloss ich spontan, Mad anzurufen. *Warum warten?*, dachte ich mir. Der Ruf ging durch und die Mailbox sprang an. Doch vermied ich, eine Nachricht zu hinterlassen.

Kaum, dass ich das Handy beiseitelegte, klingelte es. Es war die Nummer von Mad!

„Ava Berger."

„Mad Kerdensten."

Für einen Augenblick war es still.

„Hallo, Ava. Schön, dass du dich meldest. Entschuldige bitte, dass ich dafür deine Freundin Ellen eingespannt habe. Ich sah leider keine andere Möglichkeit. Ich hoffe, dass du durch mich keinen Ärger bekommst."

Schweigen...

„Das hoffe ich auch! Ich bin immer noch verheiratet und daran wird sich nichts ändern", haute ich gleich hinterher.

„Warum rufst du mich dann an?"

„Boa, ist der frech!" Ich legte auf! „Der spinnt ja wohl. Was bildet der sich eigentlich ein?! Erst küsst der mich ungefragt und benutzt dann Hektor und Ellen, um an mich heranzukommen. Wer läuft hier wem hinterher?" Ich war stinksauer!

„Das muss ich mir von diesem Blödarsch nicht sagen lassen. Der kann mich mal", echauffierte ich mich. Ich ärgerte mich über mich selbst! Darüber, dass ich mich mutig zeigte, um mich gleich auf die ganz billige Tour anmachen zulassen?

Ich brauchte noch eine Weile, um mich wieder zu beruhigen.

Natürlich überlegte ich kurz, Ellen anzurufen. Im letzten Moment ließ ich es. Ich erinnerte mich an ihre Worte. Sie hatte es an mich abgegeben und es auch ganz klar so benannt! Das respektierte ich! Damit musste ich wohl allein klarkommen. Naja, ich war in der Tat alt genug! Es war ja auch meine

Entscheidung. Nun musste ich doch über mich schmunzeln.

Das ich einfach aufgelegt hatte war außerdem nicht die feine Art.

„Der war doch an dem Abend so nett", führte ich Selbstgespräche. Wie sagte er: „Die Schlipsträger sind die Schlimmsten."

„Mh, anrufen werde ich ihn ganz sicher nicht! Wenn er etwas von mir möchte, dann muss er sich kümmern, ansonsten ist es gelaufen! Ich brauche jetzt etwas zu trinken!" Ich beschloss, mir im Keller einen Rotwein zu holen.

Als ich wieder oben war, sah ich, dass es Mad noch einmal versuchte.

„Mutig ist er ja!"

In Ruhe öffnete ich die Flasche und goss den Wein in den Dekantierer, holte mein Glas und hörte eine Nachricht eingehen.

„Entschuldige, Ava. Das war blöd von mir und kein netter Einstieg. Können wir noch einmal von vorne anfangen? Darf ich dich anrufen?"

Geht doch, dachte ich.

„Du darfst! In einer halben Stunde", schrieb ich zurück.

Etwas Zeit gönnte ich mir und versuchte, in die Ruhe zu kommen. Und er durfte ruhig wissen, dass ich mir Zeit nahm. Da stand ich drüber!

„Ava! Du entscheidest was und wie es läuft!", sagte ich bestimmend zu mir selbst!

Die halbe Stunde war vorbei. Keine Minute später rief Mad an.

„Entschuldige, Ava, ich bin ein Depp!"

„Das stimmt allerdings. Ich hätte mich nicht mehr gemeldet!"

„Das glaube ich dir! Du hast mir von Anfang an recht unmissverständlich gesagt und gezeigt, dass nichts geht. Dass du mich trotzdem angerufen hast, war ein feiner Zug von dir. Ich habe mich ja nicht nur anständig benommen."

„Wenn du auf den Kuss anspielst, dann gebe ich dir recht."

„Ich würde dich gerne kennenlernen wollen. Wäre *das* machbar?"

„Was erhoffst du dir davon?"

„Das weiß ich nicht. Vielleicht möchte ich es auch nicht wahrhaben?"

„Was denn genau?"

„Das nicht mehr gehen könnte!"

„Das heißt, ich gehe ein Risiko ein?"

„Das wie groß wäre? Du entscheidest! Okay?"

„Was genau entscheide ich?"

„Wie weit es geht! Wie nah ich dir kommen darf."

„Warum willst du dir das antun?"

„Es ist alles besser, als dich nie wieder zu sehen. Nie wieder deine Stimme zu hören. Dich nie wieder riechen zu dürfen und..." Er sprach es nicht aus.

„Warum willst du dich so quälen?"

„Dieses Risiko gehe ich ein."

„Bleibst du anständig?"

„Was meinst du damit?"

„Was glaubst du, könnte ich damit wohl meinen?"

„Keine Ahnung? Meinst du, nicht ungefragt bei dir aufzulaufen? Hey, ich bin doch kein Stalker!"

„Das meinte ich eigentlich auch gar nicht, nicht in dieser Krassheit. Es ist interessant, was bei dir so ankommt. Aber ich finde, wir sollten ehrlich miteinander sein und keine falschen Erwartungen wecken. Du weißt, dass ich verheiratet bin. Bitte respektiere das!"

„Das werde ich versuchen. Mehr kann ich nicht versprechen."

„Ehrlich bist du ja!"

Mad und ich telefonierten noch zwei weitere Stunden. In dieser Zeit trank ich eine halbe Flasche Wein und war ziemlich high. Und um einige Erkenntnisse reicher!

Mad war ein Jahr älter als ich und geschieden. Seinen 26-jährigen Sohn sah er in regelmäßigen Abständen und unterstützte seine Sportlerkarriere. Mit der Mutter seines Kindes kam er klar. Sie war wiederverheiratet und hatte mit ihrem jetzigen Ehemann ein weiteres Kind.

Er selbst lebte in einer neuen Beziehung, die er als schwierig bezeichnete, äußerte sich aber dazu weiter nicht. Beruflich war er Kriminalkommissar. Das waren die Fakten. Ich hätte sie nicht gebraucht. Doch Mad meinte, dass ich das wissen sollte. Schließlich wüsste er von mir ja auch die wesentlichen Dinge. Ich musste lachen, weil ich mich darüber amüsierte, was er für wesentlich hielt. Natürlich wusste ich, wie er es meinte. Mad schien tatsächlich ein netter Kerl zu sein. Ich mag Menschen, die sich ausdrücken können und ihre Kämpfe haben. Es vor allem auch zugeben können. Das machte es mir einfacher, mich zu öffnen. Am Ende unseres Gespräches hatte ich ein gutes Gefühl. Ich hatte es nicht bereut, ihm oder uns eine zweite Chance gegeben zu haben. Natürlich fragte er, ob wir irgendwann wiederkommen würden. Vielleicht, irgendwann…

Zwei Wochen später war das Klassentreffen. Meine Lust hielt sich in Grenzen. Christoph war definitiv heraus und mit Johannes unterwegs. Ellen spaßte schon die ganze Zeit herum und würde lieber mit mir ins *Theeeeater* gehen. Überraschenderweise war meine Gegenwehr mittlerweile bei Null angekommen.

VERDAMMTE GEFÜHLE

Vera wollte mich treffen. Sie tat geheimnisvoll. Da sie wieder in Deutschland war, konnten wir uns kurzfristig sehen. Christoph lächelte. Tja, es lief wieder.

Ich freute mich schon riesig und fragte mich, was sie wohl so umtrieb, da sie es so eilig hatte?

Als wir uns sahen, checkte ich sofort, was passierte. Es war nicht zu übersehen. Vera war schwanger!

„In welchem Monat bist du?", fragte ich sie völlig überrascht.

„Ich bin in der 21. Schwangerschaftswoche." Sie strahlte mehr denn je.

„Vera, meinen herzlichsten Glückwunsch! Ich gehe einmal davon aus, dass es so nicht geplant war."

„Ganz ehrlich? Nein! Das Thema Kinder war durch und wir hätten im Traum nicht daran gedacht, dass es noch passieren würde. Aber wir sind einfach nur dankbar. Uns war von Anfang an klar, dass wir es wollen."

„Was sagen die Ärzte?", tastete ich mich vorsichtig heran.

„Natürlich gibt es auch Bedenken und die werden wir wohl auch nicht alle ausräumen können. Aus gesundheitlicher Sicht geben sie im Moment grünes Licht. Unserem Kind fehlt es an nichts. Wir sind gesund."

„Das ist ein großes Glück!"

„Wir freuen uns so sehr über dieses Geschenk. Meine liebe Ava, das bedeutet aber auch, dass ich vorerst so schnell nicht wiederkommen werde. Es ist und bleibt eine Risikoschwangerschaft. In diesem Zusammenhang möchte ich mich auch im Namen von Ben für deine liebe Einladung bedanken. Doch leider wird das nichts werden."

„Das sehe ich natürlich ein. Es kann keinen schöneren Grund geben, abzusagen. Dann besuche ich euch! ... Bist du selbst gefahren?"

„Nein! Das darf ich nicht mehr", lachte sie. „Ben würde das nie dulden. Unser Chauffeur fährt mich auch wieder zurück."

„Ja, das beruhigt mich. Ich freue mich für euch! Dann wird ja Fintan Onkel."

„Ja, auch er ist total aus dem Häuschen." Etwas unsicher schaute sie mich an, nahm meine Hand und sagte: „Er wollte auch hinzukommen."

„Okay?... Ich freue mich! ... Aber ja doch", nickte ich bestätigend. Merkwürdig war es trotzdem. Warum hatte er mich nicht informiert? Ein seltsames Gefühl begleitete diesen Gedanken und je länger Vera meine Hand hielt, umso unangenehmer war er mir.

„Was möchtest du mir noch sagen?", wollte ich abrupt wissen.

„Wir bleiben doch Freundinnen?", fragte sie fast ängstlich.

„Vera! Warum sollten wir denn nicht?", versicherte ich ihr. Gleichzeitig ahnte ich, was es zu bedeuten haben könnte.

„Mach dir bitte keine Gedanken. So wie es ist, ist es gut." Erleichtert und gelöster umarmte sie mich. Plötzlich erfasste mich eine Welle tiefster

Traurigkeit. Gerade noch konnte ich mich rechtzeitig von ihr loslösen. Vera rief mir noch zu, dass sie uns einen Tee macht. Kaffee würde sie nicht mehr vertragen.

„Gerne", rief ich zurück und verschwand im Bad.

Oh Gott, was war das eben?, sinnierte ich. *Dass Fintan und ich uns etwas voneinander entfernt haben, sollte eigentlich kein Thema sein*, stellte ich für mich fest. *Aber wieso weiß Vera davon?* Dachte ich doch, dass sie nicht mit ihm über unser Verhältnis spricht. Eigentlich hatte sie nur mit mir über ihn nicht gesprochen. Irgendwie war das seltsam. Am liebsten wollte ich gehen. Ein Satz von ihr und er veränderte alles. Aber warum? Warum traf mich das überhaupt? Plötzlich kam ein weiterer Gedanke: *War ich etwa eifersüchtig?* Augenblicklich ließ ich das Gesicht in meine Hände fallen. Mir liefen die Tränen runter.

„Doch nicht jetzt, Ava!", zickte ich mich leise an und es wirkte. Sofort war ich wieder da und hatte mich halbwegs unter Kontrolle. *Ja! Ava, du hast gerade eine, wenn auch nette, Absage erhalten. Wollte sie mich auf etwas vorbereiten? Bahnt sich hier gleich eine Trennung an?* Plötzlich hatte ich Mühe, meine Gedanken zu halten.

„Im Austeilen bin ich besser", murmelte ich vor mich hin. Ein letzter Blick in den Spiegel ließ mich keck werden. Ich zog mir meine Lippen mit dem Lipgloss nach! *Wenn schon ein Abgang, dann mit Würde.* Schon fast lachend lief ich aus dem Bad kommend Fintan direkt vor die Füße. Obwohl wir beide miteinander rechneten, waren wir doch überrascht. Fintan fiel gefühlt alles aus dem

Gesicht. Ich kannte ihn und ich wusste, dass ich ihn gerade umhaute. Seine Körperhaltung, seine Mimik, alles an ihm sprach Bände. Ungeachtet dessen genoss ich meinen Auftritt! So konnte ich uns gehen lassen. Weil ich wusste, dass *er* leiden wird. Nicht, dass mir das gefiel. Oder vielleicht doch? Ein bisschen? Fintans Augen strahlten. Er war erfreut, mich zu sehen. Sofort nahm er meine Hand und zog mich zu sich heran.

„Na, na, na", versuchte ich ihn kühl auf Abstand zu halten, doch brachte ich ihn so nur noch mehr in Versuchung und mich in Bedrängnis.

„Was ist denn mit dir los?", legte ich noch nach. Ohne dass wir es bemerkten stand Vera unvermittelt im Türrahmen.

„Ich habe uns einen leichten Kräutertee zubereitet." Amüsiert ging sie wieder in Richtung Küche. *Ich weiß eigentlich gar nicht, was ich hier noch will. Fintan verwirrt mich mit seiner Reaktion*, überlegte ich.

„Ava, du siehst umwerfend aus!" Ich glaubte ihm das.

„Was ist hier los? Ihr hättet diesen Aufwand nicht betreiben müssen. Ein Anruf hätte genügt."

Fintan schüttelte ungläubig den Kopf.

„Dann wäre es keine Überraschung. Ich dachte du freust dich..."

Hä? Ich glaube, ich bin im verkehrten Film.

„Ja... natürlich freue ich mich. Nur... Ich verstehe gerade überhaupt nichts mehr."

„Ava, du Traum meiner schlaflosen Nächte. Was geht in deinem zauberhaften Köpfchen vor?" Mir schwante, dass ich mich auf dem Holzweg befand. Warum auch immer hatte ich etwas falsch interpretiert. Dachte ich doch, dass er sich von mir lossagen wollte. Egal! Nun ging ich auf Fintan zu und gab ihm einen zarten Kuss. Er ließ von mir nicht ab und ich spürte ihn am ganzen Körper.

„Fintan, Vera wartet doch."

Er sah es ein und wir gingen zu ihr. Vera sah entspannt und glücklich aus. Sie wirkte sehr zufrieden.

„Schön, dass du da bist, Ava."

„Ja, wir haben uns in letzter Zeit nicht viel gesehen. Das tut mir leid."

„Oh Ava, das muss es nicht. Auch mir wäre es nicht besser möglich gewesen." Fintan saß dabei und schaute mich an. Nein, er schmachtete mich ungeniert an. Ich wusste nicht wirklich, wie ich mich verhalten sollte. Ich hatte mich so auf Vera gefreut und nun konnte ich nicht, wie ich wollte. Nur wie wollte ich eigentlich? Und warum zweifelte Vera an unserer Freundschaft? Spürte sie meine Zuneigung zu ihr? Und spürte sie, dass ihr Kind zwischen uns stehen könnte? Hatte sie nur eine Versicherung eingefordert? Mehr und mehr erkannte ich, dass Fintan überhaupt kein Gedanke ihrerseits war. Natürlich nicht. Nie hätte sie es als ihre Aufgabe gesehen.

Scham kam in mir hoch. War ich für sie so durchschaubar? *Was mache ich jetzt mit Fintan? Beide gleichzeitig kann ich nicht händeln.* Eine leichte Überforderung machte sich in mir breit. Der Gedanke, mit Fintan in seine Wohnung zu gehen, während sie hier ist…. das ging nicht. Von mir unbemerkt, schüttelte ich ungläubig den Kopf.

„Wo bist du mit deinen Gedanken, du Liebe?" Ihr schien nichts zu entgehen.

„Vera, vielen Dank für die Einladung und die sensationelle Nachricht und die Überraschung." Ich schaute in Richtung Fintan.

„Doch so langsam möchte ich auch wieder nach Hause. Mein Mann wartet." Das sollte ganz deutlich für Fintan gelten, in der Hoffnung, dass er es verstand. Eigentlich verstehe ich ja selbst nichts.

Vera freute sich einfach nur, dass es funktioniert hatte. Liebevoll verabschiedeten wir uns voneinander mit dem Versprechen, dass ich sie besuchen kommen werde! Sie wusste, dass es so sein wird!

Fintan brachte mich zur Tür. Da standen wir nun! Er ging ein Stück zurück, lehnte sich an die Wand und betrachtete mich. Sein Blick hatte sich verändert. Er sah mich in diesem Moment mit den Augen eines Mannes an, der das Sexuelle ausgeblendet hatte. Es war eine Mischung aus Ernsthaftigkeit und Sehnsucht, wie ich sie bei ihm so noch nicht wahrgenommen hatte.

„Was ist mit dir? Komm her, meine Ava." Ich ging auf ihn zu. Zärtlich zog er mich wieder zu sich. Es war verrückt. Er hatte mich in seinem Bann! Er schaltete einen Gang zurück und ich kam. Doch versuchte ich mich dem noch zu entziehen. Mich ihm zu entziehen.

„Ich habe dich wahnsinnig vermisst. Dich zu spüren und…" Oh Gott! Ich konnte ihn nicht aussprechen lassen und küsste ihn leidenschaftlich.

Bam!

Und da war Mad, vor meinem geistigen Auge! Natürlich konnte ich es nicht mehr verhindern. Fintan traf keine Schuld! Wie auch? Empfinden eigentlich alle Männer so? Gab es da ein Buch, in dem sie einfach nachlasen, wie sie, was sie genau zum richtigen Zeitpunkt zu sagen brauchten? Reichte das aus? Natürlich tat es das. Bei mir in jedem Fall! So ein Mist! Ich fühlte mich hin- und hergerissen. Nur ein Kuss, nur ein Satz und ich würde mit ihm gehen.

„Was würdest du tun, wenn ich mich Hals über Kopf in dich..." Wieder konnte ich ihn nicht ausreden lassen. Meine Hand landete sachte auf seinen Lippen.

„Es ist besser, wenn ich jetzt gehe."

Fintan schaute mich an. Er wollte mich nicht gehen lassen. Natürlich nicht! Und eigentlich wollte ich es auch nicht. Ein Kuss nur. Ein Satz nur! Und ich glaubte ihm alles und ich würde bleiben. Plötzlich lief mir eine Träne über die Wange. Fintan küsste sie weg. Er verstand. In so einem Zustand hatte ich mich noch nie befunden. Das erforderte in diesem Moment alles, was ich aufbringen konnte.

„Du tust mir sehr, sehr, sehr gut!" Genau das wollte ich *nicht* sagen!

„Du tust mir sehr, sehr, sehr gut! Trotzdem habe ich so das Gefühl, dich zu verlieren."

Schweigen.

„Fintan, ich habe Angst *mich* zu verlieren!"

„An mich?"

Bam!

Ich nahm all meinen Mut zusammen und sagte: dass ich es nicht wüsste.

„Oha, das ist hart!"

„Gibt es da ... jemanden?"

„Was ist das für eine Frage?" Ich schaute ihn ungläubig an.

„Okay, dann frage ich direkter: Gibt es noch jemanden?"

Betreten schaute ich nach unten. Für die Wahrheit war ich zu feige. Und mir zerriss es fast das Herz. Ich wusste auch nicht, für welche Wahrheit ich mich entscheiden sollte. Da war Mad, der aus dem Nichts erschien und mich nur mit seinen blauen Augen weichspülte. Da waren die Empfindungen für Vera, die ich nicht einmal ansatzweise erklären konnte. Und bei allem hatte ich noch nicht einmal an Christoph gedacht. Ich fühlte mich elendig und mies.

„Fintan, dass was mit uns ist … ist etwas Besonderes. Wir waren uns einig. Beide konnten wir uns aufeinander einlassen, weil wir etwas ganz Bestimmtes suchten. Wir lieben beide einen jeweils anderen. Das war uns klar. Und es war in Ordnung. Warum sollte ich mich jetzt schlecht fühlen? Schlechter als vorher? Und trotzdem tue ich es!"

„Weil es sich geändert hat!"

„Hat es das?" Dabei schaute ich ihm direkt in die Augen.

„Ja! Für mich hat es sich geändert. Das wollte ich dir schon die ganze Zeit sagen! Doch irgendwie erreiche ich dich nicht, nicht mehr! Ava, du hast mich völlig aus der Bahn geworfen."

„Auch mein Leben hat sich verändert. Aber eben anders. Und noch vor einen Augenblick dachte *ich*, dich zu verlieren."

Seinen Blicken ausweichend suchte ich den Himmel in der Flurdiele. Ich wünschte, ich würde jetzt hier nicht stehen und diese Sätze sagen müssen. Es fühlte sich nicht gut an. Und doch war es die Wahrheit, eine Wahrheit.

„Du bist ein Geschenk für mich. Ich spüre die Energie zwischen uns. Die Leidenschaft und diese unglaubliche, geballte Erotik … Wenn es so etwas wie einen erotischen Mann gibt, dann bist du das! Nur … ist es Liebe?"

Fintans Gesichtsausdruck ist kaum zu ertragen. Vor meinen Augen zerbrach seine Hoffnung, die gerade den Mut zur Wahrheit schaffte, aber auf dem Weg dahin zerschellte. Er hatte keine Chance. Die Wahrheit, seine Wahrheit, hatte keine Chance. Ich fühlte mich noch immer mies.

„Es tut mir leid. So wollte ich das nicht. Nicht heute und nicht morgen. Vielleicht irgendwann einmal. Und eigentlich wäre ich vorhin noch mit dir mit. Ein Kuss, ein Satz und ich wäre mit dir mit! Doch du hast Fragen an mich, die ich nicht unbeantwortet lassen kann. Heute und morgen vielleicht, aber irgendwann…"

Fintan stand da, einfach nur angelehnt an der Wand, und schloss seine Augen. Seine wunderschönen, bernsteinfarbenen, leuchtenden Augen.

„Sag etwas! Nur ein Wort! Aber bitte, sage etwas. Schreie mich an oder schlage nach mir. Nur bitte, tue etwas."

„Würde das ausreichen?"

„Was auch immer es wäre, tue es einfach."

„Ein letztes Mal? Ist es das, was du möchtest?" Er schaute mich merkwürdig entsetzt an.

„Du bist es, der Fragen hat, Fintan. *Ich* weiß nicht, was ich möchte. Du wirst entscheiden müssen. Nur, muss es heute sein?"

„Kann es denn Liebe werden?"

„Was ist für dich Liebe, dass du deine Ehe aufs Spiel setzen willst? Für mich wird es diesen Weg nicht geben. Das, was wir haben, ist schon jetzt mehr als ich je zulassen wollte.

„Und nun?"

„Das ist eine gute Frage! Aber ist es das, was du noch willst?"

„Nein, eigentlich nicht. Möglicherweise genügt mir das nicht mehr."

„Dann sollte ich jetzt gehen. Denn vielmehr kann ich dir nicht anbieten."

„Ava, gehe nicht. Nicht jetzt! Was immer du bereit bist zu geben, es wird ja doch genügen. Auch wenn es nicht das ist, was ich mir vorstellen könnte. Ich kann nicht anders."

Fintan stand vor mir, raufte sich seine Haare und packte mich. Mit einem ernsten und zugleich verzweifelten Blick kämpfte er mit seinen Emotionen.

„Ava, was kann ich tun, um dich zu halten?"
„Küss mich doch endlich und sag, was ich für dich bin. Lüge mich von mir aus an. Aber höre verdammt noch einmal auf, Forderungen zu stellen. Ich bin hier! Bei dir. Hier stehe ich und was machst du? Du diskutierst!"

Ich schloss meine Augen und war verzweifelt. Weil es eigentlich der Moment war, zu gehen. Und doch schien es alles andere als günstig, um irgendwelche Entscheidungen zu treffen. Denn ich konnte keine treffen. Nicht einmal die zu gehen.

Augenblicklich hatte er es verstanden.

„Ich bin ein Idiot! Du hast recht. Egal, was ist, ich kann dich nicht einfach gehen lassen. Nicht heute und morgen. Vielleicht irgendwann."

In diesem Moment nahm er meine Hand und führte mich hinauf in seine Wohnung. Ohne ein Wort zu sagen. Ich wehrte mich nicht und ging mit ihm.

Dieses Mal führte er mich direkt in sein Schlafzimmer. Es gab kein langes Vorspiel und es gab keine gedanklichen Ausführungen. Wir hatten einfach nur Sex. Fintan und ich schienen wie ausgehungert. Als ob wir keine Zeit hätten, fielen wir über uns her. Wir hatten uns nicht einmal die Zeit zum Ausziehen genommen. Seine Hose zerrte ich ihm herunter und meinen Rock brauchte er nur nach oben zu streifen. Der Slip war schnell beiseite geräumt.

Erschöpft und von uns selbst überrascht fielen wir uns in die Arme.

Am Ende war es genial. Einfach nur genial.

„Entschuldige, Ava, ich konnte nicht anders."

„Entschuldige, Fintan, ich wollte es nicht anders."

„Dann sage, nein: befiehl es das nächste Mal einfach. Ich liege dir zu Füßen. Was immer du möchtest, was immer du verlangst, ich werde es tun! Ich liebe dich!"

Und plötzlich waren sie da!

Die magischen drei Worte. Ich konnte es nicht fassen. Fintan riss mich aus meinen ekstatischen körperlichen Nachwehen. Dachte ich doch, dass meine Aussage bei ihm ankam. Dass Fintan meinen deutlichen Fingerzeig verstanden hatte.

Aber er wollte nicht!

Auch ihn habe ich nicht hören wollen und ihm auch nicht den Raum gegeben. Das brauchte es auch nicht. Denn ich hatte mit meiner Ansage Fakten schaffen wollen. Aber was war mit ihm? Konnte ich ihn einfach so ignorieren?

„Fintan, es ist sehr schön mit dir. Das letzte Jahr und auch heute war es mit uns sensationell, anders und doch fantastisch. Die Art, wie du mich begehrst, die Art, wie wir Sex haben, ist genial. Dadurch habe ich einen völlig neuen Zugang zu mir selbst bekommen. Du hast recht, wahrscheinlich wollte ich es nicht wahrhaben. Aber ich muss zugeben, und das fällt mir wirklich nicht leicht, aber ja doch: Ich habe mich von dir entfernt. Es tut mir leid, dass ich nicht schon früher dazu stehen konnte. Nein, es gibt niemand anderen außer Christoph. Und ja, da gibt es möglicherweise doch jemanden. Aber noch ist er so weit von *mir* entfernt wie der Mond von der Sonne."

Warum ich ausgerechnet diesen Vergleich nahm?

„Wirst du mich dafür hassen?", fragte ich und betrachtete ihn dabei.

„Wie könnte ich. Ich werde dich nie hassen können. Und doch, meine geliebte Ava, brichst du mir das Herz. Wie soll ich ohne dich leben können?" Er schaute mich ernsthaft an.

„So wie bisher auch." Ich schenkte ihm mein schönstes Lächeln.

„Vielleicht bereue ich es auch eines Tages, doch möchte ich einfach nur ehrlich sein. Dass es mit uns nicht ewig so läuft war uns doch klar, oder?"

„Ewig nicht, aber was bedeutet schon ewig?"

„Ich weiß es nicht. Aber ist es nicht egal, wie lange eine Ewigkeit dauert?"

„Das mag sein. Dass es so schnell vorbei sein könnte, damit habe ich nicht gerechnet. Ich habe auch nicht damit gerechnet, mich in dich zu verlieben. Du möchtest ehrlich sein. Dann gesteh es mir auch zu."

„Lass uns nichts überstürzen!"

Eine seltsame Stimmung lag in der Luft. Da waren Enttäuschung, aber auch Verständnis und eine tiefe Zuneigung zu spüren.

Mit Fintan da zu liegen fühlte sich für mich nicht richtig an. Dass er mehr wollte, wusste ich nun.

In diesem Moment wurde mir klar, dass ich die Reißleine ziehen musste! Die Entscheidung durfte ich ihm ganz sicher nicht überlassen. Denn dann würde er eine treffen, die mir vielleicht nicht gefallen könnte. Die Möglichkeit, dass er sich von seiner Frau trennen würde und ich es ihm nicht gleichtäte, würde unweigerlich Schuldgefühle bei mir auslösen. Er könnte mir noch so oft versichern, dass ich damit nichts zu tun hätte. Denn ganz sicher hätte ich das und beide wüssten wir es. Selbst wenn er mich nicht dafür hassen würde, ich würde es vielleicht tun. Alle Erinnerungen und wundervollen, einzigartigen Momente würden sich in Fragmente auflösen und nur noch als solche existieren. Das einstige Prickeln, verbunden mit der Lust und den dazugehörigen Gefühlen, alles würde plötzlich inhaltslos sein. Er könnte es mir noch so oft sagen, dass ich daran keine Schuld hätte. Tausend Gründe könnte er mir offenlegen, trotzdem. Ich würde mich schuldig fühlen. Sei es noch so weit weg. Zahlten wir schon jetzt den Preis?

„Ist es in Ordnung, wenn ich jetzt gehe?" Fintan schaute mich an und lächelte. Er gab sein Bestes, es uns so leicht wie möglich zu machen. Er spürte, dass es ein letzter Kuss sein könnte, eine letzte Umarmung.

Spät in der Nacht kam ich zu Hause an. Christoph saß entspannt vor dem Fernseher.

„Und wie war es?", wollte er wissen. Das war schon etwas skurril. Ich kam vom Fremdvögeln und mein Mann fragt mich, wie es war. *Mein Gott, Ava, wohin hast du dich manövriert?*

Natürlich berichtete ich von Vera und der neuen Situation. Jedoch nicht überschwänglich und so vermutete Christoph meine Besorgnis um die späte Schwangerschaft. Auch das war eine Tatsache, die mich beschäftigte.

Seltsamerweise ging es mir trotz allem ganz gut. Auch wenn das Gespräch mit Fintan nicht nur für ihn eine plötzliche Wendung unseres Verhältnisses offenbarte und auch eine gewisse Dramatik widerspiegelte, fühlte ich mich dennoch erleichtert. Wie es mit uns weitergehen sollte, konnte ich mir nicht vorstellen. Und doch hatte ich mich befreien können. Aus einem immer tiefer werdenden Strudel, der mich in seiner stetig wachsenden, aufwühlenden Kraft mitzog. Durch Fintan begegnete ich Tabus. Möglicherweise nur meinen eigenen. Verharmlosen konnte ich sie nicht, auch nicht verherrlichen. Es war der Anfang, ungeahnte Möglichkeiten auszuprobieren. Und doch erkannte ich eine übermächtig wirkende Warnung, eben nicht alles wagen zu müssen. In diesem Zusammenhang erinnerte ich mich an Ellens Worte, dass sie nicht am Ende ihrer Tage denken muss „… hätte ich doch…"

Könnte es denn nicht genauso lauten: Hätte ich doch lieber *nicht*?

Gerade dieser Perspektivwechsel nahm mir einen gewissen Druck und gab mir das Gefühl, eben nicht immer den Impulsen nachgeben zu brauchen. Ruhig einmal das Bewusstsein arbeiten zu lassen und dem Unterbewusstsein die Basis für die untergründige Aufbereitung zu ermöglichen.

Ja, manchmal fühlt es sich wie der Tanz auf dem Vulkan an.

VERGANGENHEIT TRIFFT GEGENWART

Christoph war bereits seit Tagen auf Tour und für zwei Wochen zur lange vorbereiteten Oldtimerausfahrt im Tessin unterwegs. Auf einer der Ausfahrten wollte ich dazustoßen. So war es geplant.

Zunächst galt es, das Klassentreffen zu absolvieren. Mein Auftritt sollte kurz sein!

Ellen hatte es geschafft, mich zu begeistern. Dafür, dass wir uns in den Underground begeben und ich mich vom Klassentreffen abseilen sollte. Direkt von dort wollte sie mich abholen. Wie sie das geschafft hatte, blieb mir ein Rätsel.

Der Countdown lief! Beginn der Klassenfeier war um 17 Uhr. Wieder war ich eine der Ersten. So war das immer. Je später sie eintrudelten, desto angeschickerter waren sie. Egal, ich kannte es nicht anders. Tatsächlich war es zu meiner Überraschung bisher sehr angenehm und interessant. Denn dieses Mal kamen ein paar, die sonst nie da waren. Einer von ihnen war Manuel. Ihn hatte ich seit über 40 Jahren nicht gesehen und über sein Erscheinen freute ich mich besonders. Manuel war hochbegabt, doch wurde das zu spät erkannt. Von Anfang an war er unterfordert gewesen. Für uns Schüler war er natürlich eine Bereicherung in jeder Hinsicht gewesen. Wenn wir keine richtige Lust auf Unterricht gehabt hatten, hatten wir dafür gesorgt, dass er sich mit dem Mathematik- Lehrer

anlegte und mit ihm über einen anderen Lösungs-
weg diskutierte. Natürlich wurde er von uns in-
strumentalisiert. Keiner wusste, wie sehr er wirklich darunter gelitten hatte. Die meisten Lehrer
konnten damit nicht gut umgehen und so hatte er
sich mehr und mehr abgeschottet. Eines Tages war
Manuel weg gewesen. Von heute auf morgen war
er nicht mehr in den Unterricht gekommen. Quasi
über Nacht hatte er die Schule gewechselt. Damals
konnte ich das überhaupt nicht einordnen. Keiner
verstand was da passierte. Heute war es absolut
nachvollziehbar.

Manuel hatte eine beeindruckende Karriere hin-
gelegt. Früh war er nach Amerika gegangen und
baute sich ein Imperium auf. Mittlerweile war er
Besitzer mehrerer Hotelketten. Arbeiten müsste er
nun wirklich nicht mehr. Doch hatte er wie ich
Freude daran. Mit dem Unterschied, dass ich sehr
wohl noch arbeiten musste.

Dann war da noch Filipa! Sie hatte ich mindestens genauso lange nicht gesehen. Auch sie unterschied sich von uns. Schon damals war sie Ballett-
tänzerin gewesen. Aus ihrem Hobby machte sie
den Beruf. Sie war im Gegensatz zu Manuel früh
gefördert worden. Filipa war nicht nur äußerst ta-
lentiert gewesen, sondern sah auch ungewöhnlich
interessant aus. Schon immer war sie sehr dünn,
wie eine Gazelle. Ihr Becken war schmal und ein
Busen nur zu erahnen. Ihrem Gang nach konnte jeder sehen, was sie tat.

Filipa hatte große Augen. Sie schienen in ihrem
Gesicht mehr Platz als alles andere einzunehmen.
Eine zierliche Nase und ein kleiner, runder, voller
Mund komplettierten ein wunderschönes

weibliches Gesicht. Ihre langen blonden Haare hatte sie immer kunstvoll zusammengebunden. Als Jugendliche ertappte ich mich dabei, wie ich sie beobachtete und anhimmelte. Im Prinzip hatte sie sich nicht viel verändert. Ihre Lippen zierte ein dezentes Rosé. Die Haare trug sie zu einem geflochtenen Zopf. Aus dem blonden wurde graues Haar. Es unterstrich ihren sehr natürlichen Look.

Plötzlich hörte ich meinen Namen und ziemliches Gegacker. Conni, Susanne und Henrik kamen Arm in Arm auf mich zu. Conni riss sich von ihnen los und stürmte auf mich zu.

„Ava, ist das schön, dich zu sehen. Auf dich ist wie immer Verlass! Du bist eben eine treue Seele."

Klar freute ich mich! Nun hing sie an meinem Hals und die anderen warteten brav, bis sie mich erlöste. Susanne knutschte mich auf die Wange und Henrik mich auf den Mund. Henrik war in mich verliebt. Die ganze Schulzeit hindurch und ich hatte nichts davon bemerkt. Erst beim letzten Treffen hatte er es mir gebeichtet. Nüchtern! Conni und Susanne waren es nicht mehr so ganz. Aber sie waren einfach nur süß! Die ersten zwei Stunden vergingen wie im Fluge.

So langsam wurde ich nervös. In einer Stunde wollte Ellen kommen! Gerade noch in Gedanken klopfte mir jemand so leicht auf die Schulter, dass ich mir erst nicht sicher war, ob sich da wirklich jemand befand. Als ich mich umdrehte, stand da ein Mann und schaute mich erwartungsvoll an.

Ich hatte keine Ahnung, wer das war. Und das zeigte ich ganz deutlich! Sichtlich amüsiert darüber grinste er sich einen ab.

„Und, hast du deinen Spaß?", fragte ich keck zurück. Er nickte nur bestätigend.

„Kannst du auch reden?" Doch er ließ sich Zeit, weil er sonst riskierte, aufzufliegen.

„Okay, dann mal los! Mh ...", überlegte ich laut. „Wer zum Teufel bist du?"

Ohne mich zu zieren, streckte ich mich etwas, um seine Augenfarbe genau zu erkunden.

„Grünblaue Augen ... mh ..." Ich umkreiste ihn.

„Mittelbraunes langes Haar", quasselte ich so vor mich hin. Doch ich kam nicht darauf. Nun hob ich fragend meine Schultern.

„Sorry, ich muss gestehen, dass ich keinen blassen Schimmer habe. Wer bist du?"

Die anderen amüsierte es köstlich. Sie wussten natürlich Bescheid. Conni war nicht mehr in der Lage, sich zurückzuhalten, und plärrte: „Das ist doch Parsi!"

„Ach ne! Parsi? Im Leben hätte ich dich nicht erkannt! Komm her und lass dich drücken."

Wie ein Parsifal wohl zu seinem Spitznamen gekommen ist? Für uns war und blieb er Parsi. Was für eine Überraschung. Auch ich war sehr erfreut!

„Seit wann hast du denn so lange Haare?"

Jetzt kam ich nicht mehr drum herum und musste wenigstens einen Schnaps mittrinken.

Parsifal und ich waren ein Paar. Kurz und heftig. Na ja. Heftig nicht wirklich. Parsi hatte Probleme mit seinem besten Stück. Aber immer nur bei mir, sagte er! Natürlich hatten wir jetzt unseren Spaß und alberten köstlich herum. Parsi war mit den Jahren sehr attraktiv geworden. Er war immer noch der schlaksige Typ. Sein langes Haar hatte er zum Zopf gebunden. An den Seiten war es bis auf eine Handbreit ziemlich kurz. Stand ihm. Er sah gut aus. Sehr gut! Es ist schon so, wenn man sich als Kind oder Heranwachsende irgendwie gemocht hatte, blieb es bis ans Ende der Tage. Wenn nicht irgendwelche Katastrophen durch andere mit hineingezogen wurden. Wirklich erklären kann ich es nicht. Bei mir war es so! Noch heute verstehe ich mich mit den Jungs, bei denen Sympathie da war. Die bleibt! Und mir blieb nicht verborgen, dass es wohl auf Gegenseitigkeit beruhte. Jedenfalls hatten wir mächtig unseren Spaß!

Wir tranken einen weiteren Schnaps und, schwups, hatten wir Körperkontakt. Nun hingen wir wie zu alten Zeiten aneinander und die anderen frotzelten herum.

„Weißt du noch? Damals, als wir nachts heimlich ins Schwimmbad eingedrungen und nackt ins Wasser gesprungen sind?", fragte mich Parsi lachend.

„Natürlich! Wie könnte ich das vergessen? Alle sind sie plötzlich abgetaucht. Nur wir zwei standen wie Adam und Eva da. Auf der Polizeistation drückten sie ein Auge zu, doch die Anzeige hatten wir an der Backe."

Tja, mit Nacktheit hatte ich in der Tat kein Problem. Weder in der Jugendzeit noch später. So unbekümmert es damals war, ist es heute selbstverständlich. Doch es nützt nichts, mit dem Blick auf die Uhr wusste ich, dass die Minuten gezählt waren. Da war er, der Anruf.

Es ging los! Eigentlich war es schade. Die Party lief auf Hochtouren und ganz nach meinem Geschmack. Tja, so war das eben. Selten lief es nach Plan.

Mit einem kurzen Blick checkte ich die Lage. Den passenden Augenblick nutzte ich, um mich davonzuschleichen. Da ich keine Lust auf irgendwelche Erklärungen hatte, vermied ich Verabschiedungsszenen. Denn das wären sie geworden. Mein Auto hatte ich etwas abseits abgestellt. Geschwind holte ich meine Jacke, wechselte die Schuhe und weg war ich! Dachte ich. Plötzlich klingelte wieder mein Handy. Mir blieb die Spucke weg.

Fintan? Was will er? Ausgerechnet jetzt? Egal. Das geht jetzt nicht. Ellen ist gleich da. Augenblicklich glaubte ich, ein mir bekanntes Geräusch zu hören und hielt inne. *Das kann jetzt nicht sein*, dachte ich noch kurz. Schon war wieder Stille.

„Drehe ich jetzt durch? Bleib cool, Ava", redete ich mir ein.

Doch wurde ich das Gefühl nicht los, dass noch etwas passierte. Kaum ausgedacht wurde mir augenblicklich bewusst, welches Gefühl mich da beschlich.

Er ist hier. Fintan ist hier. Ich habe sein Auto gehört. Es ist ganz sicher sein Mustang. So oft gibt es den nicht. Doch woher sollte er wissen, wo ich bin? Schlagartig wurde es mir klar: Vera. Sie wusste es. In unserem Gespräch erwähnte ich es zwar eher beiläufig, doch so würde es Sinn machen. „Mist! Was mache ich nun? Wenn er hier tatsächlich aufläuft, habe ich ein Problem." Sofort rief ich Ellen an und bat sie um Geduld. Wenigstens eine halbe Stunde. Ellen beruhigte mich und meinte, dass ich gelassen bleiben soll. Wir wären sowieso früh dran. Wenn es passt, sollte ich mich melden.

Nun stand ich am Auto und die Tür des Lokals öffnete sich. Zu blöd, Parsi suchte mich und hatte mich entdeckt. Sofort ging ich in die Offensive und lief auf ihn zu. In diesem Moment sah ich den Mustang an der Straße stehen. Nun wusste ich, dass ich mich nicht getäuscht hatte. Fintan war da. Wenn ich ihn jetzt ignorierte, könnte das unschön enden. Ich wollte ihn auch gar nicht ignorieren. Weder mein Körper noch mein Verstand taten es.

Während ich Parsi einfing und mich bei ihm einhenkelte, gab ich mit der anderen Hand Fintan ein Zeichen, in der Hoffnung, dass er es verstand. Bevor wir wieder im Lokal verschwanden, drehte ich mich zum Auto und nickte noch einmal. Parsi wollte mit mir tanzen. Ich vertröstete ihn und sagte, dass ich für kleine Mädchen müsste. Die Toiletten waren Gott sei Dank in Richtung Ausgang. Wieder zurück dachte ich noch: *Die letzten Minuten werden ja noch richtig anstrengend. Hoffentlich heckt das jetzt keine Mäuse.*

Ein kurzer Blick zurück und ich war wieder draußen. Fintans Wagen stand noch da und ich musste mich selbst dazu ermahnen, nicht allzu hastig zu laufen. Eher gelangweilt versuchte ich, mit meinem Gang keinen falschen Eindruck zu erwecken. Schließlich war ich in einer Zwickmühle und Fintan kam mehr als ungelegen. *Würde das auch so sein, wenn ich heute keine Verabredung mehr hätte?* Zu gut kannte ich die Antwort. Denn um Ellen ging es nicht wirklich. *Cool bleiben, Ava!*

In der Tat cool lehnte ich mich mit verschränkten Armen an Fintans Mustang. Seine Scheibe war unten. Wir könnten miteinander sprechen. Einen Vortrag würde ich mir sparen. Ihn danach zu fragen, warum er hier war, ebenfalls. Die Antwort kannte ich. Dann ging die Tür auf und Fintan stieg aus. Mit gesenktem Kopf stand er vor mir.

„Sag etwas, irgendetwas. Schrei mich an oder schlag mich. Aber tue etwas", sagte er mit angespannter Stimme.

„Es ist nicht in Ordnung, dass du hier bist. Das weißt du. Das brauche ich nicht weiter auszuführen. Und trotzdem ist es schön, dich zu sehen."

Da ich in Richtung Lokal stand, konnte ich sehen, dass ich vermisst wurde. Parsi stand am Ausgang. Er sah uns und schaute genau.

„Ava, ist alles okay?", rief Parsi herüber.

„Es ist alles gut. Danke." Ich winkte ihm.

„Bevor du irgendetwas sagst… ihn kannte ich schon eher als dich", zischte ich leiser, wieder Fintan zugewandt.

„Du bist sauer."

„Dann würde ich nicht hier stehen."

„Ava, ich bin dabei, eine Verrücktheit zu machen."

„Dann lass es!"

„Ich kann nicht!"

„Du kannst und du musst! Wir hatten doch darüber gesprochen."

„Können wir noch einmal darüber reden?" Dabei schaute er mich wie ein kleiner Schuljunge an.

„Fahre nach Hause und ich verspreche, dich anzurufen! Ist das ein Deal?"

„Darf ich dich küssen?"

„Natürlich darfst du. Und Fintan: Bitte mach keinen Mist."

Fintan küsste mich. So, wie er es immer tat. Doch musste ich ihm Einhalt gebieten.

„Nicht so." Sanft drückte ich ihn zurück.

Die Zeit lief. Meine Lust an irgendwelchen Unternehmungen schwand. Ich fühlte mich nicht besonders wohl in meiner Haut und hatte für Fintan Verständnis. Ihn mochte ich nicht leiden sehen. Das machte es für mich nicht angenehm, denn ich litt ja selbst.

„Was kann ich tun, dass ich dich lächeln sehe?"

„Es ist schon gut, Ava. Ich bin kein Kind."

„Du benimmst dich wie eins."

„Ja, es war töricht von mir, hierher zu kommen. Du hast schon recht."

„Was hast du dir erhofft?"

„Das ist eine gute Frage. Ich hatte wohl Sehnsucht."

„Ist sie gestillt?"

„Du machst dich wohl lustig über mich."

„Sehe ich so aus, als ob ich mich über dich lustig mache?" Mein Tonfall wurde augenblicklich sehr ernst. Denn ich hatte keine Lust auf Theater. *Was für eine Überleitung.*

„Du solltest jetzt wirklich fahren und ich wieder dort hinein gehen."

Für einen Moment überlegte ich, Fintan einen Kuss zu geben. Doch sollte ich ihn auch noch belohnen? Aber er war hierhergefahren, nur um mich zu sehen.

Ein kurzer Blick und ich wandte mich von ihm ab. Bevor ich ging, hielt er mich noch für einen Moment an der Hand, um mich dann doch ziehen zu lassen.

Im Weggehen hörte ich noch „Entschuldige, Ava." Dann ging die Tür zu, der Motor an und Fintan fuhr davon.

Oh mein Gott. Was war das? Sofort rief ich Ellen an und berichtete ihr von dem Vorfall. Sie schlug mir vor, den Abend zu verschieben. Dankbar nahm ich ihr Angebot an.

Sollte ich zurück ins Lokal gehen? Die Stimmung war bei Null. Mein Blick auf die Uhr gab mir keine eindeutige Antwort. Der Abend war zu früh, um ihn zu beenden und zu spät, um ihn zu beginnen.

Ach Fintan, was mache ich nur mit dir? Was mache ich mit uns?

Spontan entschloss ich mich, mich von meinen Freunden zu verabschieden. Parsi konnte ich auch beruhigen. Nach einer halben Stunde saß ich im Auto und fuhr nach Hause.

Was für ein Abend. Alles hätte ich erwartet. Aber diese Wendung nicht. Auf dem Weg nach Hause spielten sie im Radio „*Hotel California*" von den Eagles. Zufall?

Daheim angekommen packten mich Zweifel. *Sollte ich Fintan noch einmal anrufen? Aber was für ein Zeichen setze ich damit? Dass er einfach tun und lassen kann, was er will? Dass er keine Regeln einzuhalten braucht? Sein Auftritt war mehr als sonderbar. Was würde ich tun, wenn ich mich verliebt hätte?* Ist es nicht einfach menschlich, der Sehnsucht nachzugeben? Ist es nicht menschlich, töricht zu sein und unlogisch zu reagieren? Tief in mir wusste ich, wie er sich fühlte. Und ich fühlte mit ihm. Fintan war ganz sicher verzweifelt. Durfte ich ihn in seiner Verzweiflung allein lassen? Hatte ich nicht auch eine Verantwortung? Freilich konnte ich mich herausreden. Wir waren erwachsen genug! Aber machte es das besser? Leiden Erwachsene weniger oder leichter? Noch im Auto sitzend wählte ich seine Nummer. Der Ruf ging durch. Doch er nahm nicht ab. Als ich an der Haustür stand, klingelte mein Handy. Es war Fintan.

„Muss ich mir Sorgen machen?" Fintan schwieg.

„Sie haben gerade unser Lied gespielt." Fintan schwieg.

„Wenn du nicht mehr mit mir reden willst, dann lege ich wieder auf."

„Ava, mir geht es nicht besonders gut." Wow, selbst in dieser Situation stand er zu seinen Empfindungen. Aber das konnte Fintan schon immer.

„Was kann ich tun, dass es dir besser geht?"

„Du weißt es!"

„Sage es mir, Fintan!"

„Ohne dich kann ich nicht mehr sein."

„Du könntest es. Du meinst vielleicht, nicht ohne meinen Körper." Ich lachte etwas verlegen. Fintan ließ sich, wenn auch langsam, wieder aufs Gespräch ein.

„Wo bist du?", fragte ich ihn.

„Was weiß ich? Ich stehe hier irgendwo in der Pampa."

„Wo bist du?" Ich ließ nicht locker.

Fintan beschrieb mir seinen Weg. Ich brachte ihn dazu, mich an der Autobahnraststätte zu treffen.

Mittlerweile war es kurz vor Mitternacht. Es war kaum Betrieb. Dort waren wir allein. Als mich Fintan sah, lief er auf mich zu und umarmte mich. Wir standen lange so da und sagten kein Wort. Ich spürte, dass er es einfach nur genoss und dass es richtig war, zu ihm zu kommen. Mir wurde klar, dass das keine Spielchen von Macht und

Unterwürfigkeit waren. Beim Sex mag es vielleicht eine Komponente davon gegeben haben. Das war in Ordnung. Doch nun ging es um echte Gefühle. Gefühle können täuschen und sie können den Himmel auf Erden bringen. Aber auch die Hölle. Wo sich Fintan gerade befand, wusste ich nicht wirklich. Ich wusste, wo ich mich befand. Alle Stadien hatte ich mit ihm erlebt und zuletzt fühlte es sich wie ein Höllenritt an. Doch warum so viele Gefühle, wenn es keine Liebe war? Machte ich mir selbst etwas vor? Oder redete ich mir Liebe ein, weil es sich so besser anfühlte? Wenn ich Fintan betrachtete, erfreute es mein Herz. Dachte ich an unsere Leidenschaft, reagierte mein ganzer Körper. Aber was war mit ihm?

„Fintan, rede mit mir? Warum sind wir hier?"

„Seit fast zwei Jahren treffe ich mich mit meiner Traumfrau. Was mache ich? Ich schlafe mit ihr!"

„Gott sei Dank", erwiderte ich erleichtert.

„Ich sehe dich. Ich sehe deinen göttlichen Körper. Ich sehe deine traumhaften Augen. Ich spüre dich, wenn ich in dich eindringe und rieche dich, wenn du kommst. Aber ich Blödmann nehme dein Herz und deinen Verstand nicht wahr. Ich sehe all das und bin mit Blindheit geschlagen. Ich hätte dich nie gehen lassen dürfen."

„Hast du etwa Sorge, mich nur auf das Sexuelle reduziert zu haben? Wenn ja, dann ist das nicht nötig. Das war unser Plan! Es muss dich nicht beschäftigen. Oder hast du das Gefühl, mich in irgendeiner Weise verletzt zu haben?" Nun schaute ich Fintan direkt in seine bernsteinfarbenen Augen, nahm seine Brille ab und küsste seine Lider.

„Wovor hast du Angst?", fragte ich ihn.

„Dich zu verlieren."

„Ich bin hier!"

„Du bist unglaublich!" Fintan und ich küssten uns leidenschaftlich.

„Danke, Ava. Aber ich sollte dir sagen, dass ich meine Frau mit deinem Namen angesprochen habe. Dass, wenn ich mit ihr schlafe, ich an dich denke. Am Anfang dachte ich noch, dass es sich geben wird. Das tut es nicht. Im Gegenteil! Wenn ich zu Hause bin, vermisse ich dich und ich kann mich nicht mehr konzentrieren. So geht es schon mehrere Monate. Dann hoffte ich, wenn wir uns nicht mehr so oft sehen, würde es besser werden. Das tut es nicht. Im Gegenteil!

Mich plagen Träume und nicht nur körperlich bin ich vollkommen auf einer Art Entzug. Ich weiß, dass ich dir das alles nicht sagen sollte. Sieh es einem verliebten Kerl nach."

Minutenlang konnte ich nichts sagen. Mit allem hätte ich gerechnet. Doch das, was Fintan offenbarte, das hatte bisher niemand zu mir gesagt. Es prallte an mir nicht ab. Seine Worte waren schön und faszinierend zugleich.

Das war eine völlig neue Dimension und ich betrat einen ebenso unbekannten Abschnitt meines Seelenlebens. Hier war jemand, der seinen Standpunkt vertrat, aber Gefahr lief, sich zu verzetteln.

Und dass wegen mir. Natürlich klang das verlockend und verführerisch.

„Puh. Das ist heftig. Was machen wir jetzt?", fragte ich ratlos. Denn das war ich.

Fintan schien nun gefasster. Ich war es dafür weniger.

„Ich sollte uns jetzt nach Hause schicken. Danke, dass ich meinem Herzen freie Luft machen konnte. Ich wäre durchgedreht."

„Du bist zwei Stunden gefahren, um mir das zu sagen? … Du weißt, es ändert alles."

„Tut es das?"

Wieder war es ein Abschied mit offenem Ausgang.

Um drei Uhr in der Nacht kam ich zu Hause an. Doch fand ich keine Ruhe. Obwohl zwischen Fintan und mir gefühlt eine Trennung bevorstand, empfand ich auch zeitgleich eine besondere Verbindung. Vielleicht war es nur eine Trennung von Altem? Von etwas Überlebtem und mittlerweile Überholtem. Sehr wohl nahm ich die Kluft zwischen dem Denken einerseits und dem Tun anderseits wahr. Vielleicht war es auch einfach eine Notwendigkeit, genau das zu spüren. War es an der Zeit für neue Regeln?

Sollten wir unsere Abmachung, die wir einst vereinbarten, neu überdenken?

Vom Verstand her war es uns beiden klar. Doch waren wir uns noch unhaltbar ausgeliefert, und das auf allen Ebenen. Möglicherweise war die Zeit für eine Entscheidung noch nicht reif. Wie auch immer die aussehen konnte.

Plötzlich wurde mir bewusst, dass es für Fintan besonders schwierig sein musste. Denn ein weiterer Beziehungsaspekt war einer Veränderung unterworfen. Der Umstand, dass Vera ein Kind bekam, trennte nicht nur mich von ihr. Auch für Fintan war es eine besondere Herausforderung. Mich wunderte selbst der Gedanke, dass ich dieses

Kind als solches empfand, dass ich es mit Trennung in Verbindung brachte.

Vielleicht fühlte es sich nur im Moment so an. Ganz sicher würde ich es lieben. Und doch drang es, wenn auch nur gefühlt, in unser System. Nein! Das stimmte so nicht! Oder doch? Natürlich änderte sich dadurch das System.

Und dann kam *ich* noch und forderte Abstand. Für mich war es nur logisch, dass er verstärkt meine Nähe suchte. Unbewusst kämpfte er gegen Windmühlen. Seine Einsamkeit konnte ich förmlich spüren! Natürlich war es für ihn auch eine Chance und sicherte ihm seine Position als Onkel. Vielleicht war es aber auch gerade diese Festsetzung und er empfand es als Abgrenzung oder Begrenzung. Natürlich schloss das Eine das Andere nicht aus. Aber wusste Fintan das?

Welche Konsequenzen hatte eine mögliche Neuausrichtung unserer Beziehung? Waren wir denn nicht schon jetzt überfordert oder gerade deswegen?

Am späten Vormittag erst erwachte ich und verweilte noch im Bett. Ich fühlte mich elend, schlapp, ausgelaugt und erschöpft. Aber auch angeregt von einer Zartheit, einer Sanftheit, die sich wie eine zweite Haut über mich legte.

Tatsächlich genoss ich die Ruhe. Obwohl ich heute ein paar Wege zu erledigen hätte, verspürte ich keinen Drang, hinauszugehen. Draußen stürmte es. Die Fensterläden schlugen gegen die Hauswand. Der Regen peitschte gegen die Scheiben. „Eigentlich könnte ich es mir auch gemütlich machen und im Bett bleiben." Um diesen Entschluss zu untermauern, zog ich mir meinen

Morgenmantel drüber und schlurfte in den Pantoffeln meines Mannes in die Küche. Dort stand noch eine halbe Flasche Wein. „Nein, das wäre unverschämt früh. Lust hätte ich schon, doch wäre ein Sekt besser. So wird es!"

Im Kühlschrank fand ich, was ich brauchte. Mit der kalten Flasche und einem Glas in der einen Hand schnappte ich mir eine trockene Scheibe Brot, öffnete die Tür, griff nach der Tageszeitung und schob sie mir unter den Arm. Mit vollen Händen schlurfte ich zurück ins Bett. Auf dem Weg dorthin klingelte das Telefon. Für einen Moment blieb ich stehen, um zu horchen ob jemand auf den AB sprach. Nichts, ich schlurfte weiter. Heil angekommen ließ ich mich fallen, um dann doch noch einmal nach meinem Handy zu schauen. Nun auch mit diesem fühlte ich mich rundherum ausgestattet.

„Jesses, neun Nachrichten", erschrak ich etwas. Checkte aber schnell, dass sie von Ellen, Christoph und Fintan waren. *Halt*, eine war von Mad. „Okay, dann schauen wir mal …"

Er bedauerte es sehr, dass wir uns nicht sehen konnten. Mad erfuhr es schon gestern von Ellen. „Na, ja… Das funktioniert schon noch…" Christoph berichtete von Dauerregen und einer Saukälte. Es lief auch bei ihnen nicht ideal. Ellen war besorgt und fragte, ob es mir gut ging. Sie sollte ich umgehend anrufen und Entwarnung geben, sonst würde sie sich noch mehr sorgen. Doch bevor ich das tat, schaute ich nach Fintans Nachrichten. Er wollte wissen, ob ich gut nach Hause gekommen bin und entschuldigte sich tausendmal für seinen Auftritt.

Wieder in meine Bettdecke eingewickelt, telefonierte ich mit Ellen. Nach einer Stunde und zwei Gläsern Sekt wurde ich mutig und rief Fintan an. Auch mit ihm telefonierte ich bestimmt eine Stunde. Am Ende war ich betrunken, aber irgendwie auch selig. „Das habe ich wohl gebraucht. Nicht einmal hatte ich blöde Gedanken und konnte endlich für einen Moment die Quadratur des Kreises vergessen. Um unlösbare Widerstände kann ich mich auch morgen wieder kümmern. Heute genieße ich mich und das Alleinsein!" Am frühen Abend wurde ich wieder munter, entschied mich für ein heißes Bad und ließ den Abend ausklingen, ohne Gedankenkreisen, ohne Reue und sonstige Höhenflüge. Musik lief im Hintergrund. George Michael, *ONE MORE TRY*. Wie wahr...

Mich überkam eine glückliche Traurigkeit.

Das Wochenende stand vor der Tür. Die letzten Stunden hatten mir außerordentlich gutgetan. Fintan und ich konnten von Tag zu Tag entspannter miteinander reden. Natürlich hatte sich etwas verändert. Beide öffneten wir uns in einem ungewöhnlichen Maße. Fintan erzählte mir viel mehr aus seinem Leben. Der Radius hatte sich enorm erweitert und ich lernte einen Mann kennen, der nicht nur erotische Gedanken hatte. Gewiss wollte ich ihn nicht darauf reduzieren. Doch kannte ich bis dahin eher diese Seite. Von Anfang an hatten wir eine Offenheit. Erkannten schnell, dass wir etwas Bestimmtes suchten und es ja auch fanden. Womit wir beide nicht rechneten, war wohl, dass unsere gegenseitige Zuneigung sich nicht nur auf das Sexuelle bezog. Offensichtlich blendeten wir es gekonnt aus. Unsere Beweggründe, uns aufeinander einzulassen, waren uns nicht wirklich bewusst. Glaubten wir es doch, uns von Zeit zu Zeit *nur* körperlich gut zu tun. Mir selbst blieb es lange verborgen. Fintan hatte seine Fantasien schon etwas länger *gepflegt,* wenn auch nicht ausgelebt. Mich plagten Schuldgefühle nur bei dem Gedanken, mich einem anderen Mann hinzugeben. Gedanklich war er schon etwas weiter. Männer ticken einfach anders! Bisher konnte ich damit gut umgehen. Damit, dass wir uns eben *nur* auf der sexuellen Ebene begegneten. Natürlich hatten wir Spaß und konnten von Anfang an über dieselben Dinge lachen. Dass wir auch eine ähnliche Weltanschauung und Lebenseinstellung hatten, machte uns nie stutzig.

Anfänglich glaubt man oft ja auch nur allzu gern, ähnlich zu ticken. Um dann festzustellen, dass nach dem *Liebeszauber* die Illusion mit entschwunden ist.

Wir hatten doch keine Ahnung, wie sehr wir uns verstanden. Für meinen Teil wusste ich, dass ich es auch nicht so genau wissen wollte. Mir fehlte nichts weiter. Ich vermisste doch weiter nichts außer der körperlichen Zuwendung. Auch Fintan wurde es viel später bewusst, dass er sich selbst und mir eine Seite verweigerte, weil er es nicht wahrhaben wollte. Er wollte sich selbst therapieren. So sagte er es mir. Doch wie soll man gegen Gefühle ankämpfen, die einem nicht bewusst sind? Ich glaube, wir beide waren einfach zu naiv. Und nun steckten wir fest und wussten nicht, was wir tun sollten. Doch steckte er mehr fest als ich, denn ich wusste, was ich wollte. Auch wenn ich es nicht wirklich wusste … aber dann doch, dass ich mir meiner inneren Sicherheit bewusst war. Der Sicherheit, mich niemals von Christoph zu trennen. Es wäre eine Lüge gewesen zu sagen, … dass es mir leicht fiel, einfach so weiter zu machen wie bisher. Trotzdem war es nach wie vor eine Option, so weiterzumachen wie bisher. Sich jeden Tag aufs Neue zu entscheiden ist wie eine tägliche Wiedergeburt.

Fintans Hände halfen mir beim Vergessen. Mads Augen (ver)führten mich in das Leid des Augenblickes. Aber was hatte sich geändert? Die Art, wie wir uns begegneten. Es war leicht, alles zu behaupten, um beide weiter an mich zu binden. Auch wenn es nicht ungefährlich war, gefiel mir doch dieser Gedanke. Ich fragte mich, wer hatte eigentlich wen gesucht?

Gerade dann, wenn ich mich so sicher fühlte, lauerte hinter der berühmten Ecke die Gefahr eines neuen Augenblickes.

FRAUENGESPRÄCHE

Das Telefon klingelte. Meine Tochter Isabelle fragte, ob sie vorbeikommen könnte.

Mit einem merkwürdigen Gesichtsausdruck stand sie in der Tür. Ich war mir nicht sicher, ob ich in ihren Augen nur Freude sah. Nervös nestelte sie an ihren überlangen Ärmeln herum.

„Du siehst etwas blass um die Nase aus."

„Keine Angst, ich bin nicht schwanger."

„Ich habe keine Angst, nicht davor. Doch wenn ich dich so betrachte, dann meine ich, Angst bei dir zu erkennen."

„Mama, hast du etwas zu trinken für mich?"

„Möchtest du ein Glas Wasser oder magst du einen Kaffee?"

„Hast du auch etwas anderes?"

Oha, so schlimm? Also nicht schwanger!

„Ich habe noch einen offenen Wein." Dabei musste ich etwas in mich hineinlachen.

„Hauptsache, es dreht."

„Möchtest du erst reden oder soll es erst drehen?", rief ich aus der Küche.

„Am besten beides gleichzeitig."

„Hast du schon etwas gegessen?"

„Nein, ich bekomme nichts herunter."

„Doch schwanger?" Mein Blick geht zur Uhr. 14.35 Uhr. Mit Käsebrötchen und einem Glas Wein kam ich zurück.

„Schätzchen, du siehst wirklich mitgenommen aus." Ich umarmte sie, während ich mich neben sie setzte. Isabelle trank einen hastigen Schluck und knabberte am Brötchen herum. Geduldig wartete ich und betrachtete sie. Hübsch war sie. In Gedanken hoffte ich nur, dass sie an ihrem Studium festhielt. Es wäre schade, wenn sie der Mut verlassen hätte. Aber wenn es so war … Mitten im Sinnieren fragte sie mich plötzlich: „Hast du schon einmal eine Frau geküsst?"

Aha!

Isabelle saß wie versteinert da und bewegte sich nicht. Sie traute sich den Blick zu mir nicht zu. Hätte sie ihn gesehen, wüsste sie, dass ich lächelte.

„Ist das alles?", fragte ich leise.

„Ich sterbe fast und du fragst, ob das alles ist?"

„Och, mein Kind. So leicht stirbt es sich nicht. Aber wenn du meinst, dass du leidest, dann verstehe ich es…"

Vorsichtig drehte sie sich ganz um und wagte nun doch, meinen Blick zu suchen.

„Tut es sehr weh?" Sanft neigte ich meinen Kopf zu ihrer Schulter.

„Mama, ich bin so verwirrt." Dann huschte ein leichtes Zucken über ihren Mundwinkel, dass ein kurzes Lächeln andeutete.

„Magst du mir erzählen, was passiert ist?"

„Da gibt es eigentlich nichts zu erzählen."

„Wenn dieser Satz fällt, dann weiß ich, dass es nicht stimmt."

Da kenne ich mich nämlich aus, dachte ich amüsiert für mich.

„Gestern waren wir, also unsere Clique, auf einer Party. Ferdi hatte Geburtstag. Wir sollten vorbeikommen. Eigentlich hatte ich überhaupt keine Zeit. Ich muss unbedingt mein Modell fertig stellen." Etwas hektisch trank sie einen weiteren Schluck.

„Gelangweilt stand ich an der Bar herum und nuckelte an meinem Drink. In Gedanken war ich bei meiner Skizze, die ich noch einmal überarbeiten wollte. Du weißt, ich wollte schon immer Modedesign studieren und daran hat sich nichts geändert. Es ist echt hart. Na ja, dann kam eine Truppe, die ich nicht kannte und so mir nichts, dir nichts, waren wir im Gespräch. Wir alberten herum. Am Anfang waren wir noch zu fünft und dann allein."

„Das klingt doch gut."

„Als wir uns voneinander verabschiedeten, küsste sie mich plötzlich."

„Wo ist dein Problem?"

„Das war kein normaler Kuss! Obwohl, so kann ich das gar nicht sagen. Da waren ihre Lippen auf meinen und ich … wusste nicht … wie mir geschieht. Ihre Augen hatte sie währenddessen geschlossen … und … ich hatte so das Gefühl …, dass sie wartet… aber ich wusste nicht, auf was?"

„Sie wollte von dir geküsst werden?!", fragte ich feststellend.

„Wieso denn das? Was sollte ich denn tun? Wie sollte ich sie denn küssen?"

Mein Kind war etwas von der Rolle und sichtlich verzweifelt.

„Ich glaube, sie hat dich etwas überrumpelt, oder?"

„Mh, ja, ich denke schon. Damit hatte ich überhaupt nicht gerechnet."

„Warum verwirrt dich das so?"

„Weil es eine Frau ist?"

„Und?"

„Wie und?"

„Wie war es denn? Hat es dir gefallen?"

„Wie? Gefallen?"

„Hast du etwas gespürt?" Isabelle schaute mich an, als ob sie nicht sicher war, was ich sie da gerade fragte. Dann zeigte ich es ihr. Dabei hielt ich die Hand auf ihren Bauch.

„Woher weißt du das?", fragte sie mich verblüfft.

„Ich weiß es nicht. Aber ich kann es mir so vorstellen. Nein, ich habe noch keine Frau geküsst. Aber ich habe es mir schon oft gewünscht."

„Mama! Du? Echt?" Etwas verlegen nickte ich ihr zu.

„Als junges Mädchen ganz sicher."

„Glaubst du, dass ich lesbisch bin?"

„Was ich glaube ist doch unerheblich. Wichtig ist, was du dabei empfindest."

Mein Herz schlug Purzelbäume. Mein Mädchen saß da und kämpfte mit Emotionen und Gefühlen und wusste schon jetzt mehr als ich. Um diesen Kuss beneidete ich sie. Und doch gönnte ich ihr diesen von Herzen. In der Hoffnung, dass ihres nicht zerbrach. Sie war noch so jung und unsicher. Ob sie das von mir hatte? *Ach herrje, wenn ich das Ellen erzähle.*

„Meine liebe Isabelle, wenn es denn so wäre, würde es dich belasten?"

„Es würde mich wundern, denn ich hatte doch schon Jungs. Und es war fantastisch." Sie schaute mich überrascht an.

„Dann setz dich nicht unter Druck. Warte einfach ab."

„Auf was soll ich denn warten?"

Nun grinste ich sie an.

„Ihr habt doch sicher eure Daten ausgetauscht und wisst, wo ihr euch finden könnt?"

„Ja, und was mache ich, wenn sie mich anruft?"

„Wer ist *sie* denn? Hat *sie* auch einen Namen? Hast du so eine Angst vor ihr, dass du ihn nicht aussprichst?"

Wie ertappt und mit großen Augen schaute mich meine Tochter an.

„Iris heißt sie."

„Na also, geht doch! Ist diese Iris so schlimm?"

Nun veränderte sich augenblicklich die Stimmung. Erleichtert kicherte Isabelle.

„Nein, überhaupt nicht. Wir haben so viel gelacht. Für ein paar Stunden waren meine Gedanken vollkommen vom Stress weg. Aber Mama, was soll ich denn nur tun, wenn sie sich meldet?"

„Würdest du es dir wünschen?"

„Ja. Nein. Ich weiß es nicht."

„Würde es dir denn gefallen?"

„Schon, ja. Sie ist sehr nett und lustig."

„Würdest du Iris denn wiedersehen wollen?"

„Wenn sie mich nicht gleich wieder küssen würde", frotzelte sie nun.

„Wenn es so wäre, wie würdest du reagieren?"

„Ich glaube, ich habe Angst davor?"

„Vor dem Kuss? Oder davor, dass du Farbe bekennen müsstest?"

„Vor dem Kuss, glaube ich. Ich glaube ich würde sie gerne als Freundin wiedersehen wollen. Also, nicht als Freundin... du weißt schon.", stolperte sie herum.

„Du meinst nicht als Geliebte!"

Mit einem lauten: „Ja", befreite sie sich.

„Genau so meine ich das! Och Mama, du hast mir jetzt echt geholfen. Ich hatte so eine Angst, weil ich nicht wusste, was mit mir ist." Dabei umarmte sie mich sichtlich erleichtert.

„Rede einfach mit ihr, wenn ihr euch das nächste Mal seht. Sage ihr einfach ehrlich, was dich bewegt. Nur mache es auch. Nicht, dass Iris irgendwelche Hoffnungen hat. Okay?"

„So ein bisschen dachte ich, es nicht zu müssen."

„Es nicht zu sagen und die Dinge nicht beim Namen zu nennen, beseitigt keinen Zweifel und löst sie schon gar nicht auf. Lass dir von einer alten Frau sagen, dass dadurch nur Erwartungen geschürt werden. Mute ihr die Wahrheit zu. Denn, wenn du Angst davor hast, eine Freundin zu verlieren, dann ist das der falsche Ansatz. Sie wird es verstehen. Glaube deiner Mutti!"

„Woher weißt du das alles?"

„Das sind Erfahrungen einer Frau. Und ich glaube auch, eher als Frau denn als Mutter gesprochen zu haben."

Isabelle schaute mich mit einem fragenden, leicht irritierten Blick an.

„Wie hast du das eigentlich vorhin gemeint? Hast du dir das wirklich gewünscht?"

„Ja, ich glaube schon, und wenn es mir heute passieren würde ..." Ich unterbrach mich selbst und fügte lachend hinzu: „...wäre ich wahrscheinlich genauso verwirrt wie du."

Isabelle lächelte und gab sich damit zufrieden, zeigte auf ihren Teller und meinte:

„Hast du noch so ein leckeres Teil?"

„Gerne mach ich dir noch eins. Gib mir einen Moment…"

Während ich in der Küche war, dachte ich über unser Thema nach.

Natürlich bemerkte ich meinen Widerstand und hatte ganz bewusst eine Kehrtwendung eingelegt. Wohin sollte es führen, wenn ich meiner Tochter von meinem diffusen Gefühl zu Frauen erzählt hätte? Ich glaubte, dass sie das noch mehr verunsichert hätte. Unbewusst würde ich etwas vorgeben. Möglicherweise berief sie sich später auf eine Veranlagung und würde sich hinter einer *nur logischen Konsequenz* verstecken, etwas auszuleben, was ich nie tat. Sie würde vielleicht erst gar nicht auf ihre eigenen Gefühle und ihre Empfindungen achten. Wie gerne hätte ich ihr gesagt, dass sie sich ausprobieren und dass es über das Küssen hinausgehen darf. Wenn sie diese Erfahrungen hätte machen wollen, dann hätte sie das tun dürfen. Denn was wäre, wenn sie da einen Anteil verleugnete und schon da im Keim versuchte zu ersticken? Wollte sie genau diese Worte von mir hören? Zeitlebens begegnete ich bis dahin nicht wirklich meiner Sexualität. Und nun spürte ich genau diesen Zwiespalt im Gespräch mit meiner Tochter. Wie sollte ich ihr so etwas veranschaulichen, konnte ich es mir doch selbst nicht erklären. Hätte ich diese Chance, wie sie Isabelle bekam, erhalten, dann wüsste ich mit großer Sicherheit … Nein! Ich wüsste nichts! Aber ganz sicher wäre ich mir selbst viel näher. Und plötzlich klinkte sich wieder Fintan in meine Gedanken. Da war ein Wort, welches dahinterstand. Zunächst war es etwas merkwürdig. Trotzdem auch stimmig. Fintan lehrte mich etwas, egal, was es war. In diesem Moment empfand ich ihn als einen großen Lehrer. Dankbarkeit überflutete mich bei dieser Erkenntnis, die ich zugleich als Wärme spürte. Auch Ellen fügte sich spontan in dieses interdisziplinäre Gespräch mit ein. Gut erinnerte ich mich an ihre lieben Worte, als sie zu mir sagte:

„… Einerseits möchte ich dir eine gute Freundin sein und dich beschützen und bewahren. Wobei natürlich jetzt gerade auch die Mutter spricht. Und das weiß ich. Auf der anderen Seite steht mir nicht zu, schon gar nicht im Vorfeld, zu entscheiden, was ich dir zumuten kann oder auch nicht. Es ist und bleibt letztlich deine Entscheidung, wie du darauf reagierst. Für mich macht es überhaupt keinen Unterschied, was auch immer du tun oder auch nicht tun wirst. Meine Wertschätzung für dich wird sich dadurch nicht ändern. Weder für dich als Mensch noch zu deinem Verhalten …"

Na klar! Augenblicklich wurde mir mein eigener Konflikt bewusst. Es war *nur* eine Wiederholung unseres Gespräches und nun wusste ich, wie wichtig das war! Nicht nur das! Ich fühlte es auch!

Denn zu gut erinnerte ich mich an das Gefühl, welches unmittelbar bei mir ankam. Ein unglaublicher Druck war wie weggeblasen. Als Mutter, nicht mehr und nicht weniger, konnte und durfte ich Isabelle dieses Wissen mit auf ihren Weg geben. Ich wollte es sogar *nur* um des Gefühls wegen tun.

Mit mehreren belegten Brötchen und einer neuen Flasche Wein kam ich ins Wohnzimmer zurück.

Meine Tochter überflutete mich mit Fragen. Überraschte mich deswegen, weil sie so viele hatte und wir nicht nur beim Thema Iris blieben. Auch der Altersunterschied zwischen ihrem Papa und mir kam zur Sprache. Sowie die Beziehung zu meinen Eltern. Für mich wurde es besonders anstrengend; denn da wollte ich eigentlich nicht hin. Doch es lief gut! Wir sprachen über das eher unterkühlte Verhältnis zwischen meiner Mutter und mir. Vater starb früh an Krebs und von da an instrumentalisierte sie alles. Vor allem ihre Krankheiten. Das wurde mir natürlich erst viel später bewusst.

„Deine Oma litt unter Depressionen. Wenn es ganz schwierig war, drohte sie mit Selbstmord. Früh wusste sie meine Pläne zu torpedieren. Sie war brillant darin, mir stets ein schlechtes Gewissen einzureden. Es gipfelte in vielen tausend Kleinigkeiten und nicht in einer bestimmten Sache. Das war ein Prozess."

„Hast du mit ihr über so etwas reden können?"

Da musste ich jetzt doch lachen.

„Reden war nicht so ihr Ding. Wenn, dann konnte sie klagen. Aber Isabelle, das ist Vergangenheit und mit dem Älterwerden wird man tatsächlich milde. Meine Mutter war krank und konnte es nicht besser."

„Aber, dass sie sich umgebracht hat, das kannst du ihr nicht verzeihen, oder?"

„Das sie es getan hat, offenbarte nur ihre große Not."

„Und was ist mit deiner?", fragte Isabelle erbost.

„Ja, ich war lange auf sie wütend. Dass sie es mit meiner Entscheidung, zum Studium wegzugehen, verbunden hatte, zeigte ihre Verzweiflung. Ich muss zugeben, als junger Mensch konnte ich da nicht wirklich Verständnis aufbringen. Da war sehr viel Wut zwischen uns gewesen und Wut, als ich ging. Wenn ich gewusst hätte, was das auslösen würde, wäre ich wahrscheinlich nicht gegangen. Das ist wohl so. Ich habe einen großen Preis gezahlt. Aber ich bin auch belohnt worden, belohnt mit einem wunderbaren Mann und zwei fantastischen Kindern. Wäre ich nicht gegangen, würde ich hier nicht mit einer so süßen und zauberhaften Isabelle sitzen."

„Ach, Mama." Sie knuffte mich in die Seite.

„Danke für die Rettung! Ich fühle mich schon viel besser!"

„Danke auch dir, für deine Offenheit. Dass du mit mir über so etwas redest, hätte ich nicht erwartet. Das hat auch mir sehr gutgetan."

Am späten Nachmittag, eigentlich war es schon Abend, verabschiedete sich Isabelle, nicht nur von mir als Mutter. Das erste Mal taten wir das auch als Freundinnen und zwar als ziemlich beste. Zumindest kamen diese Anteile an dem Abend mächtig zum Wirken. Wir waren in einem Alter, dass wir es beide zugleich annehmen konnten, ohne uns in den Rollen zu verlaufen.

Ja, der Nachmittag lief! Es ging ans Eingemachte und hier und da liefen ein paar Tränen auf beiden Seiten. Leicht war das nicht. Isabelle fühlte sich gerade in Sicherheit, da rollte sie vielleicht unbewusst die ganze Chose auf, und zwar vom Urschleim angefangen. Was Isabelle da alles zu hören bekam, überraschte selbst mich zum Teil. Doch es lief! Es blieb nicht nur beim Thema Sex. Die gesamte Palette an Gefühlen, Emotionen und Gedanken fand einen angemessenen Rahmen.

Rundum zufrieden stellte ich die Flasche Wein wieder zurück. Die hatten wir nicht gebraucht. Spontan rief ich Christoph an. Sie waren gerade unterwegs. Johannes als sein Beifahrer hatte die Routenkarte auf den Beinen liegen und machte ein paar Aufnahmen. Beide waren sie ordentlich beschäftigt. Da wollte ich nicht weiter stören. Wir hörten uns später noch einmal.

MAD

Seit Ewigkeiten hatte ich ein Wochenende, ohne einen Plan zu haben. Der Abend war noch jung und zum Kochen hatte ich keine rechte Lust. Hunger hatte ich schon. Auch jede Menge Arbeit. Doch auf die hatte ich noch weniger Lust.

„Ob ich Ellen anrufe?"

Justament klingelte mein Telefon. Es war Ellen.

„Sag mal, kannst du Gedanken lesen?"

„Was ist los? Wie lange willst du mich denn noch warten lassen?", begann sie lachend und natürlich wartete sie auf meinen Anruf.

„Wenn du glaubst, dass ich mich in den letzten Tagen auch nur einen Moment gelangweilt habe, dann muss ich dich enttäuschen. Tatsächlich ist es das erste Mal, dass ich frei bin."

„So, so", sagte sie und wartete ab.

„Ich wollte dich fragen, ob du mit mir Essen gehst."

„Holst du mich ab?", war ihre Antwort.

„In einer halben Stunde bin ich da!"

Als ich vor Ellens Haus ankam, fuhr gerade ein Wagen fort.

Warte ich oder schaue ich kurz hinein? Na, ich klingle doch lieber.

„Momeeeent, ich komme", rief sie.

„Alles gut, mach langsam."

Als sie mir die Tür öffnete, dachte ich: *Nein*, und sagte:

„Wow! Du siehst umwerfend aus!"

„Gefalle ich dir?", fragte sie ehrlich.

„Na aber: Hallo!"

„Ich konnte nicht widerstehen. Ich musste dieses Teil haben."

„Und wann warst du beim Friseur?"

„Eben", grinste sie.

„Eben? Ach, dann hattest du eben…? Hä? Ich kapiere gerade nichts."

„Der Friseur war bei mir!"

„Mein Gott! Habe ich heute wieder eine lange Leitung. Jetzt verstehe ich!"

Ellen hatte einen rappelkurzen Haarschnitt und war platinblond gefärbt. Sie trug einen schwarzen Hosenanzug und Turnschuhe.

„Du siehst um Jahrzehnte jünger aus."

„Das war mein Plan." Sie freute sich, dass er aufging.

„Also, wo willst du mit mir hingehen? Ich bin zu allem bereit! Ach, im Übrigen, du siehst auch heiß aus. Wenn du meinst, dass ich alte Schachtel für einen kurzen Lederrock keinen Blick mehr habe…"

„Danke … ich habe verstanden", unterbrach ich sie.

Als wir im Auto saßen, meinte sie noch: „Du könntest ruhig öfter deine schönen Beine zeigen."

„Ist ja gut! Wenn du so weiter machst, war es das letzte Mal, dass ich bei dir einen trage." Prompt mussten wir beide lachen.

Ellen hatte dann eine supergute Idee, wo wir hinkönnten. Am Hafen eröffnete erst vor Kurzem ein neues Lokal. Es soll ein heißer Tipp sein. Gesagt, getan! Dafür nahmen wir eine knappe Stunde Fahrt in Kauf.

Dort angekommen war es tatsächlich proppenvoll. Kein freier Tisch war zu sehen. Der Chef persönlich kam auf uns zu und fragte nach der Reser-
vierung. Beide hatten wir wohl so unglücklich
geschaut, dass er uns für einen Augenblick vertröstete. Er bat uns, so lange am Tresen Platz zu
nehmen. Er wollte sehen, was er tun kann. Immerhin bekamen wir nicht gleich eine Absage. Der
Tresen befand sich nicht direkt im Raum, sondern
etwas seitlich. Das machte das Warten ganz angenehm. Besonders nett war, dass es mit einem Ape-
ritif versüßt wurde.

„Das ist recht hübsch hier", sagte Ellen.

„Du meinst wohl eher, edel", verbesserte ich sie.

„Du, ich müsst einmal für kleine Prinzessinnen",
flüsterte ich etwas unsicher. Die freundliche Emp-
fangsdame zeigte mir dezent die Richtung an.

Meine Jacke ließ ich auf dem Barhocker, krem-
pelte meine Ärmel vom Pulli hoch, da mir recht
warm war, und schnappte mir meine Handtasche.
Mit meinen Absatzschuhen versuchte ich, die Stufen heil hinunterzukommen. Gut, sie waren nicht
ganz so hoch wie die von neulich. Manchmal war
es etwas schwierig, auf glattem Parkett nicht aus-
zurutschen. Doch hier ging es. Der Boden war zum
Teil mit Teppich ausgelegt und ansonsten aus
Stein. Das bekam ich perfekt hin! Bevor ich mich
wieder auf den Rückweg begab, checkte ich noch
mit einem Blick mein Gesicht. Mit etwas Rouge
wieder fit gemacht und dezenten Lippenstift nach-
gelegt lief ich guter Dinge zurück. Auf dem Weg
dorthin hatte ich eine seltsame Begegnung. Mir
kam ein Mann entgegen, der in Richtung Toiletten
unterwegs zu sein schien und telefonierte. Als wir

auf Augenhöhe waren, nickte er. Es war nur ein kurzer Blickkontakt, mehr nicht. Schon vorbeigelaufen hörte ich ihn dennoch leise ins Handy tuscheln: „Das ist sie. Ich bin mir ziemlich sicher." Mehr bekam ich nicht mit. Ellen fand ich nicht mehr am Tresen. Doch schon kam der Chef und geleitete mich an unseren Tisch.

„Das ist genial. Vielen Dank. Schön, dass es noch funktioniert hat." Beide strahlten wir und waren einfach nur begeistert.

„Glück muss man haben!" Ellen rieb sich triumphierend die Hände. Es war eine Bewegung, die mich stutzig werden ließ.

„Sag mal, heckst du irgendetwas aus?"

Ellen schaute mich entgeistert an.

„Wie kommst du denn darauf?"

„Keine Ahnung. Das ist nur so ein Gefühl."

Nach zwei Stunden und einem fürstlichen Essen sinnierten wir über den weiteren Verlauf. Die ersten Gäste waren gegangen und neue gekommen. Gerade, als wir uns zum Gehen entschieden hatten und aufgestanden waren, sah ich plötzlich Mad mit dem Mann, der mir im Gang entgegenkam, in der Tür. Sofort schaute ich Ellen an. Doch sie winkte gleich kategorisch ab.

„Das geht nicht auf mein Konto", sagte sie. Ich glaubte ihr! Und doch machte sich nervöses Unbehagen in mir breit.

„Hältst du das wirklich für einen Zufall?"

Ellen wirkte selbst etwas überrascht.

„Ach, deswegen auch deine Frage vorhin? Ava, du weißt, dass ich so etwas ohne dich vorzuwarnen nicht mehr riskieren würde. Aber war er nicht auch schon im Underground mit dem Typen dort? Vorhin hatte er noch hinten am Tisch mit zwei Leuten gesessen. Oder täusche ich mich da?"

„Das kann ich dir nicht sagen. Der Mann ist mir nur vorhin begegnet… ach… alles klar! Jetzt erschließt sich mir die Situation. Entschuldige, Ellen, dass ich dich in Verdacht hatte. Du hast recht. Er muss uns erkannt haben und hat Mad wohl über unser Erscheinen informiert."

„Ist das jetzt ein Problem für dich?" Ellen schaute etwas besorgt.

„Nein! Alles gut. Ich brauche nur nicht noch mehr Baustellen, verstehst du?" Ellen grinste.

Mad und der Mann kamen auf uns zu. Wir begrüßten uns mit einer leichten Umarmung. Mad stellte uns Frank als seinen Freund vor und meinte, dass wir uns schon von dem Abend im *Underground* her kennen würden.

„Also habe ich dir das zu verdanken, dass wir uns hier treffen." Etwas verlegen versteckte Frank seinen Kopf in den Schultern. „Schön, dass wir uns kennenlernen. Ihr habt Glück, gerade wollten wir gehen."

„Das wäre aber sehr schade …"

Während der Begrüßung war die Stimmung gut und spontan fragte ich in die Runde, ob wir uns wieder setzen oder woanders hinwollten. Frank entschuldigte sich und erklärte, mit einem Pärchen da zu sein.

„Gerne können wir uns zusammentun." Er zeigte an seinen Tisch.

Mad und Ellen waren nicht abgeneigt und so landeten wir als große Runde am Tisch. Frank stellte uns sein befreundetes Pärchen vor. Genauer gesagt seinen Bruder Anton mit dessen Frau Gabriele. Nach einer kurzen Vorstellungsrunde nahmen wir Platz.

Mad saß mir nun gegenüber und Ellen zur Linken an meiner Seite. Frank, dessen Bruder Anton und Gabriele saßen zwischen Mad und Ellen an der anderen Seite des Tisches.

Ellen war besonders gut drauf und in ihrem Element. Sie erzählte einen Witz nach dem anderen und wir kugelten uns vor Lachen. Auch Anton war ein guter Erzähler und so blieb es nicht aus, dass wir noch lange in illustrer Runde beieinandersaßen. Natürlich entging mir nicht, dass Mad den Augenkontakt suchte und ihn auch fand. Es war schwer, ihm nicht in seine unverschämt blauen Augen zu schauen. Einmal passierte mir ein kleiner Fauxpas. Ohne es anfänglich zu bemerken, füßelte ich unter dem Tisch herum. Erst dachte ich an das Tischbein, doch schnell wurde mir klar, dass ich das Bein von Mad erwischte. Gott sei Dank. Peinlich war es mir trotzdem. Obwohl ich mich gleich entschuldigte, nahm er es gelassen als Anlass den Kontakt auch unterhalb des Tisches fortzuführen. Jede Gelegenheit, und sei sie noch so klein, nutzte Mad, um mir nahe sein zu können. Wenn ich nach meinem Glas griff, streiften sich *zufällig* unsere Hände. Natürlich gefiel mir diese Zuwendung, doch konnte ich sie nicht wirklich genießen. In diesem Rahmen empfand ich es irgendwie als nicht passend.

Irgendwann später meinte Ellen: „Leute, ich bin älteres Semester und so langsam kommt der lange Arm aus meinem ersehnten Bett. Seid mir nicht böse. Leider muss ich euch auch Ava entziehen, denn sie ist mein Chauffeur."

Ein kollektives Raunen ging durch die Runde.

„Alte Weiber! Was gebt ihr euch auch mit mir ab", fügte Ellen lachend hinzu und gähnte dabei. Natürlich amüsierten wir uns, wenn auch auf ihre Kosten. Ellen war einfach genial! Darüber war ich nicht ganz unglücklich. Mad am und unterm Tisch zu entkommen, gelang mir nicht so gut. Ich wollte ihm ja auch nicht wirklich entkommen. Aber auch keine weiteren verfänglichen Situationen heraufbeschwören.

Wir verabschiedeten uns. Die anderen wollten noch auf einen Absacker bleiben. Während wir zum Ausgang gingen, verschwand ich noch einmal in Richtung Toiletten. Mad bekam es mit und fing mich auf dem Rückweg ab.

„Sorry, ich konnte nicht widerstehen!" Er nahm meine Hand.

„Was meinst du genau? Dass du hier aufgelaufen bist und mich belästigst, oder mir jetzt den Weg versperrst?", sagte ich frech und konnte mir ein süffisantes Lächeln nicht verkneifen.

„Hey, du freche Göre! Wenn ich dich jedes Mal vorher fragen würde, würde ich mir ja doch eine Abfuhr einfangen."

„Probiere es einfach", ermunterte ich ihn.

„Okay!... Einen Versuch ist es wert. Darf ich dich küssen?"

„Nein, darfst du nicht!"

„Du bist vielleicht ein Miststück." Mad packte mich. Drückte mich an die Wand und ließ keinen Zentimeter Raum zwischen uns. Er roch gut. Nicht so sehr nach Parfüm. Es war sein Körpergeruch.

Der mich irgendwie antörnte. Den ich mochte. Er hatte sich einen Dreitagebart wachsen lassen und unterstrich dadurch seine Männlichkeit. Obwohl er schlank war, war er sehr kräftig. Er hatte etwas Drahtiges an sich.

„Dich werde ich nie wieder fragen und schon gar nicht um etwas bitten", sagte er und küsste mich ins Bodenlose!

Sofort spürte ich, wie sich meine Haut vom Hals ab hinunter gefühlt bis zu den Füßen zusammenzog. Sein rechtes Bein schob er mir zwischen meine Schenkel, so dass der Rock nach oben rutschte. Meine Arme presste er sanft an mich. So war ich ihm perfekt ausgeliefert. *Der weiß genau, wie es geht!* Noch immer an die Wand gelehnt ließ er dann von mir ab, sah mir tief und ernst in die Augen. Nun hob er seinen linken Arm und stützte sich mit ihm auf Schulterhöhe an die Wand. Die andere Hand hielt er an mein Kinn und fuhr mit seinem Daumen leicht über meine Lippen. Währenddessen schaute er an mir herunter. Seine Hand tastete sich am Hals sanft entlang, um sie dann auf meinen Brustkorb zu legen. Auch sein Blick verweilte dort. Wenn ich bis jetzt noch Gänsehaut hatte, zog es mir nun gefühlt die Haut herunter.

Mit seiner Hand konnte er überall hin. Genau das wollte er mich wissen lassen. Vielleicht tat er es in Gedanken? Dann blickte er mich wieder an und sagte:

„Gute Nacht, Ava! .... Wir sehen uns! Deine Freundin wartet. Ich gehe noch mit hinaus."

Ich brachte keinen Ton heraus. Gerade hatte ich noch heiß und kalt geduscht und den

Kochvorgang überlebt. Mir war noch immer heiß und mir war kalt… und… mir war alles… gleichzeitig.

„Machst du das immer so?", fragte ich ihn, nachdem ich mich halbwegs gefangen hatte und mittlerweile mit ihm am Auto stand.

„Wenn es nötig wird." Sein Blick war durchdringend.

„Bleibst du anständig?"

„Und? Was ist mit dir?"

Mad schaute noch immer mit diesem tiefen Blick. Gab mir einen leichten Kuss auf die Wange und ging wieder hinein.

Etwas verwirrt stieg ich in meinen Wagen und fuhr uns durch die tiefe Nacht nach Hause. Ellen sagte kein Ton. Sie musterte mich nur und lächelte. Die Musik unterhielt uns. Ich wusste zunächst nicht, was ich sagen sollte. Später dann doch zumindest ein:

„Danke!"

„Wofür?"

„Für Vieles. Fürs Schweigen. Für die Witze und für deine Unterhaltung. Einfach fürs Dasein!"

Als wir zu Hause angekommen waren und Ellen ausstieg, fragte sie: „Was ist das mit dir und Mad?"

„Das weiß ich nicht so recht. Ich glaube, dass er Grenzen überschreiten wird, und das macht mir etwas Angst."

„Du meinst, er könnte ein Problem für dich werden?"

„So etwas in der Art."

„Rede mit ihm, damit es keins wird."

195

Auf der Rückfahrt gingen wieder die Gedanken mit mir durch. Plötzlich fragte ich mich, wie Mad wohl reagieren würde, wenn er von Fintan erfahren würde. Mad hielt ich auf Abstand. Jedoch nicht besonders geschickt. Was tat ich? Ich versteckte mich hinter dem Ehering. Er könnte es für Spielchen halten. Aber das war gar nicht mein Ding. Doch an diesem Abend hatte ich gespürt, dass ich meinen inneren Kompass verlieren könnte. Was Fintan betraf hatte ich mich nie wirklich schlecht gefühlt. Auch wenn ich meine Kämpfe hatte. Er tat mir gut und ich schwöre bei Gott, dass ich mit ihm nicht spielen wollte. Überreizte ich es? Da gab es schon das Gefühl, Mad die falschen Signale zu senden. Doch hatte er eine bestimmte Art an sich, die mich von meinem Weg, wenn auch nur Gedankenweg, entführte. Er schien viel geübter und direkter zu sein. Mad war kontrollierter und nicht durchschaubar. Und er hatte Geduld. Er war abwartend und plötzlich und unvorbereitet da. So war es vom ersten Moment an! Er war wie ein schwarzer Panther: In der Nacht unsichtbar und geräuschlos sich heranschleichend.

Wenn mir Ellen auch riet, mit ihm zu reden, fragte ich mich: Über was? Mad wollte nicht reden. Ganz sicher nicht. Er markierte bereits sein Revier. Mit Blicken, Gesten und Halbsätzen, wie: „… wir sehen uns …" Als ob nicht mehr *ich* das entschied, sondern er! Wenn ich für Fintan gefühlt eine Nummer zu groß schien, dann wusste ich nun, wie sich das anfühlte. Denn Mad war das für mich schon jetzt. Er überließ mir nicht mehr die Entscheidung, wie weit er gehen durfte. Auch das hat er ganz

deutlich gesagt. *Oje, Ava, hilft hier wirklich zur Scha-*
densbegrenzung noch Reden?

Nicht er hatte Grenzen überschritten, jedenfalls
nicht nur. Warum fragte ich ihn jedes Mal, ob er
anständig bleiben würde? Weil ich es ganz genau
von Anfang an spürte, dass er es nicht sein würde.
Nicht einmal hatte ich einen echten Abwehrmecha-
nismus gezeigt. Dachte ich noch, mich mit meinem
vermeintlichen Korb gerettet zu haben. In Wirklichkeit könnte er es auch nur als einen Test aufge-
fasst haben. *Wie ernst ist es dir mit mir? Lässt du dich*
von einem Ring verschrecken? So könnte es für ihn
ausgesehen haben. Eine, wenn auch geringe,
Chance für ein Wagnis sicherte er sich bereits am
ersten Abend. Ich hatte ihn gewähren lassen, mich
zu küssen. Du heilige Scheiße. Er hatte es sogar geschafft, dass *ich* ihn anrief.

Wie sollte ich aus dieser Nummer herauskom-
men? Mein Kopf sagte: „Oh Gott." Mein Körper
schrie: „Oh Gott."

In ein paar Tagen wollte ich zu Christoph und
Johannes fahren. Eigentlich war ich viel zu sehr be-
schäftigt. Da war der Gedanke, erst unbedingt die
Dinge regeln zu wollen. So konnte ich nicht weg.
So konnte ich nicht zu meinem Mann!

Endlich zu Hause, fragte ich mich: „Was ist nur
aus allem geworden? Aus dem einstigen Sinnes-
rausch ist Gefühlschaos entstanden. Anfänglich
fühlte sich beides so herrlich an. Ich sehnte mich
nach des Engels Verlockung und verkannte des
Teufels Verkleidung. Warum empfand ich Mad als
so dunkel? Nein, natürlich ist es nicht Mad, sondern das, was er verkörpert. An ihm könnte ich

mich wirklich verbrennen. Morgen werde ich Mad anrufen! So wird es sein!"

WEAK HEART

Schon früh am Morgen klingelte das Telefon.
Die Nachricht war ein Schock und brachte mich
unmittelbar zurück in die Realität. Christoph und
Johannes hatten ein Unfall! Johannes berichtete
mir, was passiert war, und versuchte mich zu beruhigen. Die Tour war gelaufen. Beide wollten zurückkommen. Christoph ging es nicht so gut. Johannes fuhr mit ihm direkt nach Hause. Mein
Angebot, zu kommen, schien keinen wirklichen
Sinn zu machen und so erduldete ich ihre Einschätzung und wartete. Gerade noch wollte ich für
Klarheit sorgen und schon zeigte mir der Alltag
die Harke. Natürlich gefiel mir das nicht. Aber was
wollte ich machen? Was konnte ich tun?

Die Sorge um meine Männer vernebelte mir die
Sicht. Oder schenkte sie mir Klarheit?
Doch dachte ich auch an Ellens Satz. „… rede
mit ihm…"
„Macht das heute überhaupt schon Sinn? Spielt
es ihm nicht nur unnötig in die Karten?"

Ich telefonierte mit Ellen und informierte sie
über den Stand der Dinge, und zwar in jeder Hinsicht! Sie begriff und ich hörte keinen Wider-
spruch. Da war nicht ein Satz, der andeutete, dass
ich es möglicherweise falsch einschätzte oder übertrieben reagierte. Ausnahmsweise hätte ich jetzt
gerne eine andere Aussage von ihr gehört, wie

zum Beispiel: „Ach, Ava, das ist doch alles halb so wild. Du machst dich zu sehr verrückt …" Oder was auch immer.

Mist! Schon morgen werden meine Jungs wieder da sein. Mir bleibt nichts anderes übrig! Lieber heute als morgen werde ich es klären und Mad anrufen.

Auch wenn er möglicherweise damit rechnet, kann er nicht meine Entscheidung erahnen. Das konnte selbst ich nicht. Also riskierte ich es augenblicklich und rief ihn an. Sofort war er dran. Natürlich wusste er es. Doch gnadenlos kam ich gleich zur Sache!

„Mad, so geht das nicht mit uns. Das läuft nicht! Ich ziehe mich zurück und ich werde mich nicht mehr melden. Entschuldige, wenn ich dir das Gefühl gegeben habe, dass etwas laufen könnte. Das tut es nicht!"

Schweigen.

„Wenn es so wäre, hättest du mir das gestern Abend schon sagen können. Warum hast du es nicht getan? Und … musst du mich dafür wirklich anrufen?"

„Ich weiß es nicht."

„Aber ich weiß es, Ava! Weil es nicht stimmt", sagte Mad ruhig und für einen Moment abwartend.

„Dein Körper spricht eine andere Sprache."

„Ach … Du kennst meinen Körper wohl ganz genau", reagierte ich leicht genervt.

„Ich bin ein Mann, ja! Und ich sehe etwas anderes."

„Ich will gar nicht wissen, was du siehst. Du wirst immer irgendetwas sehen und es dir schon zurecht legen."

„Warum bist du auf einmal so streng mit mir? Allein mit deinen langen, bestrumpften Beinen bist du in der Lage, den Großrechner in mir auszuschalten. Auch ich ignoriere sämtliche Warnsignale. Du lässt dich küssen, du lässt dich berühren. Du lächelst dabei und trotzdem machst du mir gerade einen Einlauf … So ganz verstehe ich dich nicht. Ja, ich gebe es zu … mit dir würde ich schon sehr gerne ficken wollen!", sagte er mit einer immer noch ruhigen Stimme. Ruhig und direkt.

Mir blieb die Luft weg. Selbst am Telefon bemühte ich mich um Contenance. Vorsichtig atmete ich wieder aus.

„Was ist? Verschlägt es dir die Sprache?"

„Ja, das tut es! …"

„Warum? Warum soll ich dir noch länger etwas vormachen?"

„Bist du immer so forsch?"

„Möglich. Vielleicht liegt das an meinem Job. Ich liebe nun einmal die Fakten und am besten ist, wenn sie auf dem Tisch liegen."

„Die Fakten."

„Ja, die…"

„Dass du nicht lange herumfackelst, habe ich gleich gemerkt. Aber das ist nicht mein Tempo."

„Dann gib es vor."

„Ich will überhaupt keins… Mad, ich stehe nicht so auf Fremdfickerei, um es mit deinen Worten zu sagen."

„Wenn du sagst, dass es so nicht geht, dann sag mir, wie es gehen kann. Bin ich dir fremd? Dann lass uns das ändern."

„Natürlich bist du das! Genau das meine ich. Du legst dir deine Argumentation so, wie du sie brauchst. Als verheiratete Frau würde ich, mit wem auch immer ich schlafe, fremdgehen. Ich weiß, dass du es weißt und ich dir das nicht zu erklären brauche. Aber vielleicht möchtest du es auch einfach hören? Keine Ahnung. Offensichtlich fällt es dir leichter."

„Nein, das tut es nicht. Was denkst du von mir? Glaubst du, dass das die Gewohnheit ist? Da muss ich dich enttäuschen. Aber da ist noch etwas anderes... So ganz, nehme ich dir das nicht ab."

„Das mag sein. Doch als Begründung sollte das genügen. Vor dir brauche ich mich nicht zu rechtfertigen. Bekommst du immer das, was du willst? Eigentlich müsste ich mich dir doch gar nicht erklären."

„Ja, das stimmt ... Da hast du recht, entschuldige. Ich gehe halt den Dingen zu gerne auf den Grund, da ich es verstehen möchte."

„Verstehen ist das Eine und Akzeptieren das Andere."

„Streiten wir uns eigentlich gerade? ... Soll ich es einfach so hinnehmen?"

„Eigentlich ja."

„Eigentlich? Was bedeutet das? Eigentlich? Manchmal habe ich das Gefühl, dass du vor mir Angst hast."

Ich musste schwer schlucken. Das war mir nun wirklich unangenehm! Denn nun hätte ich zugeben müssen, dass er mit seiner Ahnung, dass da noch etwas anderes schwelte, recht hatte. Das an sich war nicht mein Problem. Vielmehr, dass er es ausnutzen könnte. Sollte ich es zugeben?

„Was hältst du mir eigentlich vor? Als ich dich das erste Mal gesehen habe, hast du mich fast umgehauen. Wie du da auf dem Barhocker mit deinen High Heels und der engen durchsichtigen Bluse gesessen hast. Da wusste ich, dass ich dich haben muss. Du hattest dich nicht sonderlich wohlgefühlt und warst mit deinen Gedanken woanders. Da war etwas Unnahbares und das zog mich magisch an. Ab diesem Zeitpunkt hatte ich mich bereits in deinem Netz verfangen. Wie ein Anfänger bin ich in die Falle gelaufen und dir nicht mehr von der Seite gewichen.

Hätte ich dich nicht irgendwie zu fassen bekommen, hätte ich mir das nicht verziehen. Was sollte ich tun? Darauf warten, dass du nie wiederkommst? In dir sehe ich eine Frau, die gesehen und erobert werden möchte. Du magst Männer, die den ersten Schritt tun. Sag mir, wenn ich mich täusche. Ich würde dich sehr gerne erobern. Blöderweise dachte ich, dass es läuft. Ava, ich gebe es ja zu, dass ich dich nicht gut genug kenne. Aber braucht es das?

Natürlich gefällt es mir nicht, dass es so mies läuft. Und ja, ich kann es nicht akzeptieren. Lass uns darüber sprechen. Bitte!"

„Über was willst du mit mir denn noch sprechen? Du hast dich doch ziemlich klar ausgedrückt. Und ich sage dir, dass es nicht läuft. Du wolltest mich kennenlernen, sagtest du. Heute weiß ich mehr!"

„Nicht am Telefon. Lass uns treffen und wie zwei Erwachsene reden. Ich brauche deinen Blick, deine Mimik. So reden wir doch nur aneinander vorbei und missverstehen uns, obwohl es nicht sein müsste. Und ja, das passiert eben, wenn man sich noch nicht so gut kennt."

„Okay… Mad. Ich denke darüber nach. In den kommenden Tagen wird es definitiv nichts werden. Möglicherweise werden auch ein paar Wochen daraus. Aber, ich verspreche dir, dass wir uns zu einem Gespräch treffen werden. Ist das machbar für dich?"

„Warum hältst du mich so lange hin?"

„Wie war das mit dem Tempo? Mad, dann lassen wir es. Warum bedrängst du mich? Wenn du nicht die Geduld aufbringen kannst, dann hat es sowieso keinen Wert."

„Was ist mit jetzt?"

„Bist du verrückt?" Mir blieb die Spucke weg und ich fiel fast vom Glauben ab.

„Ich habe Familie. Wie soll ich mich erklären? Wie willst du dich erklären? Warum noch mehr Probleme schaffen? Nein! Und Punkt!", reagierte ich ungehalten und sauer. *Der spinnt doch!*

„Ich lege jetzt auf und beende das Gespräch! Schlaf gut, Mad."

Das war es. Was ist nur mit ihm? Müssen Männer immer gleich durchdrehen? Etwas entzaubert bin ich jetzt schon… Schade, dass es so endet.

Mein Handy klingelte.

„Was ist, Mad?"

„Ava, entschuldige. Manchmal habe ich das Gefühl, dass ich es nicht mehr beeinflussen kann. Ich meine ganz konkret, was dich betrifft. So merkwürdig wie bei dir habe ich mich selbst noch nicht empfunden. Du musst wirklich denken, dass ich nicht ganz rund laufe. Und vielleicht tue ich das in unserem Fall auch gar nicht."

Schweigen

„Gut, Mad, du willst es wissen. Auch wenn ich jetzt Gefahr laufe, einen großen Fehler zu machen, entscheide ich mich für die nackte Wahrheit. Ich hoffe nur, dass du sie auch verträgst. Denn selbst ich habe mächtig daran zu knabbern.

Ja, ich bin verheiratet und ja, ich betrüge seit geraumer Zeit meinen Mann! Es ist nicht so, dass ich flüchten möchte. Weder vor ihm noch vor seiner Liebe. Nein! Denn ich liebe meinen Mann. Kannst du das verstehen?

Und doch gibt es eine Sehnsucht in mir, die Männern wie dir nicht verborgen zu bleiben scheint. Da gibt es eine körperliche Präsenz der Leidenschaft, so möchte ich es einmal nennen, die ich vermisse. Ja, du hast recht! Das ist es wohl, was du spürst oder siehst. Doch ich werde mich niemals von meinem Mann, meiner großen Liebe, trennen. Verstehst du das? Ich möchte mich aber auch nicht von Leidenschaften verzehren lassen, die diesen Rahmen sprengen. Ich weiß, dass es ja nur mein Rahmen ist. Ich weiß aber auch, dass ein Mann wie du sich nicht mit diesem Anteil zufriedengeben wird. Natürlich könnte ich es darauf ankommen lassen. Doch spüre ich zu gut, dass du dich genau damit nicht abfinden kannst. Wenn du ehrlich bist, dann weißt du es auch. Es geht nicht darum, geheiratet zu werden; sondern um Grenzen. Du kannst und willst keine einhalten. Und auch da hast du recht: Da ist eine Angst, die ich spüre. Eine Angst, dass du sie nicht einhältst. Also riegle ich von vorneherein ab! Mad, ich finde dich unglaublich anziehend. Und ja, du gefällst mir. Trotzdem ist da die Angst, dieses Risiko einzugehen. Selbst, wenn ich es wollte. Und um es noch ganz krass zu sagen, du wärst die zweite Wahl! Könntest du damit leben? Was auch immer du jetzt denkst und fühlst, behalte es für dich. Es sei denn, dass du noch immer diese Empfindungen für mich hast, wie vor ein paar Stunden. Ich erwarte von dir jetzt keine Reaktion. Vielleicht kannst du mich nun verstehen. Und ja, deine Empfindungen sind echt. Du kannst ihnen vertrauen. Verzeihe mir! Ich würde jetzt gerne das Gespräch beenden. Weil, egal was du jetzt zu sagen hättest, ich es nicht ertragen könnte. Gib mir Zeit! Und gib dir die Zeit."

Als ich auflegte, erfasste mich eine Welle der Erleichterung, und doch zerfetzte es gefühlt mein Innerstes, mein Herz. Immer dann, wenn es schwierig wurde, fühlte ich es, diesen Schmerz. So war es auch bei Fintan. Berührten beide mich so sehr? Aber warum taten sie das überhaupt? Was wollte ich eigentlich? Mad wollte Sex, und ich? Wollte ich das nicht auch? War es nicht auch anfänglich der Sex, der mich Fintan in die Arme laufen ließ? Und es lief! Bis zu dem Moment, als von Fintans Seite die Liebe ins Spiel kam. Plötzlich wurde es anstrengend. Hielt ich Mad unbewusst auf Abstand, weil ich davor Angst hatte, dass sich wieder mehr als *nur* sexuelle Begierde einnisten könnte? Langsam hatte ich den Eindruck, dass Liebe alles durcheinanderbrachte. Passen Liebe und Sex wirklich zusammen? Als Fintan und ich uns begegneten, kannten wir uns auch nicht. Natürlich braucht Sex eine Basis. Doch braucht es Liebe dafür?

Als ich Christoph kennenlernte, war beides präsent. Am Anfang war es vielleicht etwas mehr der sexuelle Anteil. Bei mir in jedem Fall. Mh, mir war nicht klar, wie sexuell ich eigentlich war. Ziemlich schnell kam die Liebe und sie blieb! Sind es meine Bedürfnisse, mit denen ich Männer wie Fintan und Mad anzog? Warum tun sich Männer im Seitensprung leichter? Tun sie das eigentlich? Ja, ich kenne diese Fortpflanzungs-Theorie. Aber wollen Frauen wirklich nur Schuhe kaufen? Dann würde ich ganz sicher aus dem Protokoll gestrichen werden müssen. Dass es in einer Beziehung am Anfang heißer hergeht und alles *viel schöner* scheint, es vielleicht sogar auch ist, ist sicher normal.

Dass es irgendwann ruhiger wird, sicher auch. Wir würden ja sonst durchknallen. Aber warum eigentlich sich nicht durchgeknallt durchs Leben bumsen? Bei dem Gedanken musste ich doch über mich lachen. Von Mad verlangte ich, dass er anständig bleiben und sich an Grenzen halten sollte. Und ich? Was war mit mir? Das war doch totaler Blödsinn! Dass er mich nicht verstand, konnte ich augenblicklich nachvollziehen. Während ich über mich und *meine* Männer nachdachte, blieb tatsächlich das Handy ruhig. Es war die Gelegenheit, mich erschöpft ins Bett zu legen.

Am späten Nachmittag kamen Christoph und Johannes zu Hause an. Erschüttert über den Zustand meines Mannes führte der Weg direkt ins Krankenhaus.

„Das war sehr unvernünftig von euch beiden. Du hättest dich weigern müssen, ihn nach Hause zu fahren, und ihn gleich vor Ort ins Krankenhaus bringen sollen", schaute ich sie strafend an.

„Mama, du kennst ihn doch … Vater sieht erst heute so elend aus."

„Das wundert mich nicht. Die lange Heimreise hätte er sich nicht zumuten dürfen. Ich verstehe euch nicht", schimpfte ich.

Nach diversen Untersuchungen und dem Kardiogramm erfuhren wir die ganze Wahrheit. Sie entdeckten zwei TIAs. Es gab in der frühen Vergangenheit zwei leichtere Infarkte. Christoph hatte einen Schwächeanfall und dadurch erst den Unfall verursacht. Nicht umgekehrt.

Eigentlich hätte er dort in der Klinik bleiben müssen. Ich konnte es nicht fassen!

Doch die Ärzte sahen gute Chancen, Christoph wieder zu stabilisieren. Mein Mann sollte sich einen Stent setzen lassen. Sein Herzmuskel war bereits angegriffen. Für die kommenden Wochen galt für ihn absolutes Fahrverbot und Reha war angesagt. Das waren die Aussichten. Immerhin war es besser als alles andere. Es hätte weitaus tragischer ablaufen können. Was das genau hätte sein können, darüber vermochte ich ausnahmsweise nicht mal im Ansatz zu sinnieren.

Mit unserem Sohn hatte ich noch lange gesprochen und erklärte ihm meine Reaktion. Johannes verstand es. Trotzdem tat es mir leid, da sie beide die Ursache nicht kannten.

Johannes hatte es sichtlich mitgenommen. Nicht nur während unseres Gespräches wurde ihm die Vergänglichkeit bewusst. Schon, als sein Vater schwächelte, bekam er es ordentlich mit der Angst zu tun. Er spürte plötzlich die Verantwortung für ihn und auch die Endlichkeit. Ich konnte ihn dazu überreden, in unserem Haus zu übernachten. Nein, eigentlich musste ich das nicht. Es war ihm mehr als recht. Seine Freundin erwartete ihn sowieso später.

Johannes und sein Vater standen sich sehr nah. Allerdings war ihr Verhältnis nicht immer nur leicht, sondern sehr oft von Konflikten geprägt. Von Konflikten, die Johannes mit Alkohol und Drogen versuchte zu bewältigen. In der Pubertät steckte er, wenn auch nur für uns, viel zu früh und zu lange fest. Wir verstanden vieles nicht und fühlten uns manches Mal überfordert. Da half auch der Umstand nicht, dass wir nicht die Einzigen mit solchen Problemen waren. Johannes gab sich sehr früh mit einem Umfeld ab, welches uns beizeiten sorgte. Schon die erste Zigarette brachte meinen Mann an die Grenze seines Verständnisses. Doch wie harmlos war die im Vergleich zu dem, was noch folgen sollte. Es gab zum Teil traumatische Szenen. Völlig dicht und zugedröhnt fanden wir Johannes einmal im Zimmer liegen. Gerade noch rechtzeitig konnte ihm der Notarzt helfen. Es folgten noch weitere Einsätze. Unsere Ängste wurden phasenweise übermächtig. Oft fanden wir uns in Grundsatzdiskussionen wieder. Natürlich nervte es nicht nur Johannes und so entzog er sich uns noch mehr. Irgendwann erkannten wir, dass Druck nur Gegendruck erzeugte. Und wir ließen ihn los.

Ohnmächtig sahen wir mit an, wie er nach unserer Auffassung die besten Jahre seines Lebens vergeudete. Da gab es nicht nur einmal eine Zerreißprobe für Christoph, mich und die ganze Familie. Fast zu spät entschied sich unser Sohn für einen Entzug. Er tat es. Nur das zählte. Es war fünf vor zwölf!

Die Ursache für Johannes Problematik lag in einem Erlebnis lange vor seiner Pubertät. Als wir erfuhren, was passierte, erschütterte es nicht nur mein komplettes Weltbild. Doch endlich begriffen wir, was da vor sich ging. Johannes war von frühester Kindheit an musisch sehr begabt. Da blieb es nicht aus, dass er sich noch jung an den verschiedenen Instrumenten ausprobierte. Geige und Trompete entpuppten sich als seine Lieblinge. Etwas später folgte die Gitarre. Die Noten brachte er sich selbst bei. Ich kann sie noch heute nicht lesen, obwohl ich selbst Klavier spiele.

Mein Mann und ich fuhren ihn in die Musikschule oder zum Privatlehrer. Natürlich unterstützten wir ihn. Wir hatten unsere Freude daran. Johannes war aufgeweckt und fröhlich, brauchte aber auch seinen Rückzug und Zeit für sich. Wann er damit begann, sich vollkommen zurückzuziehen, wussten wir nicht wirklich. Das kam nicht plötzlich, eher schleichend. Unser Kind begann, sich zu verändern. Anfänglich dachten wir an verfrühtes pubertäres Verhalten. Als es auffällig wurde, löcherten wir ihn mit Fragen. Gebracht hatte es nichts. Er zog sich noch mehr zurück. Ich probierte es mit besonders mütterlicher Zuwendung. Christoph mit dem Aufstellen von Regeln. Es lief nicht gut. Irgendwann kamen wir nicht umhin, professionelle Hilfe in Anspruch zu nehmen.

Eines Tages bat uns die Kinderpsychologin Frau Dr. Mélic zu einem Gespräch zu sich in ihre Praxis. Dieser Tag und dieses Treffen veränderte alles. Dass sie überhaupt mit uns sprach und sprechen durfte, lag daran, dass unser Kind noch nicht volljährig war. Seit ein paar Wochen arbeitete sie mit Johannes, zumeist allein mit ihm. Einer von uns war immer nebenan im Raum anwesend. Das hatte sich als äußerst produktiv erwiesen. Unser Kind begann, sich dadurch mehr und mehr zu öffnen. Nicht, dass er kein Vertrauen zu uns hatte. Nein, da war etwas, das er uns nie hätte sagen können.

Frau Dr. Mélic versuchte uns in ihrer sehr menschlichen und einfühlsamen Art zu erklären, was mit ihm geschehen war.

Johannes wurde durch den Musiklehrer über Monate sexuell missbraucht. Sie klärte uns über die Mechanismen auf, die ein Kind unbewusst in solch einer Situation in Gang setzt. Hier hörten wir das erste Mal von Vermeidung, Abspaltung und den traumatischen Ereignissen. Wie sich ein Kind unter Umständen verhält und versucht, irgendwie damit klarzukommen. Es registriert nicht, wie es sein Umfeld mit verändert, weil es vollkommen aus seiner kindlichen Erlebniswelt gerissen wurde. Und mit welchem Scham- und Schuldgefühlen es zu kämpfen hat. Mit Schuldgefühlen hatten auch wir zu kämpfen, und zwar massiv. Nun suchte auch ich mir Beistand und begab mich in Psychotherapie. Durch sie hatten wir völlig neue Aspekte und einen neuen Zugang zu uns und Johannes zurückgewinnen können. Nur so waren wir fähig, dieses Drama gestärkt zu überstehen.

Wenn ich ihn später betrachtete, konnte ich noch immer nicht glauben, was er durchmachte. Nicht nur innerlich befand er sich auf einem Kreuzzug.

Im heutigen Alter meiner Kinder war ich schon lange Mutter und hatte für viele Dinge keine Zeit. Zeit zum Nachdenken schon gar nicht. Nicht zuletzt hieraus ergaben sich die Schuldgefühle, zu sehr mit anderen Dingen beschäftigt gewesen zu sein.

Das große Zauberwort war Organisation! Und ja, der Tag war von früh bis spät durchgeplant. Beide waren wir berufstätig. Aber wir hatten Ziele und Träume und wir waren verliebt! Betrachtete ich unsere Kinder, dann fragte ich mich, wovon sie träumten? Wehmut überkam mich. Da war noch immer die nicht nur vage Vermutung, Fehler gemacht zu haben. Auch wenn die Kinder versöhnlich mit uns waren, keimte hier und da das schlechte Gewissen auf. Wenn sie behaupteten, wir wären die besten Eltern der Welt, konnte ich es ihnen nicht wirklich glauben. Auch wenn sie uns zeigten, wie sehr sie uns liebten und schätzten, blieb ein kleiner Zweifel. So ist das wohl. Wenn ich etwas aus unserer Geschichte gelernt hatte, dann war es, versöhnlich zu sein. Vor allem mit sich selbst! Es geht nicht anders.

EINBLICKE

Ein halbes Jahr später:

Die Operation verlief ohne Komplikationen. Christoph ging es wieder gut. Zur Reha hatte ich ihn weitestgehend begleiten können. Meine Party hatte ich abgesagt. Zur Geburt der Tochter von Vera und Ben konnte ich nur telefonisch gratulieren. Isabelle steckte mitten in den ersten Prüfungen und Johannes überraschte mit Zukunftsplänen. Er kündigte an, seine Freundin Katharina heiraten zu wollen. Wir waren aus dem Häuschen und sehr glücklich darüber.

Ellen, meine liebe Freundin, wich mir in dieser Zeit nicht von der Seite. Ellen war da, wenn ich sie brauchte und auch wenn ich glaubte, sie nicht zu brauchen. Sie wusste es wie immer besser.

Ich hatte einen eigentümlichen Traum. Erst befand ich mich in einem Haus und trat heraus. Als ich mich umsah, hatte ich einen unglaublichen Weitblick über die Landschaft. Die Sonne strahlte. Es war Herbst, ein Herbst in seiner schönsten Form und herrlichsten Farbpracht. Die grünen und saftigen Wiesen streckten sich über weite Flächen hinaus. Wälder umrahmten das Panorama. Das Laub der Bäume leuchtete intensiv in orange, gelb, rot und grün. Von diesem Anblick fasziniert stand ich auf einer Terrasse und genoss die Aussicht. Dann änderte sich die Szene und ich sah mich mitten auf der grünen Fläche, war den Bäumen viel näher und doch schienen sie noch immer entfernt. Ich lag dort und schaute auf meine rechte Hand. Dann sah ich einen nackten Oberkörper. Nein, eigentlich nur ein Penis. Ich umfasste die Hoden, der Schwanz lag in meiner Hand. Augenblicklich nahm er die Farben der Landschaft an. Etwas verwundert darüber, erschien es mir trotzdem stimmig. Es lag ein schönes prächtiges männliches Glied in meiner Hand. Ich hielt es und betrachtete es.

Ellen und ich verabredeten uns. Auch beruflich war ich in den letzten Wochen sehr eingespannt. Umso mehr freute ich mich auf einen guten Wein bei ihr. Sie kochte! Das war ihr Wunsch. Es gab: Lammkeule in Wacholderbeerensoße, Klöße und Rosenkohl. Ellen mochte es deftig und sie konnte es!

„Das war wirklich ein deliziöses Essen!"

„Ja, ich muss zugeben, heute ist es mir besonders gelungen."

„Komm mit hinaus und lass den Spülkram dastehen. Der läuft uns nicht davon."

Ellen wusste, dass ich am liebsten alles aufräumen wollte. Unmittelbar nach einem reichlichen Essen konnte ich nicht gleich nichts tun. Sie schon! Also hingen wir ab, mit Wein!

„Weißt du, Ellen, was mir die ganze Zeit durch den Kopf geht? Glaubst du, dass es da einen Zusammenhang zwischen der Herzgeschichte von Christoph und meiner eigenen gibt?"

„Du meinst, du hältst es für keinen Zufall? Und du glaubst, Christophs Herz gebrochen zu haben?"

„Beide hatten wir fern voneinander unsere Kämpfe. Jetzt, wo ich so mit dir darüber spreche … die Geschichte mit Mad ging mir auch wirklich ans Herz."

„Habt ihr Kontakt?"

„Nein! Er hat sich nicht wieder gemeldet."

„Was glaubst du, warum?"

„Keine Ahnung. Ich habe nie darüber nachgedacht."

„Und das soll ich dir glauben?" Ellen sah mich überrascht an.

„Mh, ich wollte nicht. Aber so ganz vermeiden konnte ich es ja doch nicht."

„Hättest du denn gerne …?"

„Darüber nachgedacht?", vervollständigte ich grinsend ihren Satz.

„Ach du …", gab nun Ellen schmunzelnd zurück.

„Gute Frage. Zumindest denke ich in letzter Zeit wieder mehr an ihn. Das wahnsinnig schlechte Gewissen Christoph gegenüber konnte ich nicht einfach so abschütteln. Seine Geschichte brachte mich knallhart wieder zurück auf den Boden der Tatsachen. Denn was echte Probleme sind, wurde mir vor Augen geführt. Glaubst du, dass Christophs Herz gespürt hat, dass ich auf Abwegen bin?" Mein Gesichtsausdruck zeigte, dass ich die Frage nicht wirklich allzu ernst meinte.

„Wenn das so wäre, müsste die ganze Menschheit krank sein."

„Und? … Ist sie das denn nicht?"

„Ava, ich befürchte, dass du sie nicht ändern wirst."

„Das ist ganz sicher nicht mein Anliegen! Ich hätte mit mir selbst genug zu tun. Und dafür müsste ich wohl ein Philanthrop sein."

Jetzt lachte Ellen geradeheraus.

„Ava, du hast die Gabe, alles in deinem kleinen Hirn zu zerdenken. Liebe ist einfacher, als du dir vorstellen kannst."

„Liebe? Seit Wochen hänge ich am Sex fest. Mittlerweile träume ich sogar von Schwänzen. Allmählich glaube ich, dass beide sich nicht besonders gut vertragen. Sie mögen sich wohl, von Zeit zu Zeit. Aber können sie wirklich miteinander, auf Dauer?"

„Warum denn nicht? Denke ich an Tessa, dann gibt es keinerlei Zweifel daran", gab sich Ellen selbstsicher.

„Wenn du kannst, dann stelle es dir auch noch mit ihr nach 20 oder 30 Jahren vor. Ist es dann immer noch eins?"

„Natürlich ist es das nicht! Egal, wie oft und in wen du dich verliebst. Am Ende landen wir alle auf dem roten Sofa vor dem Fernseher und schauen in die Röhre. Vielleicht ist die Farbe der Tapeten eine andere oder die des Sofas. Aber am Ende, früher oder später, sitzen wir genau da und tun, was alle tun. Wenn es Sex ist, und auch noch mit demselben Partner, dann hast du etwas richtig gemacht. Aber ob es sich dann auch noch gut anfühlt?", fragte Ellen und hob ihre Schultern.

„Du meinst, ich würde früher oder später auch mit Fintan oder Mad oder mit wem auch immer genau dort landen? Das wäre ja... mh... langweilig." Und wieder lachte Ellen herzlich.

„Ava, wir sind Menschen. Nicht mehr und nicht weniger. Vielleicht ist es ja wieder nur meine begrenzte Welt. Aber egal, welche Wünsche und Hoffnungen wir haben: Wenn wir sie erreicht haben, landen wir irgendwann genau an dieser Stelle. Und auch wenn wir sie nicht erreicht haben. Dann nur möglicherweise frustrierter oder eben gelangweilter."

„Erzähle ich das einem Teeny, lacht der mich aus!"

„Ganz sicher sogar! Wollen wir als junge Menschen unserer Visionen beraubt werden? Genau das tun doch Eltern tagtäglich. Wir meinen es gut! Aber reicht das?"

„Visionen? Es sind wohl eher Illusionen", konterte ich und lachte nun auch. „Aber an deiner These, da ist schon was dran. Wir können uns selbst nicht davor bewahren und tun es ständig bei anderen. Aber sind Illusionen nicht auch wunderbar?"

„Eben! Wir hatten doch auch unsere Kämpfe mit unseren Eltern und Lehrern und was weiß ich mit wem noch alles. Gerade weil wir genau das Gegenteil taten, wurden wir mutig. Sie provozierten uns doch geradezu. Und sie hatten doch überhaupt keine Chance. Selbst mit Verständnis und Liebe haben sie uns nicht erreichen können. Wir konnten nicht anders und ihnen nichts glauben. Weil wir einfach nicht wollten!"

„Na ja, so mutig war ich nie. Ich legte mich mit niemandem an, schon gar nicht mit meinen Eltern."

„Du bist dann eben einfach gegangen. Also wenn das nicht mutig ist?"

„Wohl eher Verzweiflung!"

„Egal, wie groß ein Leidensdruck ist: Für den ersten Schritt braucht es verdammt viel Mut!"

„Manchmal denke ich, ich hätte mich einfach nur mehr wehren müssen."

„Hast du doch! Du bist gegangen."

„Was ich meine ist eher, mich Mutter wirklich zu stellen. Vielleicht bin ich auch nur geflüchtet."

„Glaubst du, du hättest dich mit ihr in Diskussionen einlassen sollen? Du weißt doch, wohin es führen kann und was es letztlich bringt. Nichts!"

„Vielleicht wäre ich konfliktfähiger geworden?"

„Du? Noch mehr? Also, wenn du dich den Dingen nicht stellst, wer dann?"

„Ellen, sei doch mal ehrlich. Meine Fähigkeit besteht lediglich darin, alles mit mir selbst auszufechten." Ich lachte.

Nach einer Weile fragte sie mich, was ich denn nun tun würde. Natürlich wusste ich, worauf sie anspielte.

„Dafür müsste ich wissen, was ich will! Mad weiterhin an der langen Leine lassen …? Das habe ich zur Genüge zelebriert. Das wäre nicht in Ordnung."

„Würdest du das denn tun?"

„Das ist ja der Punkt. Denn wenn ich ihn anrufen sollte, dann gibt es kein Heckmeck und kein scheinheiliges Getue mehr. Ich brauche mich weder hinter meinem Ehering zu verstecken noch Fintan vor mir herzuschieben. Mad hat aus seinem Herzen keine Mördergrube gemacht! *Er* weiß, was er will. Und er hat genau zugehört. Wenn ich mich melde, dann habe ich eine Entscheidung getroffen. Zumindest sollte ich das getan haben."

„Meldest du dich nicht, hast du keine getroffen?", fragte Ellen überrascht.

„Möglich. Aber allein, dass ich an ihn denke … zeigt mir, dass ich dabei bin … egal ist er mir nicht."

„Wie läuft es mit Fintan?"

„Wir telefonieren…", antwortete ich grinsend.

„Telefonsex?" Ellen schielte mich von der Seite an.

„Und wie! Heißer geht es nicht. Obwohl ich langsam durchdrehe. Ich brauche Hautkontakt", lachte ich etwas geniert.

„Du brauchst ihn nur anzurufen."

„Wen meinst du jetzt?"

„Das ist doch egal", tat sie cool.

„Bin ich von einer treuen Ehefrau zu einer Schlampe mutiert?", platzte es plötzlich aus mir heraus. Ellen schaute mich erschrocken an.

„Hey! Wenn, dann von einer treuen untervögelten Ehefrau zu einer…"

„Stopp", unterbrach ich sie.

„Das will ich jetzt gar nicht so genau wissen, sonst geht wieder das Kopfkino los." Beide mussten wir lachen.

„Es ist schon komisch …"

„Was?" Ich sah sie fragend an.

„Wie viele Freundinnen hast du?"

„Echt jetzt?"

„Ja!"

„Soll ich die jetzt alle aufzählen?"

„Okay, dann die eher engeren, mit denen du wirklich über alles reden könntest."

„Oh, das würde ich mit drei oder vier tun können. Mh, nein, eigentlich nur mit zwei."

„Was ist mit den anderen?"

„Die sind mir auch wichtig, aber auf eine andere Art. Da ist eine andere Vertrauensbasis. So ganz spontan kann ich dir das jetzt gar nicht sagen. Mit der einen kann ich mehr über berufliche Angelegenheiten sprechen. Mit anderen eher über philosophischen Themen. Und manchmal mag ich es einfach nur lustig, ohne Tiefgang."

„Siehst du? Das meine ich. Wir alle haben doch nicht nur eine Freundin. Es gibt niemanden, der alle Facetten erfüllt. Jeder Mensch hat seine Qualitäten."

„Du meinst …"

„Ja, warum begrenzen wir uns in der Liebe? Wir sehen es als völlig legitim an, mehrere Freundschaften zu pflegen. Aber gestehen uns *nur* einen Partner zu."

„Na ja, das ist nun schon etwas Spezielles. Darüber muss ich echt mal nachdenken. Aber ein bisschen weit hergeholt ist das schon. Denn intim wird man nicht mit jedem, also mit meinen Freundinnen würde ich das nicht wollen."

Nach einem kräftigen Schluck Wein kam mir ein Gedanke. Eher eine Frage:

„Sag mal, Ellen, wie machst *du* das eigentlich?"

„Da gibt es mannigfaltige Möglichkeiten."

„Ich kann es nicht fassen! Da lässt du mich hier Tag für Tag meine Unzulänglichkeiten präsentieren und du?"

„Ja, wie? Soll ich dir ungefragt einfach so aus dem Kalten sagen: Hey, und im Übrigen: Du kannst dich ja auch selbst befriedigen. Dafür brauchst du keine Männer."

„So habe ich das jetzt auch nicht gemeint. Aber warum eigentlich nicht? Du haust mir doch sonst auch ungefragt die Sachen an den Kopf. Na ja, manchmal … na ja, selten." Ellen senkte wie zum Stierkampf ihren Kopf und gab mir so zu verstehen: Vorsicht, Mädchen … Du befindest dich gerade auf sehr dünnem Eis.

„Du weißt schon, wie ich das meine." Ich lächelte friedfertig. Aber Ellen war einfach nur entspannt.

„Willst du jetzt von mir einen Abriss über Vibratoren haben?"

„Na, welche taugen denn überhaupt?" Verlegen hüstelte ich und konnte mich vor Lachen kaum halten.

„Du brauchst gar nicht so zu lachen. Mir gefallen die Dinger. Ein Mann kommt mir nicht mehr ins Haus!", stellte sie siegessicher fest. Ich kam aus dem Staunen nicht heraus.

„Du meinst wohl eher ins Bett."

„Ava, wenn mir einmal etwas passieren sollte, dann gehst du umgehend ins Schlafzimmer an den Nachttischschrank und entsorgst die Dinger. Versprich mir das! Wenn meine Kinder das sehen könnten", sagte sie plötzlich von sich selbst überrascht und ehrlich besorgt. „Da schäme ich mich nämlich. Ein bisschen."

„Als ob es nichts Wichtigeres gibt. Das ist doch dann egal, oder?", gab ich amüsiert zurück.

„Was sollen meine Kinder denn denken?"

„Dass dich das wirklich interessiert?"

„Nein, ehrlich. Ich möchte nicht, dass es das letzte Bild ist, welches sie von mir bekommen. Du hast keine Vorstellung davon, was das für Geräte sind."

„Hör auf! Darüber will ich überhaupt nicht nachdenken", protestierte ich.

„Wollen wir noch eine Flasche öffnen?"

Während ich auf die Uhr sah, fragte ich Ellen:

„Wissen sie eigentlich von Tessa?"

„Nein."

„Warum nicht?"

Derweil hob sie fragend die leere Flasche.

„Na ja, ein Glas geht noch!"

Als Ellen mit einer neuen Flasche wiederkam, lachte sie auf.

„Was amüsiert dich denn nun schon wieder?"

„Das weiß ich auch nicht so recht. Vielleicht unsere Themen."

„Wir könnten auch über Politik reden", konstatierte ich. *Lenkt sie jetzt von Tessa ab?*, sinnierte ich.

„Ava, es ist nicht *nur* schlecht, ein Geheimnis für sich zu bewahren. Es muss nicht immer alles offenbart werden. Meine Geheimnisse haben mich sehr oft im Leben über Wasser gehalten und am Ende bewahrte ich sie dadurch in ihrer Kraft und sie mich in meiner. Vor dir habe ich keine! Doch weder meine Familie noch irgendjemand sonst weiß von Tessa. Und genau dieser Umstand macht es zu etwas ganz Besonderem. Sie und diese Liebe gehören nur mir. Da bin ich einfach egoistisch!", erklärte sie lachend. „Ich wüsste auch nicht, wem es helfen sollte. Im Gegenteil! Es kann passieren, dass ich mich dadurch angreifbar mache."

Irgendwie war mir meine Frage jetzt doch etwas peinlich. Niemals hätte ich ihr Vertrauen missbraucht. Mir wurde bewusst, wie sehr Ellen auf mich zählte. Als ob sie meine Gedanken lesen konnte, meinte sie:

„Das braucht dich nicht zu beschäftigen. Nun bin ich in einem Alter, da ist es in der Tat egal."

„Vermisst du denn niemanden? Fühlst du dich denn nicht auch mal einsam?"

„Bis jetzt nicht. Ich bin nicht einsam, nur weil ich allein lebe."

„Was ist, wenn du eines Tages Hilfe brauchst?"

„Dann hole ich sie mir, aber nicht zwangsläufig von meinen Kindern."

„Nicht? Also ich würde sie schon um Hilfe bitten."

„Bist du, gerade du, dir da so sicher? Aus Erwartungen werden schnell Abhängigkeiten und aus Träumen der Kinder ... Ava, du weißt, wohin es führen kann."

„Damit meine ich ja nicht, dass sie mich pflegen sollen."

„Habt ihr das geklärt?"

„Noch nicht. Bisher hielt ich es für nicht notwendig. Doch seit der Geschichte mit Christoph haben zumindest er und ich darüber gesprochen. Beide wollen wir die Kinder damit nicht belasten."

„Du meinst, ihr wollt euch den Kindern nicht zumuten."

„Wie auch immer."

„Was glaubst du, wollen die Kinder?"

„Ob sie wirklich zugeben würden, es nicht zu wollen oder gar, nicht zu können? Nein! Ich weiß nur zu gut, welche Konsequenzen daraus erwachsen. Ich glaube schon, dass wenn wir in unserer Entscheidung klar sind und diese deutlich zum Ausdruck bringen, es auch keine schwammigen

Erwartungen auf beiden Seiten gibt. So würden wir sie erst gar nicht in eine moralische Zwickmühle bringen. Zumindest wünsche ich mir das.

Wir wollen unseren Kindern ihr Leben lassen. Dafür haben wir lange genug vorgesorgt. Ob die Rechnung aufgeht, wird man sehen, wenn es soweit ist. Natürlich hätte Christoph als Pflegefall zurückkommen können. Dann hätte es keine langen Überlegungen gegeben und die Fakten wären bereits geschaffen. Ganz sicher sollen sie sich niemals für ihre Entscheidung, wie auch immer die ausfallen könnte, schuldig fühlen müssen. Was hast du dir vorgestellt?"

„Ich denke ähnlich. Entweder, ich kann hier im Haus bleiben ... Ansonsten würde ich es verkaufen und in ein Pflegeheim gehen. Du wirst lachen. Ich habe mich schon umgesehen."

„Ja, das ist natürlich auch immer eine Frage des Geldes. Leisten muss man sich das Altern schon können. Prost, Ellen! ...

Was ich aber meinte, war eher, ob du dich nicht auch einmal nach Liebe und Zuwendung sehnst? Dass du in sexueller Hinsicht scheinbar gut versorgt bist, weiß ich ja nun. Aber reicht das? Möchtest du ewig allein auf deinem roten Sofa sitzen?"

„Bisher bin ich mit meinen Hobbys und Unternehmungen gut ausgelastet und wirklich froh, mein Sofa für mich zu haben, ohne, für was auch immer, Rede und Antwort stehen zu müssen. Mein Interesse gilt einem Vielmehr als mich nur auf einen Partner einzulassen, weil es bequemer im Alltag wäre. Das ist nicht mein Ding. Ihr, du und dein Mann, kennt euch lange genug und müsst nicht erst mit Revierkämpfen anfangen. Ihr seid ein eingespieltes Team.

Bei mir wäre das etwas anderes. Ich müsste von vorne beginnen und ich glaube, dass ich dafür einfach keine Muße mehr hätte. Zu gut erinnere ich mich, welche Diskussionen es jedes Mal wegen einer neuen Klamotte oder einer anderen Anschaffung gab. Oder warum ich zu einer Freundin wollte und erst so spät nach Hause kam. Das sind die Dinge, die Liebe zermürben und auch irgendwann nicht mehr durch Sex wieder gut gemacht werden können. Die ständigen Anklagen, warum ich für andere Dinge Energie aufwende und mir Zeit für dieses und jenes nehme. Nein, Ava! Darüber bin ich hinweg. Natürlich würde ich lügen, wenn ich nicht zugeben würde, dass mich auch in gewissen Situationen Sehnsüchte erfassen. Doch sind sie niemals übermächtig. Wenn es so wäre, müsste ich tatsächlich mein Lebensmodell überdenken. Ja, das würde ich wohl tun."

„Du hast aber kein besonders gutes Bild von einem Mann an sich. Glaubst du, dass alle so sind?"

„Das sind Erfahrungen einer alten Frau, meine Liebe. Auch wenn ich es etwas hart herunterbreche. Doch tatsächlich habe ich nicht mehr die große Zeit, um es herauszufinden."

„Hey, hey…" Ich schaute sie überrascht an. „Selbst, wenn du 90 Jahre werden solltest oder gar älter, dann wären es immerhin noch mindestens 20 Jahre. Also, wenn das keine Zeit ist? Warum glauben wir immer, nicht alt zu werden?"

„70 Jahre zu werden ist alt. Das sage ich mit aller Zufriedenheit. Doch mache ich mir auch nichts vor. Die längste Zeit habe ich gelebt und meinen

Lebenszenit überschritten. Da gibt es kein Schönreden!"

„Wow, so habe ich das gar nicht gesehen. Da hast du vollkommen recht. Das klingt so verdammt nach Endlichkeit."

„Das ist es auch. Nur manchmal vergesse sogar ich das. Spätestens dann, wenn ich es übertreibe, meldet sich mein Körper. Besonders in den Morgenstunden …" Sie lachte. „Es ist schon so, du brauchst für die alltäglichen Dinge einfach viel mehr Zeit. Die hat man ja in dem Alter zu Genüge. Du siehst, Ava, alles fügt sich und macht Sinn. Und Ava, was soll da eigentlich noch kommen? Besser wird da nichts. Der Körper baut immer mehr ab. Die Gebrechen nehmen zu. Die Augen verlieren ihre Sehkraft. Die meisten meiner Zähne sind nicht echt und die neue Hüfte ist in ein paar Jahren auch alt und darf gewechselt werden. Wenn ich Glück habe, aber da bin ich mir nicht so sicher, ob es auch wirklich ein Glück ist, bin ich im Kopf noch klar. Ist es erstrebenswert, den körperlichen Zerfall mit all seinen Sinnen miterleben zu müssen? Ich will die Demenz nicht schönreden. Das ist sie nicht und wenn ich vor etwas Angst hätte, dann davor. Also die Aussichten sind alles andere als rosig."

„Ja, es schadet wohl nicht, sich das hin und wieder einmal vor Augen zu halten. Ganz ehrlich? Ewig zu leben ist auch keine Lösung. Wo sollte es hinführen? Apropos… hinführen. Es ist an der Zeit, mich zurückzuziehen, meine liebe Freundin."

„Bevor du gehst, möchte ich dir noch meine Einladung zum 70. Geburtstag mitgeben. Solange es noch geht, möchte ich feiern", sagte sie lachend.

„Wow, du willst feiern. Du hast gar nicht darüber geredet", erwiderte ich überrascht.

„Tatsächlich war ich mir auch nicht sicher. Das hat eher mit dieser hässlichen Zahl zu tun. Aber das Leben ist ja keine Zahl. Dann noch zu Silvester … das ist nicht immer ganz einfach", frotzelte Ellen etwas.

„Du Glückliche! Jedes Mal wirst du von der ganzen Welt gefeiert … Wenn ich dir irgendwie bei den Vorbereitungen helfen kann, dann würde ich das sehr gerne tun. Wo feierst du?"

„Schau es dir an …" Ellen grinste. „Aber danke für dein Angebot, Ava. Möglicherweise werde ich es annehmen."

Als ich in den Umschlag sah, traf mich fast der Schlag.

„Du willst im Underground feiern? Da krieg ich Christoph nie hin!", platzte es gleich aus mir heraus.

„Lies richtig. Von Christoph steht da auch nichts." Mein Gesichtsausdruck musste wohl zum Fürchten aussehen. Jedenfalls bekam sich Ellen nicht ein.

„Süße, ich feiere zwei Partys. Dorthin gehen nur Mädels. Dann lernst du auch noch den Rest meiner Weiber kennen. Paula und Franziska kennst du ja schon. Die andere Feier mit Kaffeeklatsch und Abendessen möchte ich hier im Sommer im Garten machen. Da seid ihr als Paar eingeladen. Auch meine Familie wird dann da sein." Und nun zückte sie die nächste Einladung. Ziemlich erleichtert nahm ich beide an.

„Offensichtlich macht es dir großen Spaß, mich zu quälen", gab ich nun grinsend zurück.

„Ein bisschen habe ich schon meinen Spaß dabei, das muss ich zugeben. Denke daran, an dem Abend ist Dresscode Black Tie angesagt! Schmeiß dich ja in Schale. Meine Weiber und ich werden es in jedem Fall tun!"

Zu Hause angekommen wunderte ich mich, dass Christoph nicht da war.

„Ach, heute ist ja Freitag. Skatabend. Das hatte ich ganz vergessen.

Silvester will Ellen also im Underground feiern? Das ist ja schon in ein paar Wochen. Genauer gesagt, in vier Wochen. Christoph wird nicht begeistert sein. Da sehe ich mich noch nicht."

SECRET LOVE

Ellen war für mich immer wieder eine Überraschung. Allein der Gedanke an die Vibratoren amüsierte mich und ich musste vor mich hin grinsen. „Da macht sie sich doch tatsächlich darüber Sorgen, welchen Eindruck sie hinterlässt." Merkwürdig war es allemal. Ich konnte sie da aber auch verstehen. 70 volle Jahre gespickt mit tausend Geschichten einer Ehefrau und Mutter und Freundin und, und, und. Am Ende ist es ein Vibrator, der allmächtig in einer kleinen Schublade über den letzten Eindruck wacht. Natürlich wäre es für eine Tochter möglicherweise unangenehm, das Selbstbefriedigungswerkzeug der Mutter zu entsorgen. Für mich wäre es wirklich nicht dramatisch. Ich hatte eben einen anderen Bezug zu ihr. Wenn ich mir auch nur vorstellte, Isabelle würde es mit mir so passieren, dann wüsste ich um ihr Schamgefühl. Es wäre unangenehm.

Bei allem fragte ich mich, wie ich wohl früher geliebt hatte. Erstaunlicherweise konnte ich mich nicht so sehr daran erinnern, wie ich mich gefühlt und wie ich zu meinen Bedürfnissen gestanden hatte. Angst vor Sex hatte ich nie. Im Gegenteil! Ich war sehr neugierig und hätte durchaus sehr viel mehr ausprobiert, *mich* sehr viel mehr ausprobiert. Hatte ich denn früher als junges Mädchen nicht auch Lust verspürt? Schließlich war ich doch nicht nur fest liiert? Und wie war das überhaupt in einer Beziehung? Als Jugendliche war ich ziemlich draufgängerisch und verwegen. Ich traute mich einfach! Wenn mir ein Junge gefiel, dann unternahm ich schon mal den ersten Schritt. Abwarten war nicht so mein Ding. Meistens lief es dann auch so, wie ich mir das vorstellte. Also hatte ich erobert! Das gefiel mir. Da war ich in meinem Element. Klar, die Zügel behielt ich in der Hand und gab sie so schnell auch nicht ab. So entschied ich auch, wann es vorbei war. Für mich war das nicht ganz unproblematisch, auch wenn es nicht immer um Sex ging. Die Eifersucht der anderen konnte durchaus risikobehaftet und unheilvoll sein. Schnell hatte man seinen Ruf weg. Für einen Jungen würde es ewig ein guter Leumund sein. „Was für ein toller Hecht! Schließlich muss ja an ihm was dran sein, wenn er so viele Mädchen hatte." Sie werden dadurch nur noch interessanter! Etwas unfair ist das schon. Doch waren Mädchen wie ich kreativ! Mit meiner Freundin, die allerdings immer auf der Suche nach der großen Liebe war, waren wir stets außerhalb unserer Gemeinde unterwegs. Es war also wohl eher Zufall als Berechnung. Denn in unserer Gegend war nie viel los. So blieb uns nichts anderes übrig, als weiter fortzufahren. Mobil waren wir von Anfang an und selten auf jemanden angewiesen. Doch manches Mal waren wir es und erlebten groteske Momente. Meine Freundin und ich waren damals unzertrennlich, wie siamesische Zwillinge. Uns gab es nur im Doppelpack. Außer im Bett. Obwohl, das stimmte eigentlich so nicht. Mit ihr war ich es. Eher spielerisch.

Babsy und ich hatten einen völlig unterschiedlichen Geschmack. In jeder Hinsicht. Wir sahen auch unterschiedlich aus. Trotzdem gab es uns nur als Einheit. Babsy sah klasse aus und sie wusste das. In ihren jungen Jahren hatte sie enorme Ähnlichkeit mit Claudia Cardinale. Das war nicht übertrieben. An sich machte mir das nichts aus. Es störte mich wirklich nicht. Sie gefiel mir ja auch. Was mich aber nervte, war ihre Eitelkeit. Sie hatte von uns beiden das größere Selbstbewusstsein. Was mich betraf gab es keinen Vergleich. Ob nun berühmt oder nicht. Mich hatte nichts im Besonderen ausgemacht. Da gab es keinen großen Busen oder sonstige Attribute. Unattraktiv war ich bestimmt nicht. Aber ich konnte eben auch nicht mit einer gewissen Ähnlichkeit zu einer Bardot oder irgendwelchen Dorfschönheiten mithalten. Als wir beide dann doch einmal eine Mitfahrgelegenheit suchten, wollte man(n) *mich* nicht dabeihaben. Doch für Babsy kam das überhaupt nicht in Frage, mich allein zurückzulassen. Irgendwie schaffte sie es, dass ich mitgenommen wurde. Oh, wie hatte ich mich da geschämt. Für so hässlich hielt ich mich eigentlich nicht. Aber so war das eben.

Trotzdem kamen Babsy und ich gut klar. Vielleicht gerade deswegen. Keine Ahnung. Eifersüchtig war ich nie, obwohl es genügend Verwicklungen gab. Doch letztlich siegte die Freundschaft. Jedenfalls passten wir gegenseitig aufeinander auf. Das war, wenn wir unterwegs waren und zeitweise zuviel abfeierten, nötig. Nicht oft, aber es kam vor. Dann passierte es: Babsy war ohne mich ausgegangen und wurde von einem Typen grob angemacht und angegriffen. Sie legte sich mit ihm an und es gab fast eine Schlägerei. Babsy wusste sich zu wehren. Aber gegen einen wesentlich älteren Jungen? Das war unfair und ich war nicht dabei. Es endete vor Gericht.

Ab da machten wir keine Alleingänge mehr und vermieden getrennte Wege. Dann beschützte sie mich vor aufdringlichen Jungs, die uns nun wirklich nicht gefielen. Viel zu nett war ich und konnte sie nicht ernsthaft genug vor den Kopf stoßen. Babsy hatte kein echtes Problem damit und riskierte öfter mal eine große Klappe. Mit ihrem ausgeprägten Selbstbewusstsein neigte sie auch da zu Übertreibung und es endete nicht nur einmal im Handgemenge. Doch wenn wir zusammen waren, gab es keine Katastrophen.

Einmal wurde es für mich wirklich gefährlich. Wir waren mit Freunden unterwegs und feierten in den Silvester hinein. Tranken reichlich Alkohol bei einem Typen, den wir beide bis dahin nicht kannten. Wir waren eine Truppe von sieben oder acht Leuten. Wir unterhielten uns und hörten Musik. Als junges Mädchen hatte ich nicht viel vertragen. So kam es, dass ich schon vorher ziemlich angetrunken war. Lärchen hieß unsere Freundin, die uns einlud, mit Spitznamen. Wir feierten bei einem ihrer Freunde. Natürlich amüsierten sich Babsy und die anderen über meinen Zustand. Babsy meinte, dass ich mich hinlegen sollte. Es wäre noch lange Zeit bis zum Jahreswechsel. Bevor ich nun ganz vom Stuhl rutschte, erbarmte Lärchens Freund sich meiner und trug mich ins Nebenzimmer. Die Musik und das Gelächter nebenan waren laut. Kaum, dass er mich auf das Bett legte, fing der Typ an, mich zu küssen und zu befummeln. Im ersten Moment checkte ich meine Lage nicht. Doch als er seine Hände an meinen Brüsten und zwischen meinen Schenkeln hatte, bekam ich Angst. Mein Problem war, dass ich mich nicht wehren konnte. Mich um ihn windend versuchte ich, mich seinen Küssen zu entziehen. Zeitgleich versuchte ich, mich bei den anderen bemerkbar zu machen. Außer einem winselnden Nein konnte ich ihm nicht wirklich etwas entgegensetzen. Er war kräftig und hatte mich fest im Griff. Während er nicht von mir abließ, säuselte er mir merkwürdige Dinge ins Ohr. Er sagte, dass er mich will und ich ihm unglaublich gefalle und dass ich ihm gleich beim Hereinkommen aufgefallen war. Wie lange ich da kämpfte, kann ich nicht mehr sagen. Aber definitiv zu lange. Denn langsam steigerte er sich so hinein, dass er bereits halb auf mir lag. Ich konnte mich einfach nicht wehren, nur undeutliche Halblaute von mir geben. Meinen Reißverschluss der Jeans hatte er schon geöffnet und meinen Pullover nach oben geschoben. Plötzlich stand Babsy im Zimmer und konnte nicht fassen, was sie da sah. Sofort schrie sie ihn an und zerrte ihn von mir herunter. Die anderen bekamen das nicht mit. Doch der Abend dort war beendet.

Verwundert darüber, dass dieser Typ ewig nicht wieder zurückkam, überfiel sie ein ungutes Gefühl und sie schaute nach mir. Meine Babsy! Wir echauffierten uns noch Lange darüber. Als wir gingen, war ich einigermaßen bei mir. Silvester war gelaufen und das im wahrsten Sinne des Wortes. In diesem Kaff war absolut nichts los! Enttäuscht zogen wir davon. Diesen Typen hatten wir nie wiedergesehen.

Diese Geschichten, die ich in meiner Jugend erlebte, machten mich unsicher. Irgendwie schien ich mich ungeschickt anzustellen. Egal! Ich blieb dabei und eroberte weiterhin und natürlich übersah ich den einen oder anderen, der tatsächlich an mir interessiert war. Das hat sich wohl bis heute nicht wesentlich geändert. Doch die, die es möglicherweise ernst meinten, machten mir erst recht Angst. Ich wollte doch nur Spaß haben!

Meine Art verschreckte. Und so trauten sie sich nicht. Doch werde ich noch lernen, dafür ein Gefühl zu bekommen. Denn hinter meiner kecken Art lauerte die Unsicherheit. Die sollte nur keiner zu Gesicht bekommen. Es war schon interessant. Die Zeiten hatten sich geändert. Später ließ ich mich erobern. Oder dachte ich das nur? Anfänglich tat ich mich noch schwer. Wie gewohnt, wollte ich die Kontrolle behalten und doch hatte ich sie schon lange verloren. Es ging ja nicht nur darum, sich auf eine Beziehung einzulassen, sondern, diese auch zuzulassen. Eingefahrene Strukturen abzulegen. Neue Wege zu gehen, mich auf etwas einzulassen, das ich nicht kannte. Das empfand ich in dem Moment als eine der größten Herausforderungen.

Während ich so darüber sinnierte, hörte ich mein Handy, ging aber nicht gleich danach und vergaß es wieder. Weiter in Gedanken erinnerte ich mich, dass ich nicht besonders sexuell aktiv war. Nein, überhaupt nicht. Das lag wohl zum großen Teil auch an meinen Beziehungen. Die Jungs waren nicht so wild drauf. Prompt klinkte sich Parsi ein. Grinsend darüber stellte ich fest, dass ich, was das Sexuelle betraf, nicht ganz das glückliche Händchen hatte. Na ja, unbewusst zog ich wohl einen bestimmten Typ an. Tatsächlich änderte sich das erst durch die Begegnung mit Christoph. Der Gedanke an Fremdgehen war noch nicht geboren, da starb er schon.

Wenn ich mich nun betrachtete, dann passierte alles viel bewusster. Verwundert darüber, dass sich um mich herum alles veränderte, war in der Tat ich es, die sich veränderte.

Warum nahm ich erst so spät Sehnsucht und Leidenschaft wahr? War es das, was mich so verwirrte? Denn nur schön war das nicht. Seit es mir bewusst wurde, gab es auch einen gewissen Leidensdruck. War das wirklich Leiden? Möglich ..., weil es einfach im Alter ein viel bewussterer Vorgang ist. Dieses Herbeisehnen konnte süchtig machen. Konnte ein Vibrator wirklich Sehnsucht und Leidenschaft stillen? Wenn es nach Ellen ging, ja!

Aber um es zu vermissen, müsste man es auch schon gespürt haben. Durch Christoph lernte ich eine ganz andere Seite kennen. Seither gab es diese Art Mangel nicht mehr. Und ja, ich erinnerte mich auch an Momente, in denen ich mir mehr Leerlauf wünschte, weniger Sex. Das ist schon manches Mal mysteriös. Nie ist man zufrieden. Nie war ich es. Bei aller Sattheit meldete sich auch das Lustempfinden. Aber ich war ja nicht satt! Das erste Mal in meinem Leben ging es um mich und meine Bedürfnisse. Das erste Mal nahm ich sie als solche wahr, als Bedürfnis und Mangel.

In meinem Leben konnte ich noch so viel Sex gehabt haben. Auf einmal hatte ich ein Aha-Erlebnis oder eigentlich einen Aha-Gedanken: *Wann hatte ich überhaupt meinen ersten Orgasmus? Ha! Genau das war es!* Wieder hatte ich das Gefühl, ein Stück weiter gekommen zu sein. Es fühlte sich an, als ob ich mir selbst entgegenlief. *Mh …*

Und ein weiterer Gedanke stolperte hinzu: *Warum hatte ich mich in jungen Jahren nicht viel mehr getraut? Warum hatte ich mich begrenzt? Wie lief das bei den anderen ab?*

Es war eine Zeit, die nie wiederkommt. Eine Zeit, in der man sich als junger, unerfahrener Mensch in seiner Naivität ausprobieren kann. Das kommt nie wieder! Es sei denn, man setzt seinen Ruf endgültig aufs Spiel. Natürlich lernt man sich sehr wohl in Beziehungen kennen, auch sich selbst. Sich aufeinander einzulassen und zu beschnuppern und, und, und. Plötzlich musste ich lachen. *Was für ein Dilemma. Es ist Schwachsinn, Begrenzung mit Beziehung im Zusammenhang zu sehen.* Eine Beziehung begrenzt nicht automatisch. *Zahlen wir für unsere Bindungsfähigkeit einen Preis, den Preis der Individualität? Der ganz eigenen, sexuellen Individualität? Ich bin wirklich untervögelt!* Ich lachte wieder. „Bin ich froh, dass niemand meine Gedanken lesen kann." Trotzdem! Wie war das? Wann hatte ich meinen ersten Orgasmus? Den hatte ich mir selbst gemacht. Genau so war das. Auf einmal wusste ich um das herrliche körperliche und seelische Gefühl. Es war wie bei der ersten Zigarette. Nur diese erste Zigarette hinterließ diesen Taumel, dieses leicht entrückte, berauschende Gefühl. Keine Zigarette danach konnte mir das wiedergeben. Also hörte ich mit dem Rauchen auf.

Der nächste Orgasmus kam wie ein Unfall. Damals war ich tatsächlich in einer Beziehung, stellte ich überrascht fest. Eigentlich hatte ich nicht damit gerechnet. Augenblicklich erinnerte ich mich an diese Situation. Das war ja echt verrückt. Ich brauchte einen Kaffee!

Während ich weiter in Gedanken den Kaffee aufsetzte, erinnerte ich mich an meine vermeintliche Unfall-Orgasmusszene. „Das war kein Unfall", stellte ich weiter für mich fest. Während wir so miteinander vögelten, saß ich auf ihm und fühlte, dass genau dieses, mein erstes selbstgemachtes Orgasmusgefühl, nahe war. Da war ich wirklich bei mir. Frei von Komplexen und hungrig. Und dann war er da! Mein erster von *außen gemachter* Orgasmus! Yeah! Ja, ich war überrascht und ziemlich happy! Von außen gemacht ist ja irgendwie nicht ganz sachlich richtig. Der Schwanz meines Freundes war ja *in* mir. Aber durch einen Mann kam ich zum Orgasmus. Seitdem wollte ich nur noch dieses Gefühl! Doch was passierte?

Mein Freund bekam Angst! Angst vor mir und meiner Orgasmuslust. Er war sehr empfindsam und verletzlich. Zu spät bemerkte ich, dass ich ihn mit meiner Sexualität überrannte. Kaum, dass ich so glücklich mit mir, meinem Körper und (m)einer erfüllten Sexualität war, und das auch noch in einer Beziehung, nahte schon das Ende. Dieses Glückserlebnis sollte auch das einzige Mal in dieser Beziehung sein. Meine Stärke erzeugte bei ihm Erwartungsangst. Sein ohnehin schon angekratztes Selbstwertgefühl bekam noch mehr Risse. Später hätte ich viel verständnisvoller reagiert. Aber dann kam schon Christoph! Ab diesem Zeitpunkt konnte ich, wann immer, mein ganz persönliches Orgasmusgefühl haben. Möglicherweise müsste ich mir die Frage gefallen lassen, ob es auch ein unpersönliches Gefühl gibt. Ich meine wirklich mein ganz persönliches Empfinden. Wahrscheinlich fühlt es jeder für sich anders.

Christophs Selbstwertgefühl und Selbstbewusstsein waren stark genug. Er war nicht so empfindsam. Er war eher der Techniker. Bei aller guten
Technik und hohen, außerordentlich hohen, Erfolgsquote blieb dennoch etwas auf der Strecke.
Allmählich begann ich, mich wieder von mir und
meinem körperlichen Empfinden zu entfernen. Ich
konnte mir meines Erfolges einfach zu sicher sein,
und stolperte über meine eigene *Programmierung*.
Augenscheinlich wurde mir das in dem Moment
bewusst. Und plötzlich setzte unerwartet die Technik aus. Sie streikte. Nach diversen Arztbesuchen
war klar warum. Was für ein Schock. Christoph
kam um eine Operation nicht umhin.

Meine Kaffeemaschine blubberte.

Wieder auf dem Weg zu ihr erinnerte ich mich
an mein Handy. Isabelle hatte mir ein Herzsymbol
gesendet. Ein Lächeln huschte mir übers Gesicht.
Ich tat es ihr gleich. Doch war ich gedanklich noch
in meiner frühen Jugend. Unversehens drückte
sich eine nächste Erkenntnis durch. Sofort hatte ich
auch eine körperliche Reaktion. Ja! Dieses Sich-
Verlieben, das herrliche Gefühl des Kribbelns in
der Magengrube, das nervöse Herumrennen. Für
etwas Brennen, was man gar nicht definieren kann.
In diesem Zustand hatte ich mich wohl gefühlt. Ja,
ich glaubte, ich war gerne verliebt und das auch
immer mal in einen anderen. Viele Jungs hatte ich
nicht. Dafür lernte ich zu früh Christoph kennen
und lieben. Vermisste ich vielleicht auch das? Ein
bisschen? Dann hätte Mad mit seiner Einschätzung

nicht ganz Unrecht. Aber änderte das irgendetwas?

In Gedanken trank ich meinen Kaffee und schrieb zeitgleich Isabelle. Dabei passierte es! Verwundert darüber, dass sie ewig nicht antwortete, sah ich, was los war. Meine Nachricht landete nicht wie angenommen bei ihr.

„Mad?", sagte ich überrascht vor mich hin. „Der muss doch Gedanken lesen können. Nein, Gedanken nicht. Aber Nachrichten. Du heilige Scheiße!" Ich schlug die Hände über meinen Kopf zusammen. „Fuck! Wie konnte mir das nur passieren? Das gibt es doch nicht!", schimpfte ich vor mich hin. Das war so peinlich! Es war zu spät!

Kerdensten stand direkt nach Isabelle und so ist die Nachricht bei ihm gelandet. Sofort schaute ich, was ich ihm geschrieben hatte. „Na super! Das hat sich rentiert! Ausgerechnet Mad schicke ich sowas. Und nun?"

Isabelle hatte sich mit Iris getroffen. Sie schrieb, dass es gut lief und sie sich ausgesprochen hatten. „Doch Iris ist …" Isabelle ließ es offen und so interpretierte ich, dass sie vielleicht doch in meine Isabelle verliebt sei, und fragte daher: „… und nun?"

„Mist, was mache ich jetzt?" Da sah ich, dass Mad die Nachricht noch nicht geöffnet hatte, und löschte sie umgehend. Das ging ja noch einmal gut. Okay. Er sah zwar eine gelöschte Nachricht, aber so war es längst nicht so verfänglich. Ich könnte mich ohrfeigen.

Wie gebannt saß ich da und wartete. Wartete darauf, dass er reagierte. Natürlich reagierte er. Es dauerte fünf Minuten. Dann klingelte mein Handy. Mad!

„Was mache ich jetzt?" Vor Aufregung biss ich mir auf die Unterlippe. Mein Puls war augenblicklich bei gefühlten 200. „Ach, ich erkläre mich ihm einfach. Was soll's!"

„Hallo Mad!"

„Hallo Ava."

Seine Stimme zu hören war echt schön und schon wusste ich nichts mehr zu sagen. *Mist! So sollte das nicht laufen.*

„Hey, wie geht es dir?", fragte er mich. Dabei müsste ich ihn doch fragen. *Eigentlich sollte ich ihm sagen, dass es ein Versehen war und ich gar nicht mit ihm reden wollte. Der glaubt mir kein Wort*, herrschte ich mich in Gedanken an.

„Hast du deine Stimme verloren?"

„Danke, mir geht es ganz gut. Wie geht es dir?"

„Jetzt viel besser, doch passt es gerade nicht so. Darf ich dich später noch einmal anrufen? Ich wollte nur sicher gehen, dass du dich nicht vertan hast."

Schweigen.

„Wie viel später? Mein Gatte … ach was. Ruf einfach an, wenn du kannst."

„Danke! Bis später."

Der Mann muss einen siebten Sinn haben. Die Wahrheit konnte ich ihm nicht sagen. Ist es überhaupt die Wahrheit? Kann das überhaupt ein Zufall sein? Ich spürte, wie mein Puls langsam wieder in den normalen Bereich sank. „Mein Gott, Ava. Du solltest mal ein Stoßgebet in Richtung Himmel abgeben, damit er nicht noch auf dich herabfällt.

Kaffee hilft nun auch nicht mehr. Ich brauche Wein!"

Nach 20 Minuten rief Mad zurück.

„Sorry, wir hatten noch Team-Besprechung."

„Jetzt noch?", fragte ich überrascht.

„Ava, ich hätte nicht gedacht, dass du ein halbes Jahr brauchst. Was ist passiert?"

„Ganz ehrlich? Nichts im Bes … Nein, halt! Das stimmt so nicht. Christoph hatte Herzprobleme."

„Ist Christoph dein Mann?"

„Ähm ja, entschuldige."

„Nein, du musst dich nicht erklären. Alles gut. Er ist dein Mann", sagte er und wartete ab.

„Mad, es tut mir leid. Ich bin dir noch eine Antwort schuldig: Und eigentlich habe ich gar keine. Ich weiß, du wartest auf eine Entscheidung. Aber eigentlich gibt es keine."

Plötzlich überkam mich eine unsagbare Traurigkeit. Ich wusste nicht, wie mir geschah.

„Ava, weinst du? … Hey, schöne Frau! Was ist mit dir?"

Ich konnte nicht antworten. Ich wusste nicht, was da mit mir passierte. Von mir selbst überrascht legte ich auf. Ich konnte doch Mad jetzt nicht etwas vorheulen. Was sollte er denken? Der schätzte das doch vollkommen verkehrt ein.

Ich schrieb ihm.

„Sorry Mad, können wir ein anderes Mal telefonieren. Gruß Ava."

„Zu jeder Zeit!"

Was war mit mir? Es brauchte noch nicht einmal seine blauen Augen und ich war nicht mehr Herr meiner Sinne. Warum heißt es eigentlich nicht *Frau meiner Sinne*? Oh Mann!

So vergingen die Tage, unspektakulär. Mit Fintan hatte ich telefoniert, Manuskripte gelesen und mit Ellen gegessen. Christoph und die Kinder waren Autos anschauen. Isabelle brauchte ein neues. Tja und trotzdem ging er mir nicht mehr aus dem Kopf!

Der Alltag rettete mich. Doch war er, der Alltag, die größte Prüfung, denn ich spürte in mir bekannte Gefühle. Gefühle, die Magenkribbeln, unruhig sein und Appetitlosigkeit auslösten. Schockiert und fassungslos versuchte ich, sie zu ignorieren. Diese Gefühle, die so wunderbar waren. Die Gefühle, nach denen ich mich schon als junges Mädchen so sehnte. Nun waren sie wieder da!

Und ich wusste nicht, wohin mit ihnen! Natürlich versuchte ich, sie zu verdrängen und zu verbannen. Es reichte doch schon, meinen Mann zu betrügen. Betrog ich jetzt auch noch Fintan? Plötzlich wusste ich es. Ich wusste, wohin es führen würde. Mein Körper hatte schon längst eine Entscheidung gefällt und mein Kopf war nur noch Mus. Christoph saß im Wohnzimmer, studierte die Tageszeitung. Mit meinen Gedanken, und nicht nur mit ihnen, war ich bei Mad. „Wie konnte das nur geschehen?", fragte ich mich selbst ehrlich, denn mir war es schleierhaft. Es passierte ohne mein Zutun. Und Mad wusste davon überhaupt noch nichts.

Silvester stand vor der Tür. Und nicht nur das: Ellen wollte ihren Geburtstag feiern. Dass ich nicht da sein werde, hatte Christoph ziemlich gelassen hingenommen. Mich wunderte bald gar nichts mehr. Noch hatte ich mit Mad nicht gesprochen. Doch ahnte ich schon längst, wann wir uns sehen würden. Oder wünschte ich mir das nur?

Endlich fasste ich Mut und schrieb ihm. Schrieb ihm, dass ich bald dort, im Underground, sein würde.

Doch Mad schrieb: „Schade, ich werde nicht da sein können. Ich bin in den Bergen." Augenblicklich spürte ich eine unsagbare Enttäuschung. Sehnsucht kann so quälend sein. Mad war es die letzten Monate bestimmt nicht anders ergangen. Und ich glaubte, bloß mit dem Finger schnipsen zu brauchen. Die Reise zurück auf den Boden war ziemlich unangenehm. Blöderweise tat es nicht da weh, wo es wehtun sollte. Es schmerzte im Brustkorb. Ich schrieb zurück: „Schade. Sehr schade!"

Ellen tröstete mich. Natürlich brauchte ich sie wieder in Sachen Mad. Ellen war einfach nur da und köstlich. Sie wusste mich aufzufangen. Diesmal redeten wir nicht. Sie bekochte mich, da sie meinte, dass ich abgenommen hätte. Das stimmte! Wie ist das eigentlich? Was geht da durch den Magen? Was geht da überhaupt ab? Nein! Das will ich gar nicht wissen!

Eine Woche vor Silvester konnte ich endlich mit Mad reden. Es war mir vorher nicht möglich. Es wäre ausgeufert und in eine völlig verkehrte Richtung gegangen. Mit ihm zu reden hatte mich irgendwie geerdet. Es tat gut. Mad wusste nichts von meinem Kampf. Ich gab mich unnahbar und cool. Ohne zu ahnen, dass das genau ins Schwarze ging. Auch Mad war mittlerweile, so glaubte ich, aus seiner gefühlten Sicherheitszone getreten. Doch gab auch er sich mir gegenüber kontrolliert.

Die Party stieg und ich freute mich. Mad lief mir nicht davon. Unsere Stunde würde kommen. Heute ist es die von Ellen!

Dieses Mal waren wir zu fünft im Taxi! Und gleich ging es ab. Obwohl ich die Jüngste war, bekam ich erst einmal eine Vorstellung davon, wie Frauen, ältere Frauen, feiern konnten. Und zwar mit Stil! Natürlich war ich das Nesthäkchen und sie nahmen mich ordentlich unter ihre Fittiche. Das waren Großstadtmädels, keine Frage. Eine wie die andere sah einfach sensationell aus! Ellen war schon eine Augenweide, aber die anderen Frauen: Unglaublich. Uschi kannte ich bisher noch nicht. Auch sie war mir sofort sympathisch. Sie war knapp über 60 Jahre. Vor Ort würden noch Christel und Heidrun dazu stoßen. Sie waren im gleichen Alter wie Ellen.

Als wir ankamen, war es natürlich wieder schweinekalt. Wir hatten es sehr eilig, ins Warme zu kommen. Dieses Mal standen zwei männliche Kraftpakete am Einlass mit Anzug und Krawatte. Das hätte ich nicht erwartet. Aber es kam noch besser!

Die Räumlichkeiten waren vollkommen anders und ich total von den Socken. Das war ja die reinste Theaterkulisse!

Ellen grinste und meinte: „Theeeeaaater …"
Dazu hob sie ihre Arme.

Ach…, erst jetzt kapiere ich… ihre Anspielung. Das ist ein Theater, ein ganz spezielles. Auch die anderen Mädels waren schwer beeindruckt. An der Garderobe gaben wir unsere Mäntel ab. Dieser Bereich wurde durch eine monströse Papierlampe hell ausgeleuchtet.

Wir alle waren im schicken schwarzen Kleid, Anzug oder Einteiler und mit viel Glitzer geschmückt. Ich entschied mich für ein schwarzes langes Kleid. Darüber trug ich einen antaillierten kurzen Blazer und natürlich meine geliebten Pumps. Meinen Hals zierte ein schmales schwarzes Samtband, das vorne mit einer kleinen Perle verziert war.

Einige hatten Masken dabei. Uschi reichte mir eine, nur für die Augen. Das war mir recht. Anders als beim letzten Mal liefen wir durch einen breiten, großzügigen Gang direkt in einen Saal. Ich konnte es einfach nicht fassen. Wo waren die schmalen Gänge geblieben? Augenblicklich wurde mir klar, dass sie durch Stellwände erzeugt wurden. Nichts war mehr vom Morbiden und den dunklen Ecken übrig. Die einst kleine Tanzfläche war in einen Saal verwandelt, der pompös und mit schmucken Tischen edel mit Gläsern und Geschirr eingedeckt wurde. Im hinteren Bereich war die ursprüngliche Tribüne zu sehen. Möglicherweise war sie beim letzten Mal völlig im Hintergrund der Bar verschwunden.

„Ellen, ich bin einfach nur sprachlos. Ich hatte doch überhaupt keine Ahnung davon. Du hättest mich doch aufklären können", sagte ich etwas spaßig vorwurfsvoll.

„Hätte ich, aber jeder sollte seine eigenen Erfahrungen machen dürfen. Vorher darüber aufzuklären, bringt nicht diesen Wow-Effekt! Glaubst du, dass es mir anders erging? Das Geniale daran ist, dass sie diese Kulissen ein paar Mal im Jahr für bestimmte Themenabende wechseln."

„Da hast du wohl recht. Im Leben hätte ich mir das nicht so vorstellen können. Dafür fehlt mir wohl die Fantasie. Das hätte Christoph ganz sicher auch gefallen."

Der komplette Saalbereich wurde zu den Seiten hin mit Bühnenstrahlern ausgeleuchtet. Zu den Tischen führten uns nette Damen. Ellen hatte einen etwas größeren Tisch reservieren lassen. So konnten wir alle beieinandersitzen. Es dauerte eine Weile, bis sich der Saal füllte und die Gäste an ihren Plätzen waren. Derweil spielte klassische Musik im Hintergrund. Erste Getränke wurden gereicht und die Kerzen am Tisch angezündet. Es war 20.00 Uhr und wir hatten eine lange Nacht vor uns. Ich war wahnsinnig aufgeregt. So etwas hatte ich noch nicht erlebt. Ich versuchte, mir gemeinsam mit Uschi einen Überblick zu verschaffen. Wir glaubten, 10 Vierertische, 8 Sechsertische und 5 Fünfertische zu sehen. Knapp über Einhundertzwanzig Personen zählten wir. Auf der Bühne, die über zwei Stufen zu erreichen war, wurden ein paar Instrumente wie ein Flügel, Kontrabass und Schlagzeug aufgebaut. Ellen meinte, dass es heute noch Live-Musik gäbe.

Schwer beeindruckt von allem, auch von den Anwesenden, die sich ohne Ausnahme an den Dresscode hielten, genoss ich den Augenblick. Jeder einzelne war sehr schick und dem Anlass angemessen gekleidet.

Auch Uschi war, wie ich, zum zweiten Mal hier und ebenso geflasht. Franziska und Paula waren schon öfter hier. Heidrun und Christel stammten zwar aus der Gegend, waren aber noch nie in diesem Haus. Plötzlich gab es einen Tusch und alle wurden ruhig.

Auf der Bühne erschien ein Mann, vielleicht in meinem Alter, mit Anzug und Fliege. Er hieß uns recht herzlich willkommen. Kurz ging er auf die Geschichte dieses Hauses ein. Wir erfuhren, dass es in den 20igern ein klassisches kleines Schauspielhaus, wie sie es in dieser Zeit zuhauf gab, war. Später wurde ein Kino daraus und dann war lange nichts. In den 80igern wurde daraus eine Diskothek und wieder stand es leer. Eine Handvoll junger Kunststudenten entdeckte es, gründete einen gemeinnützigen Verein und organisierte zunächst einige Events. Die wurden gut angenommen. Im Zuge dessen erlebte der alte Theaterfundus einen neuen Glanz. Daraus entstand die Idee, es nicht nur für Kunst und Ausstellungen, sondern eben auch als einen Ort für Begegnungen aller Art zu erhalten. Seit ein paar Jahren nun schrieb der Verein schwarze Zahlen. Weit über die Region hinaus pflegten sie einen guten Ruf. Herr Lenz, so hieß der Moderator, erklärte uns dann noch das Programm und versprach, uns nicht mit langen Reden durch den Abend zu begleiten.

Nach einem kurzen Beifall schalteten sich die Strahler, einer nach dem anderem, aus. Ein Raunen ging durch den Saal. Augenblicklich gab es Bewegung an der Decke und alle schauten nach oben. In diesem Moment fuhren zwei kleinere und ein mächtiger Kronleuchter aus der Decke herunter. Wir saßen direkt unter dem großen und zogen dadurch die ganze Aufmerksamkeit auf uns. Es regnete von allen Seiten Applaus! Was für ein Vorspiel! Wir waren so begeistert, dass Uschi und ich spontan aufstanden und weiter Beifall klatschten. Der Rest tat es uns gleich.

Ellen saß zu meiner rechten Seite, direkt an der Front des Tisches. Zu ihrer rechten Seite, also mir gegenüber, saß Paula. Neben Paula saßen Heidrun und Christel. Ellen gegenüber saß Franziska und Uschi links neben mir.

Nachdem wir uns wieder beruhigt hatten, ging es mit einem Gruß aus der Küche los.

Eine geröstete Rote-Beete-Scheibe, ummantelt von knuspriger Petersilie und einen Häubchen Dressing.

Als Vorspeise reichten sie eine leichte Gemüsebrühe.

Der Hauptgang war einmal vegetarisch: Tortolonie, (das sind etwas größere Tortellini), gefüllt mit einer Ricotta-Spinatcreme.

Es gab auch die Fleischvariante: Entenbrust auf Serviettenklos und Rotkraut.

Als Nachspeise wurden wir mit einer großen Kugel Vanilleeis im Obstbeet mit warmer Schokoladensoße verwöhnt.

Das Essen war reichlich und absolut köstlich! Die Tische waren abgeräumt, die Gläser aufgefüllt und das Licht wurde heruntergedreht. Wieder ging ein Raunen durch den Saal. Es war einfach nur herrlich. Endlich konnte ich aufstehen und mich bewegen. Für mich war es eine mittlere Herausforderung, so lange ruhig sitzen zu bleiben. Zwischen den einzelnen Gängen nutzte ich bereits die Zeit, die Toilette aufzusuchen, und konnte mir so die Beine vertreten.

„Mädels, ich drehe eine Runde. Möchte jemand mitkommen?" Doch konnte ich keine dafür begeistern. „Egal! Ich muss jetzt ein paar Schritte gehen." Die meisten der anderen Gäste taten es mir gleich und ein kollektives Aufstehen war zu verspüren. Augenblicklich wurde es unruhig und laut.

Obwohl mir beim Essen warm geworden war, nahm ich meinen Blazer mit. Meine kleine Tasche hängte ich mir um, damit ich für mein Sektglas eine Hand frei hatte.

Zur rechten Zeit kam Musik, noch aus dem Hintergrund. Herr Lenz kündigte, wie vermutet, Live-Musik an.

Tatsächlich gab es hinter der Bühne Bewegung. Erste Gitarren und ein Keyboard wurden aufgestellt. Ein Blick auf die Uhr verriet 22.30 Uhr. Überall hingen Bilder des Gebäudes aus vergangenen Zeiten. Requisiten wirkten stilvoll einfach so im Raum oder wurden an den Wänden entlang dekoriert. Während ich herumlief und mich in die Geschichte des Hauses weiter einlas, bemerkte ich mein Handy. Als ich nachsah, konnte ich erkennen, dass Mad versuchte, mich zu erreichen.

Da es mir im Saal zu laut war, ging ich ein paar Schritte in Richtung Ausgang.

„Mad, kannst du mich hören?" Doch leider drückten sich nur Fragmente zu mir durch.

„Warte… ich gehe hinaus und rufe zurück."

Draußen angekommen versuchte ich, ihn anzurufen. Es war eisig kalt und ich wollte mir erst meinen Blazer drüberziehen. Dafür stellte ich mein Glas auf den Boden. Danach wählte ich seine Nummer. Schade … der Ruf ging nicht durch.

Mein warmer Atem vernebelte in der kalten nächtlichen Luft.

„Die Luft tut so gut." Kaum ausgesprochen musste ich lachen, da ich mich an eine ähnliche Szene erinnerte. Gerade, als ich mein Glas ausgetrunken hatte, hörte ich:

„Sie erkälten sich hier noch."

„Ja, das könnte gut sein. Es ist verdammt kalt geworden", erwiderte ich, ohne mich umzudrehen. *Habe ich zu viel Wein getrunken? Träume ich?,* dachte ich noch.

Dann spürte ich einen langen Mantel, der um meine Schultern gelegt wurde. Dabei schloss ich meine Augen und genoss diesen Augenblick. Trotzdem traute ich mich nicht, mich umzudrehen. Diesen Moment wollte und konnte ich einfach nicht zerstören.

„Mad! Sag, dass du es bist."

„Würde es dir denn gefallen?"

Natürlich war er es. Seine Stimme und seinen Geruch nahm ich schon längst wahr. Innerlich kam eine Welle der Freude, wie ich sie lange nicht mehr verspürte. Augenblicklich drehte ich mich um und blickte in leuchtend blaue Augen. Ohne ein weiteres Wort zu verschwenden, griff ich nach ihm und zog ihn sanft zu mir heran. Mad strahlte und ich konnte nicht anders, als ihn zu küssen. Sofort griff er unter den offenen Mantel und umarmte mich innig. Mad roch wieder betörend.

„Ja, es gefällt mir! Sehr sogar! ... Doch sollte ich wieder hinein gehen."

Mad küsste mich wieder unverschämt und göttlich. Dann ließ er ab und ich hatte Mühe, das Gleichgewicht zu halten. Mad schüttelte seinen Kopf. Nein. Er sagte es nicht, aber es bedeutete ganz sicher nein. Und ich verstand.

„Okay!", sagte ich und wartete.

Mad richtete mir den Mantel und fragte: „Geht das so?"

Ich nickte.

Er nahm meine Hand und lief los. Für einen kurzen Augenblick zögerte ich noch. Doch wusste ich, dass ich mit ihm gehen wollte. Es gab keinen Widerstand mehr. Ich hatte genug Wein getrunken, um frei von zweifelnden Gedanken zu sein und zu wenig, um nicht zu wissen, was ich tat.

Es waren nur ein paar Meter und wir stiegen in seinen Wagen, einen SUV. Währenddessen zog Mad entschlossen seine Krawatte herunter.

Ein paar Minuten fuhren wir hinaus aus der Stadt. Auf einer Anhöhe am Waldrand blieben wir stehen. Das Auto lief. Langsam begann er, mir den Mantel auszuziehen und ich zog ihm sein Sakko aus. Sein Blick schweifte über meine Beine. Das Kleid war durch die seitlichen Schlitze vom Sitzen nach oben gerutscht. Er begann, meine Schenkel zu streicheln und mich überall zu berühren. Dabei streifte er den Blazer ab und küsste meine Schulter. Meine Haut zog sich zusammen. Leicht zitternd knöpfte ich sein Hemd auf und öffnete seine Gürtelschnalle. Mad beugte sich noch mehr zu mir und wieder küssten wir uns leidenschaftlich. Während ich ihm seine Hose öffnete, zog er mir den Reißverschluss am Rücken auf. Nun konnte er mein Kleid nach vorne herunterstreifen. Für einen Moment hielt er inne und betrachtete mich.

„Ich wusste, dass du mir gefallen würdest."

Während er seine Hose auszog, zog ich meine Strumpfhose aus. Beide betrachteten wir uns und streichelten uns. Mad fuhr die Sitzlehne nach hinten. Dann griff ich nach seinem Slip, zog ihn leicht nach unten und massierte sein Glied. Er stöhnte auf. Die Vorsicht wich der Begierde. Nun entledigte ich mich meines Slips. Beugte mich zu ihm

herüber, drückte Mad leicht nach hinten in seinen
Sitz und setzte mich vorsichtig auf ihn. Wir küssten uns und atmeten schwer. Immer heftiger wurden unsere kreisenden Bewegungen und wir
stöhnten und sagten uns wunderbare Dinge. Mad
hielt mich mit seinen Händen am Becken. Drückte
mich ganz fest an sich und drehte uns mit einer ge-
konnten Körperbewegung auf den Beifahrersitz.
Die Rückenlehne fuhr nach unten. Mad lag nun
auf mir. Mit meinen Beinen umschlang ich ihn.
Erst an seinem Becken und dann noch höher. Jetzt
lagen sie auf seinen Schultern, am Hals. Mad
küsste sich an meinen Beinen entlang, packte sie
wieder, spreizte sie und küsste sie. Küsste meine
Brüste und massierte sie. Unsere Bewegungen
wurden immer heftiger. Ich griff nach seinen Haa-
ren und biss mich sanft in seinen Hals und … kam.
Mad stöhnte. Auch er konnte sich nicht mehr halten. Völlig ermattet sackten wir zusammen. Mad
ließ sich in den Fahrersitz fallen. Während wir
beide erschlafft und schwitzend da lagen, hielten
wir uns die Hände. Dann küsste sie Mad. Beide
mussten wir lachen. Das Auto lief. Die Scheiben
waren vom Liebesspiel völlig beschlagen.

Mein Körper wurde von einem leichten Vibrie-
ren erfasst.

„Frierst du?"

„Auch das."

„Komm, lass dich wärmen."

„Was machst du hier? Mit dir habe ich wirklich
nicht gerechnet." Mad hatte einen Wahnsinns-
body. Er war am Brustkorb leicht behaart. Auch an
seinen Armen und Beinen. Es gefiel mir. Es unterstrich seine Männlichkeit.

Er grinste: „Hast du gedacht, dass du so leicht aus der Nummer kommst? Du bist hier und ich nicht? Das geht doch nicht."

„Heißt das … du bist auch auf dieser Party?", fragte ich nun wirklich überrascht.

„Die ganze Zeit. Alle sind wir da."

„Was heißt alle?"

„Anton mit seiner Gabriele und meine Jungs mit ihren Frauen … und Hektor …"

„Das ist jetzt nicht dein Ernst. Keinen von euch habe ich wahrgenommen. Wo habt ihr gesessen? Und du? Bist du auch mit Frau da?"

„Nein! … Es ist gerade schwierig."

„Ja, du hast es erwähnt …"

Nach einer Weile sagte ich: „Ich würde dann schon ganz gerne wieder zurück wollen …" Fragend sah ich ihn an und zeigte entsetzt auf die Uhr. „Es ist kurz vor Mitternacht."

Mad nickte nur cool und meinte, dass wir hier die beste Aussicht hätten.

„Du überlässt wohl nichts dem Zufall, oder?"

„Ungern." Er lächelte.

Mad reichte mir ein Taschentuch und fragte, ob ich es gebrauchen könnte. Ich musste grinsen und meinte: „Ich glaube schon."

Relaxt lag ich im Sitz und genoss unser Beisammensein.

Augenblicklich kam er mir wieder sehr nahe und küsste mich am Hals, am Busen und hinunter zwischen meine Schenkel. Ich hielt still und kostete den Moment aus.

„Du bist unglaublich, Ava."

„Darüber möchte ich jetzt lieber nicht nachdenken."

„Bereust du es?"

„Nein!"

Mad und ich wollten uns wieder anziehen. Als ich meine Strumpfhose über das linke Bein streifte und nach oben ziehen wollte, half er mir. Er wollte mir helfen, aber eigentlich zog er mich schon wieder aus.

„Silvester wollte ich schon immer reinficken." Er schnappte mich und ich ließ mich wieder fallen.

„Da ist aber jemand ausgehungert."

„Du hast mich lange warten lassen!"

Draußen stiegen derweil die ersten Raketen und Knaller in den Himmel.

„Warte, Mad. Ich weiß, wie du mich noch mehr spüren kannst." Ich drehte mich um.

Der Silvesterlärm nahm zu und wir stöhnten, ächzten und liebten uns.

Gegen 0.30 Uhr machten wir uns wieder auf den Weg zurück. Die Strumpfhose hatte es heil überstanden. Die Haare waren sortiert. Nur mein Halsband entschärfte es.

„Alles Gute im neuen Jahr, du verrückter Kerl!"

„Das bist du." Er umarmte mich und hauchte mir dabei ins Ohr. „Danke. Das war das beste Silvester! Alles Gute, Ava."

„Gerne doch … Weiß eigentlich Ellen, dass du da bist?"

„Gesprochen haben wir nicht, aber sie wird es durch Hektor wissen."

Im Underground angekommen hörten wir, dass die Live-Band spielte. Es schienen noch mehr Leute gekommen zu sein. Es war proppenvoll! Mad nahm meine Hand und so kämpften wir uns hindurch. Ellen entdeckte ich auf der Tanzfläche und winkte ihr. Als sie uns sah, lächelte sie.

„Wollen wir?" Ich zeigte mit meinem Blick in Richtung Ellen.

Mad und ich tanzten uns an sie heran und gratulierten ihr zum Geburtstag.

Dann erkannte ich Hektor. Spontan umarmten wir uns alle und wünschten uns ein gutes neues Jahr. Die anderen Mädels standen vorn und unterhielten sich. Mad und ich rockten ab.

Halb zwei spürte ich, dass der Abend sich dem Ende zuneigte. Franziska und Paula saßen und schienen müde zu sein.

„Mad, ich glaube, dass wir dann fahren werden. Ich sollte mich noch einmal unter die Geburtstagsparty mischen."

„Ungern lass ich dich gehen. Aber ich verstehe schon."

Wir umarmten und küssten uns.

„Wirst du dich wieder melden?", fragte mich Mad. Tatsächlich verspürte ich etwas Unsicherheit in seiner Frage. Und das verwunderte mich.

„Warum zweifelst du daran? Braucht es da noch Fragen?"

„Es ist eher die Angst. Denn ich würde es nicht ertragen können … Gibt es noch den anderen Mann?"

Ich hielt Mad meinen Finger auf seine Lippen.

„Es ist etwas schwierig. Nicht heute und nicht jetzt!"

Er verstand.

In den frühen Morgenstunden kamen wir völlig fertig zu Hause an.

Franziska und Paula hatten die ganze Rückfahrt verschlafen. Ellen und ich hielten Händchen. Uschi quasselte dem Fahrer die Ohren ab.

„Ellen, das muss dich doch ein Vermögen gekostet haben. Das war einfach spektakulär und, um es mit den Worten von Mad zu sagen, das beste Silvester, welches ich je hatte."

„Wie geht es dir, meine Liebe?"

„Sehr, sehr gut. Frag mich die Tage noch einmal", antwortete ich lachend.

„Gute Nacht und bis zum nächsten Termin!"

„Gute Nacht, Ellen, und vielen Dank!"

Bevor ich ins Haus ging, schrieb ich Mad noch eine kurze Nachricht. Sofort antwortete er und schickte mir ein Foto. Er stand mit seinem Wagen auf der Anhöhe.

Glücklich und selig, müde und aufgewühlt legte ich mich zu Christoph.

Erst am späten Vormittag wurde ich von einem herrlichen Duft wach. Kaffee stand am Bett. Ich reckte und aalte mich langsam und allmählich kam ich zu mir. Christoph hatte mir seine Pantoffeln hingestellt. Er wusste, dass ich zu gerne in seinen Schlappen lief. Obwohl sie viel zu groß waren, mochte ich es, mich in ihnen zu bewegen. Nachdem ich mich ausgiebig gestreckt und geduscht hatte, schlurfte ich in Richtung Küche. Ich wusste, dass ich ihn dort finden würde.

„Mh, das riecht lecker … Lachs in Blätterteig. Wunderbar! Ich habe einen Bärenhunger … Guten Morgen, mein Lieber." Dabei schmiegte ich mich von hinten an ihn.

„Na du … Guten Morgen. Alles überstanden?"

Gut, dass er mich nicht sah. Tatsächlich musste ich schmunzeln.

Dann drehte er sich um und wir wünschten uns alles Gute fürs neue Jahr.

Natürlich erzählte ich Christoph vom Abend. Nicht in allzu großer Euphorie aber doch so, dass ich mich nicht nächstes Jahr dafür entschuldigen müsste, hingehen zu wollen. Freilich wusste ich nicht, was in einem Jahr sein würde. Es ist wie beim Schachspielen. Gut den nächsten Zug durchdenken!

„Magst du noch einen Nachtisch?"

„Och, nein danke, bitte nicht. Das war genau das, was ich gebraucht hab. Nicht mehr und nicht weniger. Lass mich die Küche aufräumen und leg du dich ruhig hin."

„Da diskutiere ich natürlich nicht mit dir."

Während ich den Spülkram verräumte, ließ ich die gestrige Nacht Revue passieren. Meine Empfindungen und Gedanken waren ausschließlich bei Mad. Bei seinen blauen Augen. Seinem Körper. Einfach überall. Am Fenster stehend beobachtete ich mich selbst, wie ich meine Augen schloss und in mir die Bilder abrief. Wie gerne würde ich mit ihm in diesem Augenblick schlafen wollen. Schon jetzt vermisste ich seinen Körpergeruch, seine Hände.

Noch immer spürte ich sie an meinem Becken, an meinen Schenkeln. Wie sie meinen Busen bearbeiteten und wie er in mich eindrang.

„Oh Gott, Ava, wie willst du das durchstehen?", sagte ich vor mich hin. Was konnte ich tun? Mich melden? Kurz sah ich nach Christoph. Er schlief.

Mit meinem Handy schlich ich wie eine läufige Hündin durchs Haus und suchte einen geeigneten Platz. Am Kamin fand ich ihn. Das Holz knisterte. Die Musik lief leise im Hintergrund. Mit einer Decke setzte ich mich in meinen geliebten Ohrensessel. Etliche Nachrichten waren eingegangen. Eigentlich interessierte mich nur Mad. Doch hatte ich von ihm keine. Ich betrachtete sein Foto und war verzückt. Da war ein Gedanke, den ich aber versuchte zu unterdrücken. Noch war er mir fremd und auch unangenehm. Und doch präsent. Wieder ging eine Nachricht ein. Es war erst ein paar Stunden her, dass ich ihn spürte, mit ihm sprach und in seine Augen sah. Ja, es war wie früher. Da war dieses Empfinden, sich nicht mehr unter Kontrolle zu haben. Dieses Verwirrende und Irritierende. Nicht nur im Kopf. Am Körper und überall schien es zu wirken. Es hatte mich erwischt. Ich war nicht in der Lage, es abzuschalten. Und mir wurde bewusst, warum ich Mad von Anfang an als Bedrohung wahrnahm. Doch hatte ich keine Ahnung, was für eine Bedrohung es sein würde. Denn ich konnte mich nicht daran erinnern, dass es irgendwann einmal so intensiv war. Niemals. Aufregend ja. Aber niemals in dieser (Aus-)Wirkung. Und dann kam sie, die Angst. Langsam und allmählich spürte ich, wie ich mich von den kleinen zweifelnden Gedankenfetzen einnehmen ließ. Abrupt stand ich auf. Als ob ich damit meine Gedanken abschütteln könnte. Gerade noch hätte ich ihn am liebsten angerufen und plötzlich wurde ein anderes Gefühl übermächtig. Angst! Angst, mich zu verlieren. Angst, es nicht mehr kontrollieren zu können. Dabei wusste ich genau: … es war zu spät!

WARNSIGNALE

Seit einer Woche war ich außer Gefecht gesetzt. Eine fette Erkältung hatte mich fest im Griff. Nein, eigentlich war es eine ordentliche Grippe. Meine Knochen, alles schmerzte.

Selbst meine Stimme entschärfte es. Sie war noch nie weggeblieben. Noch nie hatte ich mit Fieberattacken zu kämpfen. Mir ging es schlecht. Christoph begann, sich Sorgen zu machen. Auch Ellen nahm es sehr ernst und besuchte mich. Mein Zustand wurde nicht besser und so entschieden wir uns für die Klinik. Das Fieber wollte einfach nicht herunter. Mein Appetit nicht kommen. Meine Gedanken nicht gehen. Ich war verzweifelt. Weil ich nicht konnte, wie ich wollte. Denn ich vermisste Mad unendlich. Seine Stimme. Seine Augen. Seine Hände. Ich hatte vergessen, wie er roch. Ständig weinte ich und kam nicht zur Ruhe. Wie im Fieberwahn redete ich zu Ellen. Doch Ellen verstand nicht. Aber sie ahnte es. Mein Handy hatte ich seit Neujahr aus. Ich wollte mich natürlich wieder einmal selbst therapieren. Ich fühlte mich hilflos und meinen Emotionen ausgeliefert!

Die Ärzte stellten einen Virus unbekannter Herkunft fest. Absolute Quarantäne schien ihnen das probate Mittel zu sein. Nach einer Woche Aufenthalt landete ich auf der Intensivstation. Ich halluzinierte und redete wirr. Wie im Wahn kämpfte ich. Schlief und lag. Meine Familie nahm ich nur in Trance wahr. Einzig Ellen war in der Lage, zu mir vorzudringen. Sie hörte ich. Und wenn sie *den Namen* aussprach, lächelte ich.

„Ava, bitte werde gesund. Mad vermisst dich."
Ob es diese Worte waren? Ich wusste es nicht! Aber ich hörte sie, nur sie!

Dann, ein erster Anruf. Mad war am Ende der Leitung. Ich weinte. Beide waren wir am Ende unsere Kräfte. Mad empfand es wie ich, wie einen kalten Entzug. Seit zwei Tagen war er da und wartete. Wartete auf ein Zeichen von mir oder Ellen. Seit ich davon wusste, trieb mich eine Welle der Gesundung an. Eine Welle der Freude und unglaublicher, wohltuender Empfindungen. Und dann: Ein erster kurzer Besuch! Mad war da und saß am Bett. Überglücklich hielten wir uns die Hände und küssten uns. Viel zu kurz war unser Wiedersehen. Doch wollten wir nichts riskieren.

Später war eine der täglichen Visiten. Wieder einmal fragten sie mich, ob ich oder ein Familienangehöriger im Ausland gewesen war. Alle Anzeichen würden auf eine Art Malaria hinweisen. Meine Chancen auf eine vollständige Genesung wären noch immer nicht sicher, da sie keinen echten Ansatz für eine entsprechende Therapie hätten. Mir war alles egal.

Als ich Mad von dem Verdacht eines fremdländischen Virus erzählte, wurde er ängstlich und hellhörig. In dem halben Jahr, in dem wir uns nicht gesehen hatten, war er für drei Wochen in Afrika im Urlaub gewesen. Sie erlebten eine sehr starke Regenperiode mit und wurden von Mücken geplagt.

Wieder zu Hause, kämpfte er mit malariaähnlichen Symptomen. „Das solltest du wohl erwähnen.

Hoffentlich habe ich dir nicht irgendetwas übertragen."

„Dafür kannst du doch nichts. Mach dich bloß nicht verrückt. Ich werde es ihnen morgen zur Visite sagen. Dann hätten wir zumindest eine mögliche Ursache." Mad wirkte nicht so beruhigt.

„Wie willst du dich deiner Familie erklären?" Sein schlechtes Gewissen plagte ihn. Ich machte meine Späße mit ihm.

„Da wird wohl eine von Ellens Freundin herhalten müssen. Die Geburtstagsparty zu Silvester passt doch perfekt. Ellen wird das schon entsprechend kommunizieren!"

Nach ein paar Tagen Intensivstation und einem weiteren auf der *normalen* Station in der Klinik gab es erste Anzeichen einer Besserung.

Völlig abgemagert lief ich meine ersten Schritte. Noch fehlte mir die Kraft für längere Spaziergänge. Doch Schritt für Schritt ging ich in den nächsten Tag. Tag für Tag kam wieder Leben in meinen Körper. Stunde für Stunde dachte ich an Mad. Hauptsache, ich konnte Mad bald sehen. Noch kam mir kein anderer Gedanke.

Isabelle und Johannes besuchten mich regelmäßig. Christoph täglich und das mehrmals. Irgendwann forderte ich mehr Ruhe ein. Auch für sie. Allein Ellen ertrug ich. Gerne auch täglich. „Wenn ich ihn nicht bald zu Gesicht bekomme, sterbe ich." Das waren meine Worte an Ellen. Und nur sie wusste, wie ernst die gemeint waren. Über meinen wirklichen Zustand hatte ich keine Kenntnis und konnte ihn mir nicht ernsthaft vorstellen. Eines Tages war es so weit. Endlich bekam ich den lang ersehnten Besuch. Ellen organisierte alles. Alles, was für ein Wiedersehen nötig war und guttat. Das Treffen stand und ich wollte, so gut es ging, vorbereitet sein. Nicht im Krankenbett, sondern stehend wollte ich ihm gegenübertreten. Das war kein leichtes Unterfangen. Ende Januar in den Räumen einer Uniklinik. Denn da war ich mittlerweile seit drei Tagen. Im örtlichen Krankenhaus war ich austherapiert. Hier schien ich endlich am richtigen Ort zu sein. Seit meiner Aussage ging es bergauf. Sie fanden die richtige Medikation. Obwohl ich keine Malaria hatte! Das konnten sie durch einen Bluttest schnell ausschließen. Aber Mad musste sich untersuchen lassen. Ja, das machte Sinn!

Als ich ihn endlich sah, war es wie eine Wiedergeburt der Liebe. Alles, was ich mit Mad erlebte, war plötzlich da. Nicht nur der Film lief vor meinem geistigen Auge ab. Mein Körper reagierte in einer Form, dass ich anfänglich echte Mühe hatte, überhaupt stehen zu können. Sofort verfingen sich unsere Blicke und wir ließen nicht voneinander ab. Ich konnte ihm nicht entgegenlaufen. Ich wollte. Aber ich konnte nicht. Meine Beine versagten. Ich wollte ihn umarmen. Doch ich konnte nicht. Meine Arme versagten. Ich wollte ihm sagen, dass ich ihn liebe. Doch ich konnte es nicht. Meine Stimme versagte. Dann liefen sie, die Tränen. Ich konnte sie nicht halten.

Mad war in einem fürchterlichen Zustand. Wenn ich auch zu nichts in der Lage war, doch das konnte ich sehen, wirklich sehen. Mad litt. Auch er kämpfte mit seinen Emotionen. „Endlich, endlich spüre ich dich. Mad. Weiche niemals mehr von meiner Seite." Dabei schaute ich ihn so eindringlich an, wie ich es nur in meinem Zustand tun konnte.

„Ich werde mich niemals mehr von deiner Seite entfernen." Ich glaubte ihm.

Nach einer Weile fanden wir ins Hier und Jetzt. Mad sah mich mit seinen unverschämten blauen Augen an.

„Küss mich bitte!" Mad tat es. Ich schwöre bei Gott! Mads Küsse waren nicht von dieser Welt. Er war nicht von dieser Welt. Auch wenn ich gerade nicht wirklich in dieser Welt war. Es waren seine Berührungen und Küsse, die mich am Leben erhielten. Mehr noch. Was auch immer es war, was auch immer er machte … Es half! Mad und ich sahen uns nun täglich.

Meine Familie hielt ich mit Hilfe von Ellen auf Abstand. Mit jedem Tag gewann ich an Kraft. Gewann ich an Gewicht. Das war nötig! Mad tat mir unglaublich gut. Und ich tat Mad gut. Auch er erholte sich stetig. Bisher waren wir nicht in unseren Gesprächen in die Tiefe gegangen. Geschickt umgingen wir unsere Themen. Doch irgendwann kamen wir nicht umhin.

Nach einer Weile traute ich mich dann doch:

„Ist deine Beziehung noch immer schwierig?" Er blickte zu Boden. Schwieg und atmete tief und schwer.

„Lass nur! Wir müssen darüber nicht reden. Ich dachte nur, dass es helfen könnte."

Plötzlich schaute mich Mad mit einem entrückten, fragenden Blick an.

„Du bist es, die verheiratet ist. Und du bist es auch, die einen anderen hat."

Wam!

Nun war ich diejenige, die betreten zu Boden sah. Mad griff nach meiner Hand.

„Kläre das!"

„Mad! Da gibt es nichts zu klären." Ich schaute ihn mit festem Blick an.

„Was genau meinst du damit?"

„Mich hat es vollkommen erwischt. Was mit uns ist, ist mit nichts vergleichbar. Verstehst du das?" Ich legte mein Gesicht in seine Hände. „Ich habe keine Ahnung, wohin es mit uns führen wird. Den anderen Mann gibt es so nicht mehr. Es gibt keine sexuelle Beziehung mehr zu ihm. Aber wir sind gute Freunde. Christoph wird an meiner Seite bleiben als mein Ehemann." Mad kämpfte und atmete tief durch.

„Immerhin!"

„Ist das ein Angebot?"

„Für was?"

„Das weiß ich selbst nicht. Habe ich irgendein Anrecht auf dich?"

„Hast du. Mehr als du dir überhaupt vorstellen kannst."

„Liebster, ich habe dich so sehr vermisst." Plötzlich übermannten mich meine Gefühle. Mad umarmte und küsste mich.

„Hole mich hier heraus. Ich halte es hier keinen einzigen Tag mehr ohne dich aus." Mad schaute irgendwie … überrascht und zufrieden.

„Die Kinder wollen heute noch kommen. Danach muss ich dich sehen!"

„Ich hole dich ab. Ruf mich an. Okay?"

Obwohl ich in Gedanken nur bei Mad war, freute ich mich über den Besuch der Kinder. Aber kaum hatten sie sich verabschiedet, zog ich mich um und informierte ihn. Zehn Minuten später saß ich bei Mad im Auto und wir fuhren in *sein* Hotel. Ständig hielten wir uns an den Händen und küssten sie. Wir standen unter Strom. Im Zimmer angekommen, rissen wir uns die Sachen vom Leib. Mad hob mich hoch. Ich umschlang ihn mit meinen Beinen. Mit meinen Händen hielt ich mich an seinen Schultern fest und hauchte ihm böse Sachen ins Ohr. Mad stand am Bett. Hielt einen Moment inne und schaute mir tief in die Augen. Sanft legte er mich aufs Bett.

„Worauf wartest du?"

„Ava, das mit uns ist ernst. Das weißt du doch?"

„Komm endlich her … Ich muss dich spüren."

„Oh, meine Königin, du wirst mich spüren!"

Nach meinem ersten Orgasmus war ich fix und fertig. „Ich bin aus der Übung", kokettierte ich. Mad war lieb und fürsorglich und reichte mir einen Piccolo.

Nach einer kurzen Verschnaufpause wendete ich mich wieder ihm und seinem besten Stück zu. Mad und ich liebten uns, als ob wir keine Zeit hätten. Nach zwei Stunden waren wir ziemlich fertig und mussten ständig lachen.

„Meine Königin, werde so schnell wie möglich wieder gesund. Ich brauche dich. Zwei Tage kann ich mir noch freihalten. Aber dann muss ich wieder."

Mad brachte mich zurück. Dort wurde ich schon erwartet.

„Frau Berger, Sie sind gesucht worden. Wo waren Sie?" Die Frage klang streng.

„Hier, unten in der Cafeteria."

„Wir konnten Sie nirgendwo finden. Sie wissen, dass Sie das Krankenhaus nicht einfach verlassen dürfen."

„Ja und? Wer hat nach mir gesucht?"

„Ihr Mann."

Fuck! Das kann ich nun nicht ändern.

Als ich im Zimmer ankam und nach dem Handy suchte, konnte ich drei entgangene Anrufe und eine Sprachnachricht ausmachen. Sofort fiel mir Ellen ein. Sie musste mir helfen.

Nach einem kurzen Telefonat war klar, dass sie raus war. Christoph begegnete ihr auf dem Weg hierher. Natürlich hatte er mich gesucht. Zwei Stunden wartete er und war enttäuscht weggefahren.

Umgehend rief ich ihn an.

„Wo bist du gewesen?", war seine erste Frage und sie klang ziemlich enttäuscht.

„Es tut mir leid, Christoph … ich musste hier mal raus. Franziska und Paula haben mir einen Überraschungsbesuch abgestattet und mich ins Kaffeehaus entführt. Da konnte ich nicht widerstehen. Die mögen das hier nicht. Deswegen wusste auch keiner, wo ich bin."

„Zwei Stunden? Ich habe mir echt Sorgen gemacht. Sag das nächste Mal wenigstens mir Bescheid."

„Das war so spontan. Also ehrlich, in dem Moment habe ich nicht an dich gedacht. Morgen habe ich mit deinem Besuch gerechnet. Für mich war das absolut in Ordnung. Weißt du, was? Das hat mir so gutgetan. Ich möchte so schnell wie möglich wieder nach Hause! Langsam bekomme ich hier einen Koller."

Christoph beruhigte sich. Er konnte mich verstehen und es nachvollziehen. Was für eine Aufregung. Doch die größte Überraschung war, dass ich selbst so cool blieb. Nicht, dass es mir egal war. Aber ja, doch … eigentlich schon. Mad tat mir einfach nur gut. Ich war süchtig nach ihm. Die meiste Zeit war er mir nicht von der Seite gewichen. Er opferte seinen ganzen Urlaub. Es hatte ihn sichtlich mitgenommen. Und nun lebte er mit mir wieder auf. So ganz in meiner Kraft war ich noch nicht. Die letzten Stunden brachten mich doch ziemlich schnell an meine körperlichen Grenzen. Dass ich meinem Mann nicht die Wahrheit sagte, wertete ich als kleine Notlüge und vergab mir selbst. Dass ich ihn betrog, konnte ich mir so leicht nicht vergeben. Aber ich tat es, denn ich konnte nicht anders.

Was hätte ich nur ohne Ellen getan? Natürlich hatte ich Zweifel und eine Scheißangst. Ich belog und betrog, nicht nur meine Familie. Auch Mad und ganz sicher mich selbst. Doch was mich betraf konnte ich es gut aushalten. Denn ich vertrage einiges. Doch Mad anzulügen war etwas, was mir wirklich an die Nieren ging. Ihn wollte ich nicht belügen. Und doch tat ich es schon. Natürlich hatte ich das mit Fintan noch nicht wirklich geklärt. Ja, auf Abstand hielt ich ihn und uns. Auch wenn wir wussten, dass wir ein *Auslaufmodell* waren und wir das auch angesprochen hatten, ich angesprochen hatte, konnten wir es dennoch nicht klären.

ALEA IACTA EST
(DER WÜRFEL IST GEFALLEN)

Zwei Wochen später war der Spuk vorbei! Und ich wieder zu Hause.

Mad hatte sich tatsächlich mit Malaria Tertiana infiziert, allerdings der harmlosen, leichten Variante. Trotzdem musste er mit einer speziellen Malaria-Medikamenten-Therapie beginnen. Bei mir war es ein böser Grippevirus, keine Malaria.

Mir ging es wieder gut. Mein Gewicht konnte ich auch aufbauen. Also körperlich lief es.

Mit Fintan hatte ich telefoniert. Wir wollten uns treffen. Nicht zum Sex. Und nicht bei ihm. Das hatte ich klar gesagt. Es war nicht so, dass ich Angst davor hatte, rückfällig zu werden. Nur brauchte ich neutralen Boden. Fintan und ich hatten uns ewig nicht mehr gesehen und auch sonst kaum Kontakt. Ein wenig aufgeregt war ich. Wir wollten uns auf unserem Rastplatz treffen. Der erschien uns beiden recht.

Er war schon da und wartete angelehnt am Wagen. Mit einem Kuss und einer liebevollen Umarmung begrüßten wir uns. Fintan hatte seine Haare etwas wachsen lassen und keine Brille auf. Es gefiel mir und ich sagte es ihm.

„Ava, du siehst wie immer umwerfend aus!"

„Danke." Obwohl ich mich bemühte, das nicht zu tun. Ich trug kein Kleid, keinen Rock. Nichts, was Fintan nur ansatzweise hätte reizen können. Und doch glaubte ich ihm.

„Wie geht es dir?", wollte ich wissen.

„Wie es einem geht, der auf der Schlachtbank liegt. Beschissen! Du hast eine Entscheidung getroffen. Ich spüre das!"

„Keine, die uns wirklich trennen muss."

„Ich weiß nicht, ob ich das kann?"

„Dann willst du einen endgültigen Cut?"

„*Ich* will gar nichts ... Nicht das. Du weißt, was ich will", sagte er leise vor sich hin.

„Wenn ich mir etwas wünschen dürfte, dann hätte ich dich gerne als einen guten Freund in meinem Leben. Aber natürlich respektiere ich deine Entscheidung."

„Meine Entscheidung?" Er lachte künstlich auf.

Augenblicklich spürte ich unsere Entfremdung. Noch so vieles hätte ich ihm sagen wollen. Doch wäre das dienlich gewesen? Wie gerne hätte ich ihn umarmt. Doch wäre es hilfreich gewesen? Plötzlich spürte ich Angst. Angst, einen Fehler zu begehen. Angst vor dem Verlust. Denn ich spürte, nein, ich wusste, dass ich mit Fintan mehr als eine Affäre verlor.

„Fintan, ich weiß nicht, ob das eine Lösung ist. Möglicherweise werde ich es bereuen. Aber kann es denn wirklich so weitergehen?"

„Ava, du wirst mich nicht dazu bringen, deine Entscheidung zu fällen. Das kannst du von mir nicht erwarten."

„Das verlange und möchte ich auch nicht."

„Doch du versuchst es. Du willst mich dazu bringen, dich ziehen zu lassen. Dich loszulassen. Ich soll es dir erleichtern. Aber es ist deine Entscheidung. Nicht meine. Ich liebe dich, Ava! Wie kann ich dich gehen lassen wollen? Ich liebe dich als Mann und nicht als Freund. Wie kann ich dich mit anderen Augen sehen, wenn nicht mit denen eines Mannes? Mit denen eines Mannes, der dich begehrt."

Fintan zog alle Register und ich glaubte ihm.

„Du hast recht. Bitte entschuldige. Mein schlechtes Gewissen versucht, einen Ausweg aus dieser Situation zu finden. Ich möchte dich nicht verletzen. Und natürlich tue ich genau das. Aber verletze ich mich nicht auch mit einem endgültigen Cut?"

„Du redest von deinem Gewissen und nicht von Liebe. Noch nicht einmal von dem, was uns verbindet. Schade. Wenn meine Liebe zu dir nicht ausreicht, dann solltest du den Mut aufbringen. Ich weiß, was ich will. *Ich* bin fair und mutig genug, dir das zu sagen.

Ja, du wirst mir das Herz brechen und wahrscheinlich hast du das schon vor langer Zeit. Aber ich werde es überleben, denn mit weniger werde ich nicht mehr zufrieden sein können. Vor einem halben Jahr hätte ich noch damit leben können. Sogar mit noch weniger. Du hast schon recht. So kann es nicht weiter gehen."

Schweigen … Ich wich etwas von ihm …

„Glaubst du, dass es mir leichtfällt? Aber ja, ich bin fair, gerade zu dir! Wäre ich es nicht, würde ich hier nicht stehen. Du bist es, der Alles oder Nichts forderte. Und es noch immer tut."

„Soll ich mich darüber freuen, dass du mir wenigstens beim Schlussmachen in die Augen siehst? Glaub mir, das macht es nicht besser. Was hast du dir dadurch erhofft?"

„Du meinst also, dass ich mir nicht die Mühe machen hätte brauchen, mich dir in einem Gespräch zu stellen? Wäre es für dich dann einfacher? Ja, vielleicht wäre es eine Option gewesen.

Aber es würde dem und dir niemals gerecht werden. Du bedeutest mir mehr als nur Sex. Schon unsere erste Begegnung löste in mir etwas aus, dass ich in dieser Weise vorher nicht kannte. Du hast mich berührt, so wie sich das eine Frau nur wünschen kann. Das wird mir niemand mehr nehmen können. Das bleibt! Nur würde ich mich gerne in Liebe von dir verabschieden wollen. Einer Liebe, die von Respekt und Wertschätzung geprägt ist. Wie soll ich mich an unsere wunderbaren Momente erinnern, wenn ein Augenblick alles zerstören kann? Es hängt doch nicht nur von mir allein ab, wie sich unsere Wege trennen. Dass sie es tun, weißt du. Es wird nicht besser durch Schuldzuweisung. Aber wenn es dir so wichtig ist die Schuldfrage zu klären, dann okay: Ich übernehme sie freiwillig."

Fintan wusste genau, dass es ein Zitat aus unserer ersten Begegnung war. Damals schon sollte ich die treibende Kraft sein. Und heute? „Fintan, du wirst es nicht schaffen, dass ich in Wut von dir gehe. Denn Wut ändert nichts an unserer Liebe. Vielleicht kommt der Augenblick, in dem ich dich vermisse und vielleicht auch noch vieles mehr. Dann wäre es schön, es dir sagen zu können. In Liebe an unsere Zeit denken zu können. Aber diese Liebe, von der ich spreche, ist eine Zuneigung, wenn auch eine Besondere. Und doch reicht sie dir nicht, um daran festzuhalten. Ich bin nicht verliebt, aber ich liebe das, was wir tun. Durch dich und unsere Begegnung ist ein Prozess in Gang gekommen. Wir haben uns getroffen, sind ein Stück des Weges gegangen und nun stehen wir vor einer Brücke. Ich möchte gerne darüber gehen. Ich weiß nicht, was mich erwartet. Aber ich möchte allein weitergehen. Das hätte ich mich ohne dich vorher niemals getraut. Du bist so wichtig für mich, zu wichtig, als dass ich dich einfach vergessen könnte. Ich habe nur eine Bitte; lass uns mutig sein. Lass mich in Liebe gehen. Ich könnte sonst nicht glücklich sein. Möglicherweise ist es vermessen, Ansprüche an dich zu stellen. Nein, das würde ich nie tun. Es ist nur diese Bitte!"

„Was du von mir verlangst, ist unglaublich! Wie schaffst du es, dich vor mich zu stellen und diese Dinge zu sagen ..." Fintan schwieg sehr lange.

„... ohne dass ich dich dafür hasse, dass du mir mein Herz brichst. Sorry, Ava, ich muss gehen."

Fintan öffnete die Tür seines Wagens, schenkte mir keinen Blick mehr, setzte sich hinein, drehte den Zündschlüssel, schloss die Türe und fuhr mit Vollgas davon.

Eine merkwürdige Erleichterung, aber auch eine ebensolche Traurigkeit überkamen mich. Mein Gesicht vergrub ich in den Händen. Ich weinte fürchterlich. Wie lange ich da noch stand? Ich wusste es nicht.

Fintan hatte mich nicht einmal nach dem anderen Mann gefragt. Möglicherweise wäre es dann doch eskaliert. Aber musste er das überhaupt tun?

Mutete ich ihm wirklich so viel zu? Konnte ich es doch auch! Machte es den Anteil an weniger Liebe für mich leichter? Sein Verhalten empfand ich als ungerecht. Fintan hätte ich schon sehr gerne weiter in meinem Leben gehabt. Verlangte ich da wirklich zu viel? Wollte ich wirklich allein über diese Brücke gehen? Oder nur nicht mit ihm? Was ist mit Mad?

Hätte Mad es geduldet? Nein, natürlich nicht. Er forderte früh Klärung. Was hatte er eigentlich genau damit gemeint? Hätte ich mich dem gebeugt? War nicht sogar Fintan derjenige, der tatsächlich eine viel größere Entscheidung einforderte? Warum immer gleich Alles oder Nichts? Pest oder Cholera?

Vielleicht ist es etwas typisch Männliches. Würde ich Fintan teilen wollen? Natürlich! Hatte ich ja. Würde ich Mad teilen wollen? Diese Frage konnte ich so prompt gar nicht beantworten. Warum eigentlich? War es genau dieser Anteil Liebe, der über *Alles oder Nichts* entschied? Wenn er auch nur ansatzweise so für mich empfand wie ich für Mad … dann verstand ich es. Augenblicklich kam es bei mir an. Was ich von Fintan verlangte, war unmöglich für ihn. Es war eindeutig zu viel. Plötzlich fiel es mir wie Schuppen von den Augen! Und nun waren sie da, die Schuldgefühle.

Wie recht Fintan hatte. Aber was konnte ich noch tun? Nichts. Die Würfel sind gefallen!

Mein Weg nach Hause war sonderbar. Zwei Stunden verbrachte ich noch an dem Ort. Hoffte ich, Fintan würde zurückkommen? Vielleicht. Ich wollte ihn nie verletzen. Niemals!

GEWISSENSBISSE

Seither vergingen drei Wochen. Meine Erkältung kam zurück. Nicht so dramatisch, dennoch schwächelte ich wieder. Christoph wollte mit mir ans Meer, aber mir fehlte der Impuls. So schleppte ich mich mehr schlecht als recht dahin.

Mad war in diesen Wochen beruflich sehr eingespannt. Sehen konnten wir uns nicht mehr. Doch telefonierten wir ständig. Manchmal erzählte er mir von seinem beruflichen Alltag. Und dann fühlte ich mich ihm ganz nah.

Mein Handy klingelte. Ellen rief an. Sie wollte später zu uns kommen. Christoph war noch unterwegs und hatte am Abend seinen Stammtisch. Wir hatten also genügend Raum für uns.

„Ava, ich habe mir meinen Knöchel verstaucht. Das wird nichts werden, dass ich zu euch komme. Mein Fuß ist sehr angeschwollen, ich muss ihn hochlegen. Ich hätte einen herrlichen Wein."

„Ellen, du musst mich doch nicht ködern", lachte ich auf. „Ich komme! Bis nachher."

„Die Tür habe ich angelehnt. Du brauchst nicht zu klingeln."

Christoph schrieb ich einen Zettel, damit er Bescheid wusste, und schon machte ich mich auf den Weg.

Zu ihr waren es nur ein paar Minuten. „Eigentlich könnte ich auch laufen. Ja! So wird es."

Geschwind schnappte ich mir meine Turnschuhe, eine leichte Jacke und den Schlüssel.

„Handy habe ich dabei. Auf geht's!" Plötzlich blieb ich abrupt hängen. „Mist." Mein Schnürsenkel ist noch offen. „Das hätte auch schief gehen können. Ach, Pralinen kann ich noch mitnehmen."

Es war ein schon recht warmer Tag gewesen. Dafür waren die Nächte noch kühl. Das frische Grün trieb nun mit aller Gewalt heraus. Die Vögel kämpften um ihre Liebsten und ihre Reviere. In Gedanken an Mad und die Eindrücke genießend lief ich gemütlich die Straße entlang. Winkte ein paar Nachbarn zu und hielt ein kurzes Schwätzchen. Und schon war ich da. Viel zu früh. Gerne wäre ich noch ein Stück gelaufen.

Tatsächlich, Ellen lag mit hochgelegtem Fuß auf dem Sofa.

„Hast du Eis da? Du solltest den Knöchel kühlen. Ach herrje, wie hast du das denn geschafft?"

„Schenke uns lieber ein. Das ist noch immer die beste Medizin. Setz dich. Du sollst doch nicht immer etwas mitbringen. Und schon gar nicht dieses furchtbare Zeug." Sofort schnappte sie sich den Kasten. „Machst du uns bitte Musik und die Kerzen an."

„Was immer du möchtest."

„So! Es ist angerichtet."

Die Musik lief. Die Kerzen waren angezündet. Die Gläser gefüllt. Die zwei Katzen hatten es sich auch gemütlich gemacht.

„Wie geht es dir? Hast du etwas von Fintan gehört? Und was macht Mad?"

„Jesses, du hast aber viele Fragen."

„Ja sicher. Du hast dich rar gemacht und mich im Unklaren gelassen."

„Ich wüsste gar nicht, was ich ohne dich machen sollte." Ich schaute Ellen einfach nur dankbar an.

„Wenn ich ein Mann wäre, wüsstest du es", erwiederte sie lachend zurück.

„Im Ernst! Ich bin so dankbar, dass ich dich habe!"

„Lenk nicht ab! Was ist los?"

„Ich bin mir nicht sicher?"

„Was meinst du damit?"

„Ich weiß nicht, wie es mir geht … Einerseits habe ich klar Schiff gemacht."

„Und? Anderseits?"

„Warum fühlt es sich nicht besser an?"

„Vermisst du Fintan?"

„Ist das nicht blöd? Wir hatten uns schon vor einer ganzen Weile voneinander entfernt und es war gut. Und nun?"

„Ist es nicht gut?"

„Das weiß ich nicht. Aber gut ist anders."

„Wie ist es mit Mad?"

„Das ist gut. Mehr als das!"

„Ist es der Sex?"

„Ja sicher! Aber da ist viel mehr. Es ist ein bisschen Liebe im Spiel." Ich lachte.

„Ein bisschen? Ein bisschen viel! Wie kommt er mit Christoph klar?"

„Christoph ist kein Thema. Da lass ich keine Luft dran."

„Aber an Fintan."

„Ja, das habe ich wohl. Ihn habe ich geopfert."

„Geopfert?"

„Ja, das waren Fintans Worte."

„Hat er das so gesagt?"

„Er fühlte sich wie auf der Schlachtbank."

„Oh weh … der Ärmste. Hatte er nach Mad gefragt?"

„Nein! Das tat er nicht."

„Nein?"

„Das hätte mich auch gewundert. Irgendwie
dachte ich, dass es besser so ist … Aber …"

„Du vermisst ihn."

„Hast du schon einmal das Gefühl gehabt, eine
Entscheidung getroffen zu haben, von der du überzeugt warst, dass sie nötig ist. Und trotzdem
schwelt da etwas, aber es ist nicht greifbar … Ich
komme einfach nicht darauf."

„Du hast eine Kopfentscheidung getroffen.
Punkt."

„Aber … Du meinst …"

„Der Bauch kennt kein Aber. Ein Gefühl kennt
kein Aber!"

„So konnte es doch nicht weitergehen."

„Wer sagt das?"

„Ich sage das!"

Ellen schaute mich ungläubig an.

„Was?", fauchte ich. „Mad hat mich zu nichts
gezwungen."

„Eben. Mad ist doch auch in einer Beziehung."

„Mehr oder weniger."

„Er ist es. Punkt! Ob mehr oder weniger. Darum
geht es nicht. Warum lässt du dir die Butter vom
Brot nehmen?"

*Oh weh, Ellen provoziert wieder. Mit ihren Fragen
und Feststellungen. Darauf bin ich nicht vorbereitet.
Ich spüre meine Unsicherheit. Was ist, wenn sie recht
hat? Was ist, wenn ich mich auf dem Holzweg befinde?
Was ist, wenn ich einen Fehler gemacht habe? So jagte
ein Gedanke den anderen.*

Verheiratet sind wir doch alle irgendwie … Mein Gesichtsausdruck war versteinert.

„Was ist?"

„Vera … Ich denke gerade an Vera. Auch sie habe ich geopfert. Und sie sagte schon damals …, dass ich mir nicht so viele Gedanken machen solle."

„Schlaues Mädchen", erwiderte Ellen.

„Ava, Mad wird nicht immer Zeit für dich haben. Das wird auch ruhiger werden. Und dann wirst du dich fragen, ob sich das Schlachten gelohnt hat."

„Nein, das mit Mad ist anders. Da ist Liebe."

„Ja, suchst du denn Liebe?", fragte sie überrascht.

„Gesucht habe ich gar nichts." Wieder schaute Ellen ungläubig.

„Okay, gesucht habe ich Körperlichkeit. Es war die Sehnsucht nach Sexualität."

„Schön, dass du dich daran erinnerst." Ellen grinste. „Ist die jetzt gestillt?"

„Manchmal? Ellen, du solltest mich erden und zurechtstutzen und ermahnen … aber doch nicht in den Zweifel stürzen."

„Das ist nicht mein Zweifel! Schätzchen. Weißt du, was Mad noch macht oder laufen hat?"

„Darüber reden wir nicht. Das interessiert mich auch nicht."

„Eben. Und du machst Wellen und einen Frühjahrsputz, der nicht nötig ist."

„Das ist genau das, was ich nicht möchte!"

„Was möchtest du nicht?"

„Unsicher werden."

„Das bist du doch schon von Anfang an, seit deiner Entscheidung. Warum glaubst du, bist du ständig krank?"

„Ich bin doch nicht krank!" Der Blick von Ellen sagte alles …

„Du meinst, da gibt es einen Zusammenhang?"

„Sicher! Du stehst nicht dahinter. Dein Körper spricht eine andere, eindeutige Sprache. Du hast es für Mad getan. Nicht für dich. Prost …"

„Ist eine Trennung nicht immer schmerzhaft? Woher will ich vorher wissen, was für ein Schmerz das ist?"

„Nein! Nicht immer! Sie kann sich auch wie ein Neuanfang anfühlen. Ja, und sie kann auch traumatisch sein."

Ellen und ich diskutierten den ganzen Abend. Manchmal mussten wir lachen. Manchmal liefen uns die Tränen. Ein Satz blieb hängen! Ihre Frage, ob wir ein Kondom benutzt hätten, machte mich stutzig. So ganz ungefährlich war das nicht. „Aufpassen, Mädchen!"

Ja, das waren völlig neue Aspekte, auf die ich wohl noch besser achtgeben sollte! Das waren Anfängerfehler.

Die Pralinen waren gegessen. Die zweite Flasche Wein getrunken und ich war ziemlich angeschickert. Aber ich fühlte mich gut.

„Du hast recht. Alkohol ist eine gute Medizin. Ich pack es."

„Du läufst nicht. Warte, ich rufe ein Taxi!"

Während Ellen sich um das Taxi kümmerte, rief ich in meinem Zustand Fintan an. Doch keine Reaktion. Egal, mir ging es schon jetzt besser.

Gerade, als ich mich hinten ins Taxi setzte, rief Fintan zurück.

„Bitte fahren Sie eine große Runde."

„Ava?"

„Mir geht es nicht gut! Mist!"

„Ich hätte nicht einfach gehen dürfen", sagte er ruhig.

„Ich sage es dir gleich: Ich bin betrunken... Es fühlt sich einfach nicht gut an. Möglicherweise habe ich einen großen Fehler gemacht. Ich vermisse dich. Ich vermisse unser Beisammensein. Warte bitte einen Moment, ich möchte kurz bezahlen."

Nachdem ich ausgestiegen war, setzte ich mich auf die Treppe. Christoph war noch nicht da.

„Ich vermisse unseren Sex … sag bitte etwas! Hau mir irgendetwas um die Ohren. Aber sag etwas."

„Es ist schön, deine Stimme zu hören."

„Fintan, ich wollte dich nie verletzen. Darf ich dich morgen noch einmal belästigen? Ich befürchte, dass ich mich jetzt sonst noch um Kopf und Kragen rede."

„Du weißt, dass du mich niemals belästigst. Und du weißt, dass du es könntest. Gute Nacht, Ava."

„Danke! Gute Nacht."

Sofort fühlte ich es! Das war das Beste, was ich tun konnte! In diesem Moment kam Christoph angefahren. Gemeinsam gingen wir ins Haus.

Die Nacht war kurz. Ich hatte unruhig geschlafen und wirres Zeug geträumt. Doch konnte ich mich nicht genau daran erinnern. Ich war unterwegs und hatte wieder viel zu viel Gepäck dabei. Meine Freunde, mit denen ich zusammen war, sind schon voraus gegangen. Und plötzlich war da meine Freundin Gitte aus alten Schultagen. Sie drehte sich mit einem merkwürdigen Blick zu mir ... Er war entfremdet und auch etwas hilfesuchend ... Mh, keine Ahnung, was das zu bedeuten hatte.

Obwohl ich gestern mindestens ein Glas zu viel hatte, ging es mir sehr gut. Und ich wusste genau, womit das zu tun hatte.

Natürlich fragte mich Christoph, was mit mir wäre. Mit der Wahrheit kam ich immer gut an.

„Zu viel vom leckeren Wein ..."

Christoph grinste und war einfach nur zufrieden. Zufrieden darüber, dass es mir wieder gut ging.

Am Frühstückstisch sprachen wir über meine Planung. Da war einiges liegen geblieben. Hanna, die mir im Verlag zur Seite stand, musste ich mehr beanspruchen. Schon in der nächsten Woche wollte ich mich wieder auf die Piste machen. Ein erstes Seminar im neuen Jahr, welches nun schon das erste Quartal hinter sich gebracht hatte, gab mir genügend Drive. Es lief. Nicht ganz so, wie ich es mir wünschte ... dennoch war ich zufrieden!

Am späten Nachmittag hatte ich Muße und Freiraum, Fintan anzurufen. Per WhatsApp kündigte ich mich vorsichtshalber an. Es passte. Gleich nach dem ersten Klingeln nahm er mich an.

„Hallo", hauchte ich hinein.

„Wie geht es dir?"

„Gut! Und ich stehe zu allem, was ich gestern sagte."

Langsam und sachte tasteten wir uns heran. Beide achteten wir auf feinste Nuancen unserer Worte. Keiner von uns wollte sich einen Fehltritt leisten. Das Eis war dünn und brüchig.

Zu gut kannten wir uns und ahnten, dass wir noch nicht sicher waren. Doch ich hatte nichts zu verlieren. Nicht mehr als vor drei Wochen. Das Nichts war natürlich kein Nichts.

Welche Bedingungen werden wir einfordern?

„Wie geht es dir?"

„Wie jemandem, der von der Schlachtbank heruntergezerrt wurde und sich unsicher in seiner weiteren Verwertbarkeit ist."

„Hey ... sei gnädig mit mir. Was kann ich tun, um mich dir nähern zu können, ohne dass es noch konfuser wird?"

„Ich weiß, dass ich mit Unverständnis reagiert und dich unter Druck gesetzt habe. Aber das ist für einen Mann nicht ganz einfach. Du sagst so viele schöne Sachen und wie viel ich dir bedeute und doch reicht es plötzlich nicht. Reiche ich dir nicht mehr."

„Das habe ich so nie gesagt. Die Liebe hast *du* ins Spiel gebracht und ja, das hat mich unter Druck gesetzt. Ich habe nie behauptet, dass du nicht reichst. Es waren deine Worte! Möglicherweise genügt mir das nicht mehr. So sagtest du es. Das, was wir hatten, war perfekt. Plötzlich hatte ich Angst."

„Vor Liebe? ... vor meiner Liebe zu dir?", unterbrach er mich ungläubig. „Genau das nehme ich dir nicht ab."

„Worauf willst du hinaus? So ganz verstehe ich dich nicht. Für mich kommt eine Scheidung nicht in Frage. Da war das Gefühl, dass du genau diesen Schritt gehen willst. Diese Verantwortung war mir zu groß. Das hat mir Angst gemacht! Wir hatten einen Deal. Und plötzlich beginnt der aufzuweichen. Darauf war und bin ich nicht vorbereitet. Darauf will ich mich auch nicht vorbereiten. Ich sage dir, was ich will."

Augenblicklich lief ich zur Hochform auf. Da war im Hinterkopf die Warnung von Ellen mir nicht die Butter vom Brot nehmen zu lassen. Aber auch der Satz: Was will *ich*?

„Das Leben, den Sex mit dir, will ich genießen. Und unsere Saunagänge in dem viel zu kleinen Ding in deinem Bad. Ich liebe deinen Schwanz und die Art, wie du ihn benutzt, wenn du mich berührst und mich an deinen Fantasien teilhaben lässt. Ich mag es, von dir verführt zu werden. Alles, aber auch alles an dir, liebe ich. Warum können wir nicht einfach da weiter machen?"

„Weil dich deine Angst vor meiner Liebe in die Flucht geschlagen hat."

„Möglich. Aber vielleicht auch die Angst vor deiner Enttäuschung, mich nicht weiter in deine Richtung zu bewegen. Es stimmt, dass ich mich dem entziehen wollte. Tatsächlich wollte ich dir das nicht zumuten. Oder mir? Fintan, ich weiß es nicht und ich habe keinen Plan. Ich weiß nur, dass eine Trennung auch keine Lösung ist!"

„Können wir uns sehen?" Spontan erreichte mich ein Glücksgefühl. Es lief gar nicht so schlecht. Und ja, ich würde zu ihm ins Haus kommen.

„Sehr gerne würde ich dich sehen wollen. Nächste Woche?"

„Okay!"

Wenn ich den Weg einer Hure gehen müsste, um zu mir zu finden und meine Bedürfnisse stillen zu können, dann verdammt noch mal, wollte ich diesen Weg gehen!

Vielleicht hatte es auch einfach diese Entscheidung gebraucht, die, einen Cut zu machen. Spürte ich doch erst jetzt, wie sehr ich ihn brauchte. Es hatte sich schrecklich und nicht richtig angefühlt. Plötzlich hatte ich ihn vermisst. Ihn und alles, was Fintan ausmachte. Vorher war mir das nicht möglich. Es war eine reine Kopfentscheidung und weiter nichts. Auf meine Gefühle hatte ich absolut nicht geachtet. Von Mad war ich berauscht und doch sollte auch er nicht die Macht haben, Forderungen zu stellen, direkt oder indirekt!

Diese Erkenntnis konnte erst mit der Entscheidung, mich von Fintan zu lösen, wachsen.

ZURÜCK ZUM URSPRUNG?

Keinen Tag mehr als erforderlich wollten wir warten. Fintan und ich konnten uns endlich sehen. Wir waren bei ihm. Natürlich!

Das Licht war gedämpft. Nur eine Kerze reichte aus, um die warme Stimmung von innen nach außen zu tragen. Wir saßen beieinander. Fintan wandte sich mir zu und flüsterte:

„Ich sehe doch, wie still und traurig du bist."

„Unsere Trennung ging nicht spurlos an mir vorüber."

„Sind wir denn das?"

„*Ich* kann es nicht! Und ich *will* es nicht."

„Liebhaber oder Freund?"

„Noch immer: Alles oder Nichts? ... Beides will ich!"

„Was ist, wenn du wieder vor einer Brücke stehst?"

„Keiner kann das ausschließen. Es ist nicht schlimm, nicht darüber zu gehen ... solange du in meiner Nähe bist."

„Was ist, wenn ich nicht mehr dastehe und warte?"

„Dann erinnere ich mich an uns. Und ich weiß, ich bin in der letzten Nacht, die wir miteinander verbrachten, in deinen Armen eingeschlafen."

Fintan und ich ließen unsere Gemütsverfassung auf uns wirken. Auch er war einen Weg der Erkenntnisse gegangen. Vielleicht sogar einer

Läuterung. Er gab zu, sich auf Abwegen befunden zu haben.

„Für mich wird es immer schwieriger, dich gehen zu lassen. Wie lange braucht es zur nächsten Brücke?"

„Auch ich habe Angst, dich zu verlieren. Vielleicht bist du es, der irgendwann eine Entscheidung trifft. Woher wollen wir das wissen? Solange du dich auf meine Bedingungen einlassen kannst, kann es funktionieren."

„Den Eindruck hatte ich am Ende nicht. Doch dein Anruf hat mich wachgerüttelt. Mir ist klar geworden, dass ich nicht mehr einfordern kann. Trotzdem ist es einfach nur hart."

„Hart wird es für mich, wenn du mich nicht bald in deine Arme nimmst und nicht anfängst, die wunderbaren Dinge zu tun … die du sonst tust …"

Zaghaft näherte ich mich ihm. Suchte mit meiner Hand seine, um ihm zu zeigen, dass er mich berühren durfte.

„Lass uns die schönste Sache der Welt machen …", hauchte ich ihm ins Ohr und küsste sanft seinen Hals.

Nach einer wunderbaren Nacht und dem prickelndsten Versöhnungssex flirrte mir ein Gedanke durch den Kopf:

Ava erobert Fintan … zurück! Amüsiert darüber dachte ich: *Es ist wie früher …*

Als wir uns voneinander verabschiedeten, taten wir das als Versöhnte. Wir hatten die Ewigkeit zurückgeholt und uns vorgenommen, den Kopf außer acht zu lassen. Für uns beide war der Preis eines absoluten und vollkommenen individuellen

Glücks zu hoch. Dieser Anspruch war für jeden von uns unangemessen. Wir erkannten in unseren vielen Gesprächen, dass es uns eigentlich nie wirklich darum ging. Und doch strebten wir nach einem Ideal, dass es so nicht brauchte. Wir brauchten uns. Ja, das wussten wir beide. Nun wussten wir auch, dass da durchaus unterschiedliche Anteile wirkten. Jetzt durften sie es auch sein. Die Liebe Fintans zu mir brauchte mich nicht zu ängstigen und meine Fluchttendenzen hatten nichts mit meiner tiefen Zuneigung zu ihm zu tun. Wir konnten einander sicher sein. Wir waren uns selbst genug. Dass die Grenzen noch immer verschwammen, war okay.

Selig und zufrieden fuhr ich nach Hause. Ja, das fühlte sich gut an!

So vergingen die Tage und Wochen. Es war Hochsommer. Zu dieser Zeit beabsichtigte ich mein letztes Seminar vor der großen Sommerpause zu geben. Ich wollte Vera und Ben das erste Mal als frischgebackene Eltern besuchen. Auf diese Begegnung freute ich mich unsagbar. Am liebsten hätte ich Christoph mitgenommen. Doch unsere Kinder hatten ihn eingeplant. Isabelle fand ein passendes Fahrzeug und bat ihren Vater um Unterstützung. Johannes schaute sich Eigenheime an. Auch hier wurde er gebraucht. Fintan kündigte sich ebenfalls an, das war aber noch nicht sicher.

Christoph und ich gingen am Vorabend meiner Reise aus. Eigentlich war sein Wunsch für uns zu kochen.

„Wenn ich wiederkomme, kannst du das gerne nachholen!"

„Hoffentlich kommst du zurück", grinste er. Christoph nahm meine Hand und küsste sie.

Da waren gleich zwei Anspielungen auf einmal. Manchmal hatte er ein merkwürdiges Timing. *Cool bleiben, Ava!*

An dem Abend liebten Christoph und ich uns fast so wie früher. Es war schön. Obwohl er keinen Orgasmus hatte, blieb er friedlich... mit sich. Wahrscheinlich, weil ich einen hatte.

Diese Reise wollte ich auch für ein Treffen mit Mad nutzen.

Als ich Mad den Vorschlag machte, in seine Nähe kommen zu wollen, hielt er es zunächst für einen Scherz. Doch als ich ihn darum bat, mir ein nettes Hotel auszusuchen, flippte er vor Freude fast aus. Das überraschte mich, hielt ich ihn doch für cooler. Er war schwer beeindruckt davon, dass ich beabsichtigte ihn zu besuchen. Aber was das betraf, war ich ihm einige Gänge schuldig. Dass er bei mir verweilte, als ich krank war, werde ich ihm nie vergessen!

Am späten Nachmittag checkte ich im Hotel ein. Etwas verschwitzt entschloss ich mich für ein Bad. Während ich relaxte, überlegte ich mir, wie ich Mad überraschen könnte. Ich wusste, dass er auf Strümpfe stand ... Natürlich hatte ich feinste Unterwäsche eingepackt. Einen schwarzen BH mit passendem String und Strapshalter. Schon der Gedanke brachte mich in angenehme Unruhe. *Mad hatte gesagt, dass er mich entführen wolle, und doch würde ich ihn verführen.* Amüsiert über meine Gedanken genoss ich mein warmes Bad.

Mad wollte gleich da sein. Langsam wurde ich aufgeregt. Ein paar Wochen vergingen seit unserer letzten Begegnung. Ich konnte nicht leugnen, mich nach ihm zu sehnen.

Dann hörte ich ihn. Leise klopfte es an der Tür. Provozierend zögerlich öffnete ich sie. Nur einen Spalt. Über meiner Unterwäsche hatte ich mir leger ein Hemd gezogen und ... ich trug es offen. Sofort konnte er es sehen. Mad stand angelehnt am Rahmen und erfreute sich an meinem Anblick. Die Türe etwas geöffnet zog ich ihn zu mir herein. Kaum, dass sie geschlossen war, drückte er mich sanft an die Wand, begann, mich zu küssen und mein Hemd abzustreifen, weiter am Hals und an den Schultern entlang. Wie ich es liebte!

Er zog sich sein Shirt aus. Die Jeans öffnete ich. Stöhnend und schwer atmend liebkosten wir uns.

„Liebster, ich habe dich so vermisst ..."

Weiter kam ich nicht. Seine Zunge umringte meine und dann spürte ich seine Hände an meinen Beinen. An meinen Armen. An meinen Brüsten ...

„Baby... du kannst mich nicht mehr so lange allein lassen ...", sagte er und ich genoss. Ich genoss seine Worte. Seine Hände. Seinen Körper. Nun drehte ich Mad an die Wand und er durfte mich genießen. Ich liebte seinen Schwanz und seine Behaarung.

„Endlich spüre ich dich wieder ...", hauchte ich und Mad packte und küsste mich um den Verstand. Im Bett gelandet zog er mir meinen BH aus. Die Strümpfe nicht! Es ging schnell. Zuerst kam Mad. Beide mussten wir lachen.

„Sag ich doch, das war einfach zu lange ..."

„Du kannst das wieder gut machen. Der Abend ist noch jung."

Mad drehte sich zur Seite, stützte sich mit einem Arm ab und betrachtete mich.

„Was?", fragte ich keck.

„Meine Freundin hat Multiple Sklerose und seit ein paar Monaten schwere Schübe. Ihr geht es nicht gut. Sie war vor sieben Jahren der Grund meiner Scheidung. Da war die Welt noch in Ordnung. Na ja, wie sie eben nach einer Scheidung sein kann. Von ihrer Erkrankung wussten wir nichts. Seit zwei Jahren läuft das so und ich habe nicht den Mut, sie zu verlassen", sagte er.

„Warum sagst du mir das erst jetzt?"

„Weil ich keine Mitleidsnummer sein will und dich nicht gleich in die Flucht schlagen wollte."

„Du weißt, dass das Blödsinn ist. Es hätte uns helfen können, mir helfen können."

„Warum?"

„Erinnere dich: Ich hatte Angst davor, dass du keine Grenzen einhalten könntest. So bist du doch keine Bedrohung für mich ... Du hättest es bei deiner Faktenaufführung erwähnen können. Frauen stehen auf solche Typen." Ich lächelte etwas.

„Sag ich doch ... der arme Mann ... Ich habe ein paar kennengelernt."

„Ach ... und weiter?"

„Nichts weiter. Immer dann, wenn es ans Eingemachte ging, gingen auch die Frauen."

„Jetzt verstehe ich. Was suchtest du?"

„Was sucht ein Mann?"

„Das weiß ich nicht. Sage es mir?", fragte ich ehrlich nach.

„Zuwendung, Sex ... Und ich wollte mich einfach wieder verlieben", sagte er und ich glaubte ihm. Da war etwas Grundehrliches in seiner

Aussage. Und sie triggerte mich an. Da war ein Mann, der sich vor mir auszog. Im wahrsten Sinne des Wortes. Mad lag nackt vor mir und riskierte alles. Ausgerechnet jetzt in einem Zustand der größten Empfindsamkeit, Verwundbarkeit, traute er sich! Plötzlich erkannte ich mich selbst. *War es nicht auch genau das, was ich suchte und vermisste? Aber Liebe? Suchte ich auch Liebe? Verliebt sein ja, vielleicht ... möglich.* Und doch überraschte mich mein Gedanke.

„Was denkst du, Ava? Mache ich dir wieder Angst?"

„Es sind viele Gedanken, nicht einer im Besonderen. Und nein, Angst habe ich keine. Nicht vor dir und nicht vor deinen Gefühlen. Mir wird klar, dass ich Angst vor mir selbst hatte und noch habe. Angst vor meinen eigenen Gefühlen. Vielleicht auch Angst vor Liebe ... Irgendwie dachte ich ... Sex und Liebe trennen zu können, trennen zu müssen. Anfänglich funktionierte das auch gut. Aber bei mir kommt langsam an, dass es diese von mir selbst gesteckten Grenzen nicht gibt, nicht geben kann. Bei dir wurde mir das früh bewusst. Nein, bewusst nicht. Denn ich agierte eher unbewusst ..."

Wie ist es mit Fintan? Da geht das doch?, sinnierte ich für mich im Stillen weiter. *Aber ist da nicht auch Liebe im Spiel?*

„Ist Liebe eigentlich messbar? Entscheidet ein bestimmtes Maß an Liebe, ob es tatsächlich nur um sexuelle Begierde geht? Wollen wir uns alle unbewusst eigentlich nur verlieben?", sagte ich laut.

„Bei mir ist es wohl so!" Mad schaute mich an. „Vom ersten Moment an, war es für mich bei dir mehr als ...?"

„Woran merkt man das genau? Woran hast du das festmachen können?"

„Das ist ein kurzer Blick, in die Augen. Ein Blick in deine wunderbaren Augen und ich wusste es. Und als ich dich küsste, spürte ich es ... und mein Kleiner auch."

„Echt?"

„Der stand sofort."

„Aber woher weißt du, dass das Liebe ist? Du wolltest mich doch nur einfach *haben* oder ficken, sagtest du jedenfalls."

Mad schüttelt den Kopf. „Nein! Ich wollte dich näher kennenlernen. Doch schon da hattest du geblockt. Als du mir dann von dem anderen Mann erzähltest, habe ich nichts mehr verstanden. Warum er und nicht ich? Küsst er dich so wie ich dich? ... Was ist eigentlich so schlimm daran, sich zu verlieben? Das macht es doch erst so besonders! Warum reduzierst du mich auf den Sex?"

„Für eine Frau ist das wohl etwas komplizierter, glaube ich. Noch bis vor zwei Jahren hätte ich mich schon allein für den Gedanken an einen anderen Mann verurteilt. So etwas kannte ich nicht und ich bin nicht besonders gut im Lügen. Nun belüge ich nicht mehr nur meinen Mann. Ich betrüge und gehe fremd. Mad, so habe ich mir das ganz sicher nicht vorgestellt. Körperlich tut es mir gut. Seelisch ist es ziemlich stressig."

„Das bedeutet, Sex ist für dich in Ordnung, Liebe aber nicht? Verstehe ich dich richtig?"

„Kann man mehr als einen Menschen wahrhaft lieben?"

„Wenn du deinen Mann wahrhaft lieben würdest, würdest du nicht hier bei mir sein."

Augenblicklich änderte sich die Stimmung. Mad war lieb, zärtlich und ruhig. Er sagte diese Dinge zu mir und blieb dennoch irgendwie unberührt. Obwohl er sie klar benannte, bewertete er sie nicht. Wie er das schaffte, wusste ich nicht. Da war der Impuls, aufzustehen und wegzugehen. Und doch blieb ich. Weil ich spürte, dass wir so nie wieder die Tatsachen in ihrer Tiefe betrachten könnten, ohne uns zu verletzen. Wenn nicht jetzt, wann dann?

„Dann verstehst du vielleicht meine Ängste und meine Zweifel. Du kannst dir nicht vorstellen, welche Kämpfe ich hinter mich gebracht habe. Und ich kämpfe noch immer. Doch geht es mir auch sehr gut. Vorsicht, Mad, ich bin nicht so sicher, wie du möglicherweise glaubst!"

„Bin ich noch die Nummer zwei?"

„Sagte ich nicht gerade: Vorsicht?" Mein Blick wurde streng. „Ich habe nicht damit gerechnet, jetzt und heute Rede und Antwort stehen zu müssen."

Plötzlich suchte Mad nach meiner Hand und sagte: „Ich auch nicht, Ava!"

„Das macht es mir nicht einfacher. Du hast sehr viele Fragen. Sie klingen nicht wie Musik in meinen Ohren. Von Anfang an habe ich aus meiner Situation kein Geheimnis gemacht. Nicht vor dir! Du hast die Begabung, mir unterschwellig ein schlechtes Gewissen zu machen. Ich weiß, dass es meins ist und dass ich es unterdrücke. Doch du kramst es hervor. Du willst Klarheit. Eine, die dir eigentlich nicht zusteht. Eine, die dir nichts bringt. Willst du mir suggerieren, dass ich meinen Mann nicht mehr liebe oder nicht mehr genügend liebe? Ist die Liebe zu der Frau, die an deiner Seite lebt, plötzlich weniger wert, weil sie krank ist?" Mich hatte es nun aus meiner Gemütlichkeit gezerrt. Ich war aufgestanden.

„Um deinen Mann geht es mir gar nicht! Eigentlich habe ich dich nur nach dem anderen fragen wollen ... Warum schlägst du so um dich? Ich dachte, er ist bedeutungslos."

„Nein! Das ist er nicht. Ohne ihn würde ich nicht hier bei dir sein können. Ohne ihn könnte ich meinen Mann nicht mit dir betrügen."

Mad schaute mich entgeistert an. Als ob er verstand und eigentlich nichts verstand ...

„Mad, ich liebe dich! Ja, das ist so und ja, dagegen habe ich mich von Anfang an zu wehren versucht. Vom ersten Moment an spürte ich es. Ja, vielleicht habe ich Angst vor der Liebe, vor deiner. Du könntest mir wirklich gefährlich werden. Aber nur, wenn du Alles oder Nichts einforderst."

Mad stand auf und umarmte mich. Er umarmte mich so innig, dass ich in seinen Armen wie Butter zerfloss und dann schossen sie mir in die Augen. Ich konnte sie nicht zurückhalten, die Tränen.

„Ava, auch ich liebe dich. Auch dafür, dass du mich nicht wegschickst und es aushalten kannst." Dann nahm er mein Gesicht und küsste meine Tränen trocken.

„Ich bin ein Mann und Männer teilen nicht gerne, ihre Frauen schon gar nicht. Doch von dir lerne ich wohl, wirklich zu lieben." Mad küsste mich, wie er es immer tat, und für den Augenblick vergaß ich, was um mich herum und in mir geschah. Wir liebten uns in einer völlig anderen, neuen körperlichen Art. In einer anderen Dimension. Erfolgreich; auch dort hatte ich einen Megaorgasmus. Wir fielen erschöpft in unsere Arme.

„Jetzt liegen die Fakten auf dem Tisch."

„Auf dem Tisch?" Beide mussten wir lachen.

„Wie heißt er eigentlich? Ich meine, ich sollte es schon wissen. Der Typ scheint in Ordnung zu sein."

„Fintan! Aber mehr gibt es nicht. Er gehört zu mir. Auch Frauen teilen nicht gerne!"

Mad und ich verbrachten noch ein paar Stunden im Hotel.

„Ava, ich möchte dir gerne etwas zeigen. Darf ich?"

„Alles, was du willst."

Ich hatte keine Ahnung. Wenn ich es gewusst hätte, hätte ich mich geweigert. Vielleicht.

„Was möchtest du an mir sehen?"

„Nichts?", gab er fragend zurück und lächelte. „Nein, du solltest dich in deiner Haut wohl fühlen", fügte er noch hinzu.

„Dann doch nackt! Was hast du vor? Möchtest du noch ausgehen oder eher gemütlich beieinander sein? Das kleine Schwarze oder die Jeans? Schau mich an."

„Du hast recht, die Jeans!"

Eng umschlungen verließen wir das Hotel. Erst draußen fragte ich Mad, ob das nicht zu Verwicklungen führen könnte.

„Bin ich verheiratet?", antwortete er frech zurück.

„Es ist dein Revier! Ich würde mich so in meiner Gegend nicht mit dir zeigen! Ich erwarte es von dir auch nicht", gab ich knallhart zurück.

„Ich weiß!" Doch Mad war davon unbeeindruckt. „Ich weiß aber auch, dass du mich liebst!", fügte er heroisch hinzu.

„Stimmt!", sagte ich.

„Mad, du musst mir hier nichts beweisen. Morgen schon bin ich weg und dein Alltag kehrt zurück."

„Mich musst du nicht auch noch schützen." Mad gab mir einen liebevollen Kuss.

„Was wir uns alles sagen können?", dachte ich laut.

Nach ein paar Metern durch die Innenstadt und einer Seitenstraße waren wir da. Mad blieb stehen und schaute mich an.

„Was?", ich hatte wirklich keine Ahnung.

„Hier wohne ich."

„Oha …" Mehr brachte ich nicht über meine Lippen.

„Sie ist nicht da."

„Findest du es passend?"

„Findest du wildfremde Hotels passend?"

„Manchmal ja. Was erwartest du dir jetzt davon?"

„Ich möchte dir zeigen, wen du liebst. Mein Vertrauen zu dir ist unendlich", sagte er und ich glaubte es.

„Es könnte mich noch mehr verunsichern. Das sind Grenzen …" Mad unterbrach mich mit einem Kuss und sagte: „Deine Grenzen …"

Ich konnte es nicht fassen. Mad brachte mich in
seine Wohnung. Gott sein Dank blieb er anständig.
Wir tranken ein Glas Wein und das war es.

„Warum ist dir das so wichtig?"

„Ich mag keine Grenzen."

„Manchmal sind sie hilfreich."

„Für die Liebe?"

„Glaubst du, dass es ihr gefallen würde?"

„Mir gefällt auch nicht alles ... Ava, ich habe ihr
von uns erzählt. Sie weiß von dir", sagte er und
mir wurde augenblicklich warm. Sehr warm. Un-
gemütlich warm.

„Mad! Du magst vielleicht keine Grenzen, ich
schon!"

Ein Blick genügte.

„Ja und? Muss das jetzt auch für mich gelten?"

„Oh Mann, du bist vielleicht eine harte Nuss."

„Merkst du eigentlich nicht, wie ähnlich wir uns
sind?"

„Neeeeiiiinnn ... wir sind uns nicht ähnlich!"

Mad lächelte so unverschämt verständnisvoll
und erhaben, dass es mich fast wütend machte.

„Lass mich einfach machen. Keine Angst, ich
werde dir dein philiströses Leben schon nicht
durcheinanderbringen. Du hast einen Platz in meinem Leben. In meinem kleinen Dunstkreis. In meinem überschaubaren Radius. Was du machst, ist
dein Ding! Okay? Ohne dich möchte ich nicht
mehr sein. Aber wo wirst du sein, wenn du morgen weitergezogen bist? Wo wirst du sein, wenn
du wieder bei Fintan oder deinem Mann bist?"

„Mad! Das braucht es nicht! Ich brauche das
nicht."

„Du nicht! Aber ich."

Spontan hielt ich meine rechte Hand auf mein Herz. „Du bist hier."

„Und? Soll ich nun die Hand auf meinen Schwanz halten, damit ich mit deiner Symbol-Sprache mithalte? Du hast deine Gedankenwelt und ich meine!"

Boa … der Kerl machte mich fertig. Immer hatte er das letzte Wort. Dennoch konnte ich meine Augen davor nicht verschließen.

„Hey! Ich dachte, es ist Liebe …", sagte ich scherzhaft.

„Ab jetzt sehe ich dich auf dem Sofa in meinem Wohnzimmer sitzen und ich werde es genießen. Immer dann, wenn du mir besonders fehlst."

„Willst du mich nicht auch noch mit auf deine Dienststelle nehmen?"

„Okay. Kein Problem!"

„Hast du denn überhaupt keine Angst? Die Leute werden reden."

„Das hoffe ich doch. Sie werden sagen, dass ich mit einem Engel von Frau unterwegs bin."

„Deiner Frau gegenüber fühle ich mich nicht besonders wohl. Warum ist sie nicht hier? Also, nicht, dass ich jetzt verrückt darauf bin. Ich dachte, ihr lebt zusammen. Wie ist eigentlich ihr Name?"

„Rafaela. Sie ist Kubanerin. Nein, wir haben getrennte Wohnungen."

„Ach, doch Grenzen? Mad, das ist gerade alles ein bisschen heftig."

„Du hast gefragt. Frag mich und du wirst immer eine ehrliche Antwort von mir bekommen."

„Können wir nicht einfach einen Gang zurück-
schalten? Wo sind wir beide? Nur wir beide? Ich
will nicht auf deinem Sofa sitzen."

Prompt musste ich an Ellen denken. An Ellen
und die Geschichte des Sofas. *Das war doch unglaublich! Sie sollte so recht behalten.*

„Hast du Hunger?", fragte Mad.

„Ein wenig."

Mad und ich gingen noch essen und tranken ein
Bier. Er zeigte mir seine Welt. Öffnete sich, und
ich? Verschloss mich?

Das war eindeutig zu viel. Das Tempo zu
schnell. Natürlich spürte er das. Und doch fand er
die richtigen Worte.

„Ava, ich möchte, dass du einen Platz in meinem Leben hast. Du musst nichts! Du kannst! Und
wenn ich heute Nacht bei dir sein darf, dann wäre
das schön. Einfach nur dich spüren. Ohne Hinter-
gedanken. Okay?"

Und es war so. Mad blieb die Nacht über bei
mir. Es war schön. Wir lachten einfach. Umarmten
und küssten uns. Besonders unsere Hände. Warum wir das ständig taten, wussten wir eigentlich
nicht.

Es war zwar nicht das erste Mal, dass ich die
Nacht als verheiratete Frau mit einem anderen
Mann verbrachte. Aber trotzdem war es mit nichts
vergleichbar. Es fühlte sich anders an und es war
nicht nur angenehm. Soeben spürte ich da auch ein
schlechtes Gewissen. Nicht nur mir gegenüber.

„Ich weiß nicht, wie es morgen sein wird. Ein
wenig bang ist mir." Mad beruhigte mich.

„Ich verspreche dir, dass du es nicht bereuen
wirst", sagte er.

Als ich am Morgen erwachte, war Mad nicht mehr da. Ein Zettel lag auf dem Kissen und eine Rose.

Die ganze Nacht war ich unruhig und konnte nicht schlafen. Scheinbar hatte es mich dann doch in den Morgenstunden hingerafft. Dass Mad nicht mehr da war, empfand ich als enttäuschend. Plötzlich vermisste ich ihn. Noch liegend las ich seine Zeilen:

„Ich danke dir für die Nacht. Es ist schön mit dir. Es ist Liebe! Und ich bin verrückt nach dir! Dein Mad!"

Fünf kurze Sätze und sie sagten alles! „Oh mein Gott! Wohin führt das noch?"

Nach einem ausgiebigen Frühstück checkte ich aus und überlegte, noch kurz in die Stadt zu gehen. Aber eigentlich sollte ich weiterfahren. Das kommende Seminar wäre jedoch keine allzu große Herausforderung. Ich war gut vorbereitet. Also warum so eine Eile?

Die Sonne schien und der Himmel war wolkenlos. *Vielleicht sollte ich mir doch die Innenstadt ansehen?* Augenblicklich überflutete mich ein unglaublich positives Gefühl und ich wusste, es war ein guter Gedanke.

Auf dem Markt war reges Treiben. Für einen Moment musste ich mich orientieren. Bei Nacht sah alles so anders aus. Auf der gegenüberliegenden Seite lagen Geschäfte und ein Caféhaus. Zur rechten Seite befand sich ein Museum. Mit seinen mächtigen Stufen lud es förmlich zum Hinsetzen ein. Spontan lief ich dorthin und machte es mir bequem. Natürlich überlegte ich, Mad anzurufen. Als ich das Handy in die Hand nahm, kam ein Anruf herein. „Hanna?"

Tja, so konnte es auch laufen. Das war eine Premiere! Zum ersten Mal fiel mein Seminar aus! Zwei Erkrankungen machten es unmöglich. Jetzt musste ich herzlich lachen.

„Ist das Zufall? Was mache ich jetzt? Plötzlich habe ich Spielraum. Doch für was?"

Nun saß ich da, mit meiner Sonnenbrille, auf den Stufen in einer fremden Stadt. „Ich könnte zu Vera und Fintan fahren. Wäre es maßlos, Mad anzurufen? Jetzt habe ich einen Joker und weiß ihn nicht recht einzusetzen." Trotzdem rief ich Mad an.

„Hey, Geliebter. Ich wollte mich für deine Worte und deine Rose bedanken."

„Wo bist du?"

„Hier."

„Du bist noch in der Stadt?"

„Ja."

„Was ist los?"

„Sehnsucht."

„Du weißt nicht, was du sagst."

„Möglich."

„Wo bist du?"

„Ich blicke von den Stufen herunter."

„Warte dort. Ich komme."

Nach einer halben Stunde sah ich ihn. Mitten auf dem Platz stand er und beobachtete mich. „Was für ein Anblick!" Mad trug eine Jeans mit einem weißen Hemd und einem lässigen dunkelblauen Sakko darüber. Mit seiner coolen Sonnenbrille sah er unverschämt gut aus. Er wusste es. Ganz sicher! Rotzfrech stand er mit verschränkten Armen da und grinste. Mit meinen Armen stützte ich mich auf den Knien ab und tippte mit den Fingern am Kinn herum. Dann lehnte ich mich zurück, überschlug meine Beine und genoss ihn. Meine Sonnenbrille steckte ich nach hinten ins Haar. Durch einen leichten Windhauch bewegte sich etwas meine Bluse. Sie war leuchtendblau und ein echter Hingucker. Dazu trug ich am liebsten roten Lippenstift. Mad hatte mich mit solchen Lippen noch nicht gesehen. So ganz sicher war ich mir nicht, ob es ihm gefallen würde. Allerdings war ich es bei meinen lackierten Fingernägeln. Die mochte er! Besonders, wenn ich ihn damit bearbeitete. Nicht zu sehr, aber doch spürbar!

Während ich so relaxt dasaß und Mad aus der Entfernung betrachtete, wurde mir bewusst, dass er mich sehr an Christoph, insbesondere an unsere Anfangsjahre, erinnerte. Ja, da war diese unglaubliche körperliche und erotische Anziehungskraft. Auch er hatte, wie mein Mann, ein starkes Selbstwertgefühl. Beide schienen sich, zwar nicht ausschließlich, über einen persönlichen Freiraum zu definieren. Ich spürte diesen starken Drang nach Freiheit und einer Art Ungebundenheit. Als ich Christoph kennenlernte, war auch er noch in einer anderen Beziehung. Trotzdem war es für ihn kein allzu großes Problem, sich auf mich einzulassen. Mein Gott, das hatte ich vergessen! Wie Mad fing er mich durch seine männliche und sehr selbstbewusste Präsenz ein. Beide waren in der Lage, mir das Gefühl der Kontrolle zu überlassen. Reagierte ich deshalb so auf Mad? Warum wurde mir das erst jetzt bewusst? Möglicherweise war es genau dieser Abstand, der mir diese Einsicht gewährte.

Nun beugte ich mich wieder nach vorne. Stützte meinen rechten Arm auf und richte meinen Zeigefinger auf Mad. Dieses Heranwinken war natürlich eine sanfte Anweisung.

Langsam kam Mad auf mich zu. Mein Puls steigerte sich und brachte mich in leichte Erregung. Es gefiel mir, wie er sich auf mich zubewegte. Er schien einen Anruf zu bekommen und blieb stehen. Doch hielt er meinem Blick stand. *Wie kann man nur so cool sein? Wird Mad Zeit für mich haben? Der arme Kerl muss doch auch noch irgendwann einmal arbeiten. Ich stehe schon so sehr in seiner Schuld.* Während ich so nachdachte, erschien mir unser geographischer Abstand nicht mehr allzu groß. *Es sind zwei Stunden hierher. Durchaus machbar… Wenn ich Vera besuche, ist es um ein Vielfaches mehr. Gut, Vera ist nicht Mad.* Ich grinste in mich hinein. Spontan fotografierte ich ihn. Er gefiel mir einfach zu gut! Er sah es und machte Posen, herrlich. Natürlich hielt ich drauf!

Endlich war das Gespräch beendet. Doch ließ ich ihn zu mir kommen. Mad blieb cool und setzte sich direkt neben mich!

„Du bist unglaublich", sagte er.

„Und du bist unschlagbar cool."

„Das hoffe ich doch." Kaum ausgesprochen stand er auf. Lief eine Stufe herunter und beugte sich zu mir. Verlegen stellte ich meine Beine wieder nebeneinander. Mad stützte sich mit beiden Händen auf meine Knie. Schaute mir tief in die Augen und hauchte: „Es gibt zwei Möglichkeiten: Entweder wir gehen direkt zu mir! Jetzt! Oder wir gehen zurück ins Hotel und ficken, jetzt!"

„Uuuhhh… ist das eine Drohung?", fragte ich etwas überrascht. Das war ich wirklich. „Hast du nicht schon genug von mir?", fragte ich, immer noch überrascht. Weil ich es wirklich war.

„Von dir? Genug? Niemals!" Er verzog keine Miene.

„Du machst mir Angst."

„Gut so!"

In diesem Moment hatte ich trotz der angenehmen Wärme Gänsehaut. Als ich das Mad zeigte, freute er sich. Die Sonnenbrille wieder aufgesetzt nahm er meine Hand. Führte mich die Stufen hinunter und griff mir sanft um die Taille. Er wusste, dass ich nicht zurück ins Hotel wollte. Bis zu ihm nach Hause schwiegen wir. Tausend Gedanken durchfluteten nicht nur meinen Kopf. Denn den trug ich in diesem Moment neben mir, in meiner Handtasche.

Am Ziel angekommen ließ er die Haustür lautstark hinter sich zufallen.

„Hast du eine Ahnung, was das für mich bedeutet hat, gestern Nacht neben dir zu liegen? Dich zu spüren, zu riechen und nicht zu lieben?"

„Es gab kein Verbot!" Ich hob die Schultern und grinste frech.

„Du bist ein Miststück." Er begann, mir meine Bluse aufzuknöpfen. Noch war sie nicht offen, doch griff er schon nach meinen Brüsten. Als er meinen weißen BH aus Spitze sah, törnte ihn das richtig an.

„Ich gebe dir eine Minute, sonst zerre ich dir deine Sachen herunter."

Nun musste ich schwer schlucken und grinsen.

„Seit wann muss ich deine Arbeit machen?",
fauchte ich verführerisch. Beide zogen wir uns aus,
während er uns ins Schlafzimmer lotste. *Irgendwie
stehen Männer auf viel Holz*, dachte ich noch, bevor
ich mich verlor. Wenn ich nicht selbst dabei gewesen wäre, würde ich nicht glauben, dass wir uns
erst gestern ausgiebig geliebt hatten.

„Langsam ... Mad!", hielt ich ihn etwas zurück.
„Wer weiß, wann wir uns wirklich das nächste
Mal sehen können. Lass es uns genießen."

„Oh Königin, ich genieße!" Sachte rutschte ich
an ihm herunter und küsste mich zu seinem besten
Stück vor. Mad liebte es, wenn ich seine Eier massierte und seine Eichel leckte. Er genoss es.

„Ich mag es, wie du riechst und ich mag deinen
Körper." Langsam arbeitete ich mich wieder nach
oben.

Mad war kräftig und hob mich weiter hoch. So
weit, dass ich auf Höhe seines Kopfes war. Ich
konnte mich am Bettgestell halten. Mads Zunge
fand sofort die richtige Stelle.

„Oho", lange brauchte er nicht, um mich zu holen. „Oh Gott", konnte ich nur noch stöhnen ...
Wieder nach unten gezogen setzte ich mich auf
sein Glied. *Er ist perfekt!*, dachte ich noch, und
stöhnte mich in meinen zweiten Orgasmus. Von
ihm abfallend legte ich mich auf den Rücken. Mad
legte sich auf mich und nun umschlang ich ihn mit
meinen Beinen. Unsere rhythmischen Bewegungen
wurden immer heftiger. Plötzlich wurde er ruhiger
und hielt inne ... „Ich genieße", hauchte er mir ins
Ohr. Und kämpfte, ihn zu halten. Ich spürte den
Druck und seinen Kampf, ihn nicht jetzt schon zu

verlieren. Ich blieb so ruhig es ging. Wie es eben ging, wenn ein Kerl wie Mad in mir war.

„Dreh dich …", ächzte er mehr, als er hauchte. Er kämpfte.

Gerade noch rechtzeitig wieder in mir, explodierte Mad. Ein tiefes Stöhnen begleitete seinen Orgasmus. Völlig erledigt ließ er sich auf mich fallen … doch schon küsste er mich sanft am Hals, um sich dann an meine Seite zu legen.

„Baby, du machst mich so heiß."

„Oh ich dachte fertig." Ich kuschelte mich noch mehr an ihn heran.

Nach einer halben Stunde erwachten wir aus einem komatösen Halbschlaf. Mad schüttelte sich wie ein junger Hund und schaute etwas unsicher.

„Entschuldige, Ava, ich weiß nicht, wie … das über mich kommen konnte."

Mich amüsierte sein ehrliches Verhalten.

„Warum bist du so genannt? Es war einfach nur genial. Mir geht es gut, und ich hoffe, dir auch …"

„Magst du einen Kaffee oder einen Sekt?"

„Am liebsten beides. Doch …" Ich warf einen Blick auf die Uhr … „Ich sollte losfahren …"

„Bleib doch einfach noch eine Nacht. Ruh dich aus und hole deine Sachen. Du kannst in die Stadt gehen oder einfach nur relaxen. Nimm ein Bad. Mach einfach, wonach dir der Sinn steht. Das Auto kannst du dort stehen lassen. Ich kümmere mich darum", sagte er. Ich staunte. Ich musste ihn dabei angesehen haben, als ob er mir gerade einen Heiratsantrag gemacht hatte.

„Bleib, solange du willst. Auch wenn du nur noch eine Stunde da bist. Mach einfach die Tür hinter dir zu …" Mad stand auf und wollte in die

Küche. Auf dem Weg dorthin hielt er an und blieb stehen. Eben hatte ich ihn noch von hinten bewundert und angeschmachtet ... unvermittelt drehte er sich um und stand mit seiner ganzen Pracht vor mir.

„Ava, so gut ging es mir die letzten Jahre nicht." Er kniete sich vor mich und sagte: „Was heißt gut? Es ist genial. Du bist ein Engel."

„Na, im Bett bestimmt nicht", grinste ich.

„Das meine ich! Du bist einfach das, was ich mir immer wünschte."

„Beruhige dich und verwöhne mich nicht zu sehr, sonst hebe ich noch ab und werde arrogant."

„Für dich würde ich einiges riskieren."

„Fürs erste würde mir ein Kaffee genügen." Beide mussten wir lachen.

Wieder auf dem Weg in die Küche, meinte er: „Meine Königin, du nimmst mich nicht ernst."

„Wäre ich sonst hier?"

Während Mad in der Küche den Kaffee aufsetzte und den Sektkorken knallen ließ, räkelte und streckte ich mich. Dann schnappte ich mir sein Shirt, welches über der Stuhllehne hing, und zog es mir drüber.

Auf dem Weg ins Bad amüsierte ich mich über seinen Anblick. Splitterfasernackt sprang er herum.

„Zieh dir was drüber, sonst kann ich für nichts garantieren." Ich gab ihm einen Klaps auf den Po. „Rrrrrhhh", raunte ich.

Mad lachte und meinte: „Spiel nicht mit dem Feuer, denn es könnte geladen sein."

Ich konnte mich vor Lachen kaum halten und rannte mit einer gehörigen Portion Respekt ins Bad.

Etwas Katzenwäsche hatte ich mir gegönnt, um den Kaffee und Sekt in Ruhe genießen zu können.

„Danke, Mad, für dein Angebot. Möglicherweise werde ich noch etwas bleiben und mich ausruhen. Ich weiß noch nicht, wann ich losfahre. Ein paar Dinge hätte ich noch zu regeln. Ein Bad würde ich sehr gerne nehmen."

„Fühl dich wie zu Hause, mein geliebter Engel."

„Sag das nicht immer. Ein Engel bin ich ganz sicher nicht."

„Für mich bist du einer, und meine Königin!"

Mad und ich kosteten unser zweites Frühstück reichlich aus. Flott duschte er sich und ich bewunderte ihn dabei.

„Dass wir gestern Nacht einfach nur beieinander waren, war trotzdem sehr schön. Es war ein feiner Zug von dir."

„Das passiert mir aber nicht noch einmal! Das schwöre ich dir." Er gab mir einen Kuss.

„Was auch immer du verlangt hättest, ich hätte es getan. Es hätte zwischen uns nichts geändert." Ich zwinkerte ihm zu. „Sag mal, was ist, wenn Rafaela kommt? Kann das passieren?", fragte ich vorsichtig nach.

Mad lächelte: „Nein, das wird es nicht. Sie kann nicht mehr laufen. Sie sitzt im Rollstuhl."

„Oh mein Gott, … Das tut mir so leid … ähm … Ich wollte nicht neugierig wirken."

„Nein, ich kann dich ja verstehen. Du solltest es wissen. Du bist hier für dich und sicher."

Schweigen.

Ich spürte, dass er eigentlich loswollte und es wahrscheinlich sogar musste.

„Geh nur, Mad. Ich habe eh schon ein schlechtes Gewissen."

„Okay, ich muss wirklich. Lass uns später darüber sprechen." Mad war an der Tür, drehte sich noch einmal zu mir und zeichnete mit seinen Händen ein Herz in die Luft. Ich saß im Bett und warf mir vor Rührung die Bettdecke drüber.

„Geh! Gehe endlich…. nein warte…", rief ich hinterher und sprang zur Tür. „Noch ein Kuss!"

„Aber gerne doch …" Mad küsste mich weich!

Nun lag ich hier in seinem Bett. So viel Kontrolle hatte ich noch nie abgegeben. Aber ich war selig! Tatsächlich schlief ich noch eine Stunde tief und fest.

Mit Christoph und den Kindern hatte ich telefoniert. Das lief. Auch mit Vera konnte ich skypen. Wir verabredeten uns für morgen Abend. Das war schon verrückt. Manchmal lief es mehr als gut und die Dinge fügten sich. So sehr, dass es mir unheimlich war.

Natürlich gönnte ich mir eine ausgiebige Dusche. Mehr brauchte ich nicht. Etwas Make-up hatte ich dabei und es passte.

Mad wohnte sehr schön. Es war eine schicke Eigentumswohnung im Erdgeschoss. Die sehr geschmackvoll eingerichtet war. Nicht zu viel Schickschnack. Auf das Wesentliche reduziert und trotzdem fühlte es sich wohlig an. Irgendwie glaubte ich, dass er nicht oft hier war. War Mad einsam? Warum hatte ich diesen Gedanken? Es musste schrecklich für ihn sein. Er war so hungrig nach Körperlichkeit. Wenn sie so schlecht beieinander war, dann hatten sie vielleicht keinen Sex mehr. Und wenn, dann vielleicht nicht so, wie er es bräuchte … So wie ich? Ging es Mad wie mir? Verband uns eine ähnliche Geschichte? Meine Gedanken überraschten mich, denn mit dieser Wendung hatte ich nicht gerechnet. Änderte das irgendetwas? Natürlich tat es das. Mad machte keinen Nonsens. Er meinte es verdammt ernst mit mir. Und ich glaubte ihm das! Nur, wie ernst war es mir mit ihm? Verdammt ernst. Doch hatte es an meiner Entscheidung nichts geändert. Wusste er das? Ich dachte schon. Das hatte ich ihm oft gesagt. Oft genug? Kann man so etwas oft genug sagen? Konnte ich oft genug sagen: „Hey, ich liebe meinen Mann und ich werde mich niemals von ihm trennen!" Konnte ich! Aber wie ernst konnte diese Beziehung zu Mad wirklich sein? Wie sollte er das begreifen können? Konnte ich das denn selbst? Oder erklärte ich es nur mir ständig mantrahaft? Um mich selbst rückzuversichern? Mir selbst zu versichern, dass ich alles unter Kontrolle hatte? Was hatte ich denn unter Kontrolle? Eine sexuelle Beziehung zu einem Mann, der mich vergötterte und dem ich verfallen war. Einem Mann, der mich an meinen Ehemann aus guten alten Zeiten erinnerte? Mh, das wäre jetzt nicht fair und nur auf einen Aspekt reduziert. Natürlich war es mehr. Aber wie viel mehr? Mehr als Sex?

Dachte ich an Ellen, dann rutschte ich langsam, aber sicher auf ein anderes Sofa zu. Ein Sofa eben. Wenn ich mich so umsah und dieses Sofa betrachtete dann blieb es … ein Sofa.

Aber warum war sie nicht hier? Rafaela hätte hier gut zurechtkommen können. Es waren doch perfekte Bedingungen. Bestimmt auch für ihn. So glaubte *ich*!

Plötzlich verspürte ich Fluchttendenzen. „Ja! Ava, ich glaube, es ist an der Zeit zu gehen."

Bevor ich das tat, schrieb ich Mad ein paar Zeilen.

Mir war schon klar, dass seine Hoffnung, mich hier am Abend noch zu sehen, nicht ganz unberechtigt war. Ich hätte ja schon gewollt. Aber da war auch ein Anteil in mir, der mir sagte: „Mädchen, verschwinde!" Dieser Anteil war mächtig und in seiner Wirkung spürbar. Warum? Weil es hier schon lange nicht mehr *nur* um Sex ging. Geahnt hatte ich das schon länger. Doch jetzt, in diesem Moment, war diese Ahnung zu einer Gewissheit herangewachsen. Nicht nur im Kopf, sondern auch spürbar im und am ganzen Körper. Ich spürte es nicht nur in meinem Unterleib. Sondern im Herzen. Da, wo es weh tat, wenn es eng wurde. Wenn es um Entscheidungen ging. Was für ein blöder Gedanke ... Ich musste über meine eigene Wortwahl lächeln.

Diese gefühlte Warnung, die meine innere Stimme, mein Bauch, vielleicht auch mein Kopf da aussprachen, war ja nur eine Warnung. Aber wovor eigentlich? Was wollte mir mein Instinkt sagen? Wenn die Claims abgesteckt waren, dann hatten wir doch nichts zu befürchten. Oder traute ich mir selbst nicht mehr so sehr? Blieb ich noch länger hier, dann brauchte ich nicht darauf zu vertrauen, dass mich Mad einbremste. Er würde es ganz sicher nicht tun. „Also sollte ich mich jetzt selbst nehmen und verschwinden."

Ich tat es!

Als ich endlich im Auto saß, sah ich ein Zettel an der Scheibe. Als ich ihn las, war ich echt überrascht. Ich hatte Mad falsch eingeschätzt. Er wusste, dass ich flüchten würde! Auf dem Zettel stand: „Bist du dir wirklich sicher? Du kannst bleiben, wenn du es nur möchtest!"

Für einen Moment noch ging ich in mich. Und augenblicklich traf ich eine Entscheidung. Meinem Navi gab ich eine andere, neue Adresse ein und fuhr los!

Am frühen Nachmittag war ich zu Hause angekommen.

Christoph war nicht da. Er hatte sich einiges vorgenommen und würde möglicherweise erst sehr spät kommen. Von seinem Glück wusste er noch gar nichts. Ellen sprach ich auf den Anrufbeantworter: „Ich saß auf Mads Sofa."

Mit Vera telefonierte ich sehr, sehr lange. Natürlich war sie traurig. Mit Fintan wollte ich später sprechen. Ich brauchte Alkohol, und zwar jede Menge!

Dass ich jetzt hier zu Hause in meinem Sessel saß, hätte ich bis vor ein paar Stunden selbst nicht einmal geahnt. Doch spürte ich zunehmend, dass es die einzig richtige Entscheidung war. Denn ich fühlte mich sicher! Ich hatte die Kontrolle zurück! Die Kontrolle über meinen Kopf und meinen Körper. Ich hatte es satt, mich von meinen Emotionen vereinnahmen zu lassen!

Mit meinem halbleeren Glas Weißwein wählte ich Fintans Nummer. Schnell war er am anderen Ende der Leitung.

Sofort gestand ich meinen Sinneswandel. Ziemlich gefasst reagierte er und meinte lässig: „Dann sehen wir uns bei mir!" Das fand ich schön. Seine Reaktion gefiel mir und bestätigte meine Entscheidung. Fintan fragte nicht weiter nach. Ihm genügte die Aussage, dass mein Seminar ausgefallen war. Wie sollte er auch wissen, was mich gerade umtrieb. So brachte es mich nicht noch mehr in seelische Nöte. Ich wusste, ich hätte mit ihm darüber reden können. Ich hätte es ihm zumuten können. Doch wollte ich das erst einmal mit mir selbst ausmachen.

„Danke!"

„Für was?", fragte Fintan.

„Dass du in meinem Leben bist."

„Wenn du willst, bleibe ich es bis ans Ende unserer Tage."

„Ich weiß! Es ist ein schöner Gedanke."

Beide, Fintan und Mad, hätten mich gerne mehr in ihrem Leben gewusst. Und ich ahnte, dass ich mich nicht dagegen verwehren, es nicht einmal ernsthaft versuchen konnte.

Fintan und ich telefonierten nicht lange. Es passte irgendwie gerade nicht so gut.

WOHIN DU AUCH GEHST, GEH MIT DEINEM GANZEN HERZEN
KONFUZIUS

Nicht unglücklich über das Alleinsein und den Abstand vom Schmerz, machte ich es mir behaglich. Ja, so ganz spurlos ging das nicht an mir vorüber. Denn mir war vollkommen klar, dass ich mich verliebt hatte. Ich fragte mich nur, in was genau? In das Verliebtsein im Allgemeinen? Oder ins Erobertwerden oder das Selbsterobern? Denn was da so mit mir passierte, war fantastisch und nicht von dieser Welt. So oft hatte ich das in meinem Leben nicht. Sich daran zu erinnern war schon herrlich. Es noch einmal zu erleben, mit all den wunderbaren körperlichen und (über)sinnlichen Augenblicken, war wie ein Sechser im Lotto. Doch potenzierte es nur meine ohnehin schon kaum auszuhaltenden Empfindungen. Was fing ich mit meinem Gewinn an? Mein Kopf versuchte, es auf etwas zu reduzieren. Damit es fassbarer wurde.

War es am Ende doch nur der Sex? Aber… hatte ich nicht genau den vermisst?

Worin bestand für mich der Unterschied zwischen *Vermissen* und *Suchen*? Natürlich war es das Aktivwerden. Ob nun im Darüber-Nachdenken, was ich denn eigentlich vermisste, oder im Suchen nach Optionen.

Ab wann schaltet sich das Bewusstsein eigentlich wirklich und messbar ein oder dazwischen? Ist es nicht schon ein bewusster Zustand, etwas zu vermissen? Was auch immer das ist oder gewesen sein könnte. Ganz sicher ist es etwas Bewusstes, danach zu suchen. Weil ich bereits da weiß, dass ich es tue. Wonach ich suche, steht auf einem anderen Zettel. Ich fragte mich, wann es genau passiert, dass es sich von einem *Vermissen* zu einem *Suchen* entwickelt.

Aber mal ganz ehrlich? Wobei sollte mir das im Nachgang eigentlich helfen? Würde der Zustand dadurch besser oder weniger schlechter? Am Ende ist es, wie es ist. Genau so und nicht anders. Wer sagt eigentlich, dass Liebe nicht schmerzt? Liebe nicht auch wehtun kann? Natürlich schmerzt Liebe selbst nicht. Es ist unser Verhalten, die Reaktion und alles, was wir damit verbinden.

Ich selbst brauche keinen Schmerz, für was auch immer. Gerne darf es schmerzfrei zugehen. Blöderweise ist es genau dieser Kompass, ich nenne ihn mal liebevoll den Schmerzkompass, der für eine entsprechende Einordung sorgt. Spätestens dann ist klar: Hier braucht es eine Neuausrichtung. Gefallen tut sie selten. Mir ging es jedenfalls so, insbesondere in den letzten Jahren. Diese Neuausrichtung kann in die Irre führen, Unsicherheit auslösen. Sie kann aber auch ins Glück führen. Was auch immer das für den Einzelnen bedeutet. Wir können es nicht vorher wissen. Schön ist anders. Doch nützt das nichts! Im Hier und Jetzt zu leben bedeutet, sich eines gewissen Bewusstseins bewusst zu sein.

Hilfreich ist da in jedem Fall zu wissen, was man möchte. Doch was passiert, wenn dieses Bewusstsein nicht aktiviert ist? Das hat ja oft genug Gründe. Die sind manchmal von enormer Brisanz und laufen eben nicht unbedingt im Bewusstsein ab. Tja, dann bietet allzu oft das Chaos seine Hilfe an. Was? Chaos und Hilfe in einem Atemzug zu nennen, schon allein das ist eine Provokation. Ja, manchmal braucht es eben das Chaos, das Gefühlschaos, um zu checken, dass etwas nicht rund läuft.

Es gab kein Zurück zum Ursprung! Auch wenn ich mir das vielleicht unbewusst gewünscht hätte. Nie könnte ich einfach dort weitermachen, wo ich einmal stand. Wo genau wäre dieses *dort* überhaupt? Wovon wäre es der Ursprung gewesen? War es nicht der Ausgang meiner seelischen Verzweiflung, die mich einen Schritt nach dem anderen genau bis hierherbrachte?

Natürlich könnte ich jetzt behaupten, dass meine Verfassung gar nicht so dramatisch war oder ist, dass diese Empfindungen normal sind. Dass meine gefühlte Ausweglosigkeit nur ein Produkt meiner Gedanken war. Möglicherweise habe ich es mit dem Aushalten gar nicht ernsthaft genug probiert und meinem Ego einfach nur zu viel Raum gegeben. Und vielleicht genau dem meine Sehnsüchte geopfert? So konnten sie sich überhaupt erst zu einem monströsen Etwas aufblasen und mich um mein bisschen Verstand bringen. Möglich. Es ist alles möglich. Doch Vorsicht! Unweigerlich würde ich in die nächste Falle tappen. Denn auch hier wartet nur die geliebte Verdrängung auf ihr Signal! Sie liegt schon in ihrer altbewährten Art in der Schublade und wartet nur auf den Moment, dass sie geöffnet wird. Ein klitzekleines Stück nur! Schon das würde vollkommen ausreichen, um mich in meiner vermeintlichen Sicherheit zu wähnen.

Nein! Ganz sicher werde ich dem Zweifel nicht mehr die ganz große Bühne geben. Zu gut ging und geht es mir nämlich, noch immer! Und nur das zählt! Doch war es einfach nötig, ihn auch zuzulassen! Dadurch erst bekam ich Einblick in meine tiefste Seelenschicht.

Manchmal klären sich auch vermeintliche Probleme von selbst. Sie können sich tatsächlich einfach auflösen. Im Nichts auflösen. Auf einmal scheinen die vielen Gedanken darum sinnlos und plötzlich unnütze. Das mag vielleicht paradox sein.

Und doch waren es diese Gedanken, die meinen Prozess in Gang brachten. Wenn es besonders schwierig wurde, erinnerte ich mich an Ellens Sätze:

„Am Ende landen wir alle auf dem roten Sofa vor dem Fernseher und schauen in die Röhre. Vielleicht ist die Farbe der Tapeten eine andere oder die des Sofas. Aber am Ende, früher oder später, sitzen wir genau da und tun, was alle tun. Wenn es Sex ist, und auch noch mit demselben Partner, dann hast du etwas richtig gemacht. Aber ob es sich dann auch noch gut anfühlt?"

Ende

EPILOG

Was will ich?
Das ist eine Frage, die man sich vielleicht in drei Stufen und ganz bewusst einmal stellen darf. Versuchen Sie es!

Was will ich?
Was *will* ich?
Was will *ich*?

Diese Fragen stellt man sich nicht unbedingt schon als Teeny. Das heißt nicht, dass es nicht passiert. Sehr wohl kenne ich junge Menschen, die sich mit den verschiedensten Lebensfragen auseinandersetzen. Sie haben bestimmte Vorstellungen, wie sie ihr Leben gestalten wollen. Schon da bekommen sie ein Gefühl dafür, wie weit entfernt sie noch davon sind. Aber es ist okay und es fühlt sich für die meisten auch gut an. Denn sie stehen ja noch in den Startlöchern. Zu wissen, was man will, ist eine gute Motivation!
Ich kenne genauso viele, die es eben lange nicht wissen. Auch das ist völlig okay. Zu den Letzteren habe ich gehört.
Ich habe mich dem Strom der, wenn auch für mich überschaubaren, Möglichkeiten, hingegeben. Wurde ich gebraucht, war ich da. Egal, ob mir das gefallen hat oder nicht. Und es hat mir sehr oft nicht gefallen. Weder meine Ausbildung noch die folgenden Liebesbeziehungen. Zu wenig habe ich

hinterfragt und mich getraut. Vor allem in der Sexualität.

Später irgendwann wurde mir jedoch klar, dass, wenn ich so weiter mache und das Leben der anderen lebe, ich unweigerlich mit meinem Dasein hadern werde. Das war nun wirklich nicht mein Lebensziel. Also dachte ich darüber nach. Über das: Was will *ich*?

Ein Leben der anderen zu leben, muss nicht immer das ganz Falsche sein. Aber manchmal ist es das. Für mich war es oft einfach nur bequem. Es lief und mir ging es gut.

Dazu braucht es eine gewisse Anpassungsfähigkeit. Doch ab einem bestimmten Alter kam auch ich nicht umhin und fragte mich selbst: Ist das alles? Hast du all deine Träume verwirklicht? Schnell stellte ich fest, dass ich so viele Träume nicht hatte. Warum eigentlich? War ich mit mir und meinem Leben zufrieden? Das kann es ja auch geben. Im Prinzip war ich das. Vielleicht habe ich nicht die ganz großen Ansprüche ans Leben oder an mich. Zufrieden sein zu können ist etwas, das nicht vom Himmel fällt. Es ist nichts Selbstverständliches. Bei meiner eigenen Gedankenreise steckte ich dann aber doch hier und da fest. Und plötzlich in einem reiferen Alter ist es da: Dieses untrügliche Gefühl, eben nicht alles ausgeschöpft zu haben. Mir persönlich geht es gar nicht so sehr darum, *was* ich alles aus mir hätte machen können. Was das betrifft, bin ich wirklich zufrieden. Es läuft viel eher im *wie* ab. Wie fühle ich mich bei allem? Was ist mit meinem Körper und dem Seelenleben? Liebe habe ich erfahren und Liebe konnte ich geben. Trotzdem ist da noch etwas, das ich in

meinen ganzen Jahren nie wirklich erforscht habe.
Vielleicht war es mir auch nie so wichtig. Vielleicht
ist das auch eine Frage des Alters. Von jeher war
ich sehr körperlich. Aber was bedeutet das eigentlich? Für mich bedeutet das, dass ich mir und auch
meiner Weiblichkeit durchaus bewusst war. Ich
bin eine Frau und so habe ich mich auch gefühlt.
Dachte ich! Denn was das wirklich zu bedeuten
hat, erfahre ich ja erst jetzt. Vielleicht ergibt sich
diese Erkenntnis von Zeit zu Zeit öfter im Leben.
Jetzt mit weit über 50 Jahren berührt es mich im
wahrsten Sinne des Wortes ganz anders und noch
einmal anders als bisher. Plötzlich habe ich das Gefühl, mich erst jetzt wirklich zu spüren. Erst jetzt
das Gefühl dafür zu bekommen, was ich möchte
und was ich wirklich für mich brauche. Vor allen
Dingen, was mir gefällt! Das war mir in jungen
Jahren ganz sicher nicht bewusst. Da kann mir Sex
noch so Spaß gemacht haben. Es war der Spaß der
anderen. Nicht, dass er mir nicht gefallen hat. Ich
habe niemals etwas gegen meinen Willen getan!
Aber auch nie etwas, das mir, und nur mir gefallen
hat. Da bin ich einfach nicht auf die Idee gekommen. Und jetzt?

Auch in meinem Leben gab es Situationen, in
denen ich ans Fremdgehen gedacht habe. Aber es
waren Gedanken und blieben Gedanken, und sie
sind kopflastig. Dieses Thema kann meiner Meinung nach nicht ausschließlich der Kopf entscheiden. Sollte er auch nicht.

In jungen Jahren habe ich es auch nicht so ganz
ernst mit Beziehungen genommen und meine
Grenzen weit gesteckt. Begrenzung erfuhr ich aber
auch in Beziehungen. Alles in allem war ich in

jungen Jahren einer unbedarfteren Liebe, körperlichen Liebe ausgesetzt. Heute erlebe ich mich wesentlich bewusster, nicht nur körperlich. Doch ist es gerade das Körperliche, was mich derzeit so sehr beschäftigt. So sehr, dass ich darüber sinniere, ob ich je *wirklich* lebte. Sex ist nicht alles, aber weiß Gott genug, um sich und im Leben gut genug zu fühlen. Liebe vermag Berge zu versetzen. Aber was ist mit sexueller Begierde? Auch Liebe kann Begierde sein. Und sie versetzt Berge!

Dass ich mich nun im fortgeschrittenen Alter damit beschäftige, gibt mir zu denken. Warum? Weil es einen offensichtlichen oder eben nicht so offensichtlichen Mangel anzeigen könnte? Was kann ich tun, dass es mir gut oder besser geht? Ich habe viel mehr Fragen als Antworten. Mut gehört allemal dazu, egal wie eine Entscheidung auch ausfallen mag. Es braucht Mut, darüber nachzudenken und sich selbst zu betrachten. Und es braucht auch Vertrauen, gerade zu sich selbst. Es braucht Mut und Vertrauen für Sex. Entweder in einer Partnerschaft oder außerhalb einer solchen. Es braucht auch Mut und Vertrauen, es nicht zu tun. Es nicht durch Fremdgehen zu tun.

Natürlich ist ein gewisses Risiko nicht ganz unbegründet! Doch worauf soll ich warten? Wann soll ich zu meinen Gefühlen stehen, wenn nicht jetzt? Schließlich geht es um Gefühle und nicht nur um Gedanken. Möchte ich den Rest meines Lebens auf Nummer Sicher gehen und mir selbst und den anderen die Chance auf Neues verwehren? Die Chance auf persönliche Entwicklung im Hier und Jetzt vertun? Avas Geschichte steht stellvertretend für sehr viele Frauen.

Wir alle sind einzigartig und besonders. Allein schon der Umstand, dass wir einfach sind, so wie wir sind. Mit all unseren Fantasien, besonders den sexuellen. Wahrscheinlich bin ich noch eine von den Langweiligen, aber ganz ehrlich? Was bedeutet das überhaupt? Das ist völlig egal und irrelevant. Es sollte jeder nach seiner Fasson leben und vor allen Dingen lieben dürfen. Ob er nun eine Vorliebe fürs Orale, Anale, oder Fetisch für Lack und Leder, oder Sado Maso, oder Natursekt oder, oder, oder pflegt. Natürlich gibt es für mich Grenzen, wie der Kindesmissbrauch in jeglicher Form! Vergewaltigungen aller Art lehne ich persönlich grundsätzlich ab. Ich mag es nicht, gegen den Willen eines Menschen aktiv zu werden. Da ist es völlig egal, ob auf körperlicher, seelischer und emotionaler Ebene.

Ich gönne jedem seinen passenden Partner. Und wenn es vielleicht irgendwann *nur* auf dem roten Sofa endet, dann ist das auch gut! …
Wollen wir nicht alle ein und dasselbe? Wollen wir nicht alle einfach nur geliebt werden? Für das, was wir sind und eben manchmal auch nicht sind.

„Ich nehme mir die Freiheit, um das zu bitten, was ich brauche, anstatt immer erst auf Erlaubnis zu warten,
die Freiheit zu sehen und zu hören, was im Moment wirklich da ist, anstatt was sein sollte, gewesen ist oder erst sein wird."
Und ganz besonders:

„die Freiheit, das auszusprechen, was ich wirklich fühle und denke und nicht das, was von mir erwartet wird." (Auszug aus „Die fünf Freiheiten" nach Virgina Satir[1])

Dazu braucht es diese persönliche Entwicklung und Mut!

Was ich will, weiß ich!

Ich möchte Liebe leben und ich möchte mein Leben lieben. Was brauche ich mehr?

---

[1] Virginia Satir (1916 – 1988) war eine der bedeutendsten Familientherapeutinnen. Oft wird sie auch als Mutter der Familientherapie bezeichnet.

BIOGRAFIE

Aavid ist mit 60 Jahren gerade im mittleren Alter eines vielseitigen Lebens. Sie arbeitet als Heilpraktikerin für Psychotherapie sowie in der Sterbebegleitung. Davon abgesehen bietet sie auch mediale Begleitung an, in der sie Informationen von bereits Verstorbenen weiterleiten bzw. anbieten darf.
Die Autorin hält die Balance zwischen einem geselligen, unternehmenslustigen Lebensstil und stillen Rückzugsphasen. Die verbringt sie unter anderem auch mit ihren neun Katzen oder den Raben; Odin, Munin und Kunin.

Sie ist verheiratet und Mutter eines Kindes, außerdem nimmt ihr Bruder eine ganz besondere Stellung im Familiensystem ein.

Bald sind weitere Bücher erhältlich, in denen Ava mehr von sich, ihren Visionen und ihren Gefühlen preisgibt.